MITOS E LENDAS EM DETALHES

A cobra de duas cabeças,
mito peruano
Ver. p. 101

手力雄ノ命
天ノ鈿女命

MITOS E LENDAS EM DETALHES

As mais fascinantes histórias do mundo examinadas e reveladas

Neil Philip

Dioniso embriagado
Ver p. 59

Amaterasu,
a deusa do sol
Ver p. 122

PUBLIFOLHA

Um Livro da Dorling Kindersley
www.dk.com

Título original: *Myths and legends explained: the world's most enduring myths and legends explored and explained*

Publicado originalmente no Reino Unido em 1999 (e em 2007 nesta edição revisada) pela Dorling Kindersley Limited, 80 Strand, Londres WC2R 0RL, Inglaterra.

COORDENAÇÃO DO PROJETO PUBLIFOLHA
Editor assistente Thiago Blumenthal
Coordenadora de produção gráfica Soraia Pauli Scarpa
Produtora gráfica Mariana Metidieri

COORDENAÇÃO EDITORIAL ESTÚDIO SABIÁ
Tradução Eliana Rocha
Edição Fernando Nuno
Revisão Luciana Soares e Ceci Meira
Editoração eletrônica Carla Castilho | Estúdio

EDIÇÃO ORIGINAL DORLING KINDERSLEY
Editor de arte Sasha Howard
Editores de projeto Antonia Cunningham e Fergus Day
Editora sênior de arte Heather McCarry
Diretora de arte adjunta Tina Vaughan
Controle de produção Meryl Silbert e Manjit Sihra
Pesquisa iconográfica Jo Walton
Editor nos EUA Chuck Wills

Para Ruth e Michael

Dados Internacionais de Catalogação na Publicação (CIP)
(Câmara Brasileira do Livro, SP, Brasil)

Philip, Neil
Mitos e lendas em detalhes / Neil Philip ; [tradução Eliana Rocha]. – São Paulo : Publifolha, 2013. – (Coleção em detalhes)

1ª reimpr. da 1ª ed. de 2010.
Título original: Myths and legends explained.
ISBN 978-85-7914-156-0

1. Lendas 2. Mitologia I. Título. II. Série.

10-01190 CDD-291.13

Índices para catálogo sistemático:
1. Mitos 291.13
2. Mitologia 291.13

Este livro segue as regras do Acordo Ortográfico da Língua Portuguesa (1990), em vigor desde 1º de janeiro de 2009.

Belerofonte
Detalhe da p. 47

Impresso pela South China, China.

PUBLIFOLHA
Divisão de Publicações do Grupo Folha
Al. Barão de Limeira, 401, 6º andar
CEP 01202-900, São Paulo, SP
Tel.: (11) 3224-2186/2187/2197
www.publifolha.com.br

SUMÁRIO

Osíris, Ísis e Néftis
Detalhe da p. 17

Vênus
Detalhe da p. 32

Símbolos do vodu
Detalhe da p. 91

Norte da Europa

Tristão mata Mordred
Detalhe da p. 82

Celtas

África ocidental

Caribe

América do Norte

América Central

Austrália

Lumaluma
Detalhe da p. 104

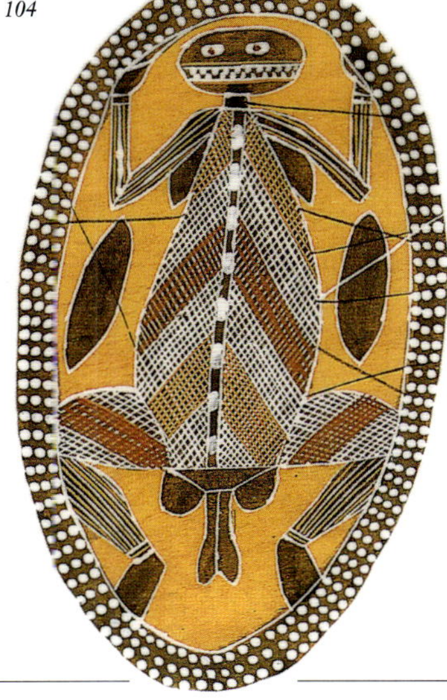

Polinésia

Índia

China

Dragão japonês
Detalhe da p. 120

Japão

Introdução

É DA NATUREZA HUMANA CONTAR HISTÓRIAS, e existem em todas as culturas histórias que chamamos de mitos – histórias da criação do mundo e da humanidade, dos feitos de deuses e heróis, e do fim dos tempos. Essas histórias explicam o mundo e definem nosso papel na criação. Assim que uma civilização se estabelece, os mitos que a formaram podem se reduzir a superstições, mas ainda assim nunca perdem seu poder intrínseco, porque as mitologias do mundo consagram toda a poesia e paixão de que a mente humana é capaz. Do antigo Egito à Grécia e a Roma, do ocidente da África à Sibéria, do conceito hindu de Brama e do infinito ciclo de criação à era dos sonhos dos aborígenes australianos, os mesmos temas se repetem à medida que a humanidade se interessa pelos grandes mistérios da vida e da morte. A melhor definição de mito foi dada por Maya Deren em sua obra sobre os deuses do vodu: "Mitos são fatos da mente manifestos na ficção da matéria".

O que é mito?

A palavra "mito" deriva do grego *mythos*, que significa "fábula" ou "história". O mito assume um significado diferente para o crente, o antropólogo, o folclorista, o psicólogo ou o crítico literário. Essa é uma das funções do mito: celebrar a ambiguidade e a contradição. Não há mais sentido em esperar que um mito ofereça uma única mensagem clara e coerente do que em transformar um dos sonetos de Shakespeare em simples prosa.

O primeiro povo
Esta escultura da África ocidental mostra o mundo na forma de uma cabaça, com o primeiro homem, a primeira mulher e a serpente cósmica. Aido-Wedo, como os fons chamam esta serpente, carregou o criador na boca quando o mundo foi criado. Conta-se que Aido-Wedo acompanhou o primeiro casal à terra.

Como a poesia, a mitologia oferece uma maneira de compreender o mundo por meio da metáfora. As histórias se adaptam e mudam de acordo com o narrador e o contexto; os mitos não são imutáveis e dogmáticos, mas fluidos e passíveis de interpretação.

Mito e tempo

Muitas mitologias existem desde a origem dos tempos, com a consciência de um deus criador, como o egípcio Rá (*ver p. 12*). Rá é descrito como a consciência de um ser divino onipresente, Nebertcher, o senhor sem limites.

O tempo mitológico é cíclico, ao contrário do tempo real, que é linear. Ele pressupõe o que o escritor Mircea Eliade chamou de "mito do eterno retorno". Ele é posto em ação por um determinado acontecimento – no Egito, o grito do pássaro Benu quando toca pela primeira vez a terra. Mais tarde, quando o tempo chega ao fim, o ciclo da criação recomeça.

A mitologia dos astecas e maias, assim como a das nações nativas da América, como os navajos, descreve este mundo como o quinto. Para os navajos, a humanidade emergiu dos primeiros quatro mundos inferiores. Já para os astecas, quatro sóis brilharam em quatro criações anteriores a esta, o mundo do sol Nahui Ollin, que explodiu no céu pelo sopro do deus Quetzalcoatl.

Os maias acreditavam que esse ciclo de criação começou no dia 13 de agosto de 3114 a.C. Embora tivessem projetado os acontecimentos até no mínimo 4772 d.C., eles não acreditavam que o mundo duraria para sempre. Seu livro sagrado, *Chilam Balam*, nos conta: "Todas as luas, todos os anos, todos os dias, todos os ventos atingem sua completude e morrem. Assim também todo o sangue atinge seu lugar de paz, como alcança seu poder e seu trono. Medido foi o tempo em que eles puderam glorificar o esplendor da Trindade. Medido foi o tempo em que eles puderam conhecer a benevolência do sol. Medido foi o tempo em que as estrelas os veriam lá de cima e velariam por sua segurança; e os deuses presos na rede de estrelas os contemplariam".

Mesmo a filosofia dualista do zoroastrismo, com suas divindades opostas do bem e do mal, Ahura Mazda e Ahriman, se pôs em movimento quando o deus do tempo eterno, Zurvan, deu origem aos deuses gêmeos.

Nossa noção de tempo, o tempo limitado da criação, foi apenas um truque de Ahura Mazda para limitar o poder de Ahriman. No fim dos tempos, tudo será purificado e – como na mitologia nórdica – uma nova criação surgirá.

A eterna roda do tempo
Este calendário de pedra asteca, encontrado sob a principal praça da Cidade do México, é uma roda do tempo que celebra as cinco criações do mundo, das quais a última resultou no nosso mundo. O quinto sol, Nahui Ollin, foi criado pelos deuses em Teotihuacan (ao norte da Cidade do México), local de nascimento dos próprios deuses. A pedra não contém um calendário plenamente funcional; o complexo calendário asteca baseava-se num ciclo de 52 anos conhecido como calendário circular, que conciliava anos simultâneos de 260 e 365 dias.

O dilúvio

Assim como muitas mitologias preveem a destruição deste mundo em uma catástrofe, como o cataclismo norueguês chamado Ragnarok, outras tantas registram dentro desta criação um momento em que os deuses, enfurecidos com a humanidade, tentaram destruí-la com uma inundação.

A narrativa bíblica do dilúvio é um desses muitos relatos e está ligada ao relato sumério-babilônico da epopeia de Gilgamesh, na qual a figura de Noé se chama Utnapishtim (*ver p. 19*).

Os antigos gregos contaram que Zeus tentou destruir a humanidade com uma inundação, mas Prometeu (*ver p. 24*) preveniu Deucalião e Pirra. Manu foi salvo do dilúvio universal por Matsya, um avatar de Vishnu que assumira a forma de um peixe (*ver p. 110*). Mitos sobre o dilúvio são encontrados no Peru e na China, entre os aborígenes australianos e em muitas culturas nativas americanas, entre eles o mito do Homem Solitário dos índios *mandans* (*ver p. 94*). Ainda no século XIX os folcloristas recolheram na Sérvia um ciclo de mitos eslavos sobre o grande dilúvio, do qual o único sobrevivente, Kranyatz, foi preservado pelo deus do vinho, Kurent.

A criação

Uma coisa com que todas as mitologias concordam é que o mundo foi criado por um ato deliberado de um ser divino, e que homens e mulheres foram gerados especialmente para viver nesse mundo.

No mito da criação dos mandans, o Criador, ou Homem Solitário, enviou uma carqueja para retirar areia do fundo das águas primevas de modo a formar a terra. Os ainos do Japão contam que o criador Kamui enviou uma ave aquática do céu com a mesma tarefa (*ver p. 120*). Segundo os iorubás, povo da África ocidental, o mundo foi criado quando Obatalá, filho do grande deus do céu Olorum, derramou terra de uma concha e encarregou um pombo e uma galinha de espalhá-la.

Já os deuses supremos africanos, como Olorum, costumam se eximir da criação, entregando o trabalho a seus sucessores. No mito original preservado pelos sacerdotes do povo africano fon, foi a divindade andrógina Nana-Buluku que criou o mundo e depois o entregou à guarda de seus filhos, Mawu e Lisa (*ver pp. 88-89*); mas Nana-Buluku está hoje quase esquecido, e a criação é atribuída a Mawu.

Noé e o Dilúvio
A arca de Noé enfrenta as águas depois do dilúvio bíblico, em uma xilogravura da Bíblia de Nuremberg, de 1483. Insatisfeito com a maldade da humanidade, Deus decidiu destruir o mundo, mas avisou o piedoso Noé da inundação e lhe disse para construir uma arca e levar a bordo um casal de cada criatura viva. Depois que a arca ancorou no monte Ararat, Deus enviou o arco-íris como símbolo de seu compromisso de nunca mais destruir as criaturas que havia criado. Noé viveu até os 950 anos.

Vishnu, o protetor
Vishnu e sua mulher Lakshmi (ou Shri) montando o pássaro celestial Garuda. Vishnu, o senhor das grandes passadas, mediu o cosmo em três passos. Ele é considerado o protetor do mundo, que, por causa de sua compaixão pela humanidade, desceu à terra na forma de vários avatares, como o do Príncipe Rama, a fim de combater o mal. Sempre que ele é encarnado, Lakshmi também encarna para ser sua noiva. Aqui, Garuda leva o par amoroso a seu próprio paraíso, Vaikuntha.

Os axântis contam que o deus supremo Onyankopon (ou 'Nyame) vivia perto dos homens, mas se mudou para o alto do céu porque se aborreceu com uma velha que sempre lhe batia com o soquete usado para triturar inhame em seu pilão. Quando percebeu o acontecido, a velha disse a todas as crianças que reunissem os pilões que conseguissem encontrar e os colocassem um em cima do outro. No fim, havia uma pilha que quase alcançava Onyankopon. Só faltava um pilão para isso. Então, a velha lhes disse que tirassem o pilão da base e o colocassem no topo. Quando fizeram isso, a pilha toda desmoronou, matando todo mundo. É por isso que os deuses menores, os *abosom*, servem de intermediários entre o deus do céu e a humanidade.

Muitas vezes, como acontece com o deus iorubá do destino, Exu (*ver pp. 86-87*), esse intermediário pode ser um trapaceiro que introduz um elemento de acaso, de jogo ou de humor no relacionamento entre os homens e os deuses. Obatalá, o criador, é louvado pelos iorubás como o pai do riso, que descansa no céu "como um enxame de abelhas". Os mandans acreditam que o verdadeiro criador se transformou no deus brincalhão Coiote. Esses trapaceiros, cujas brincadeiras podem levá-los a praticar maldades, são encontrados em todas as mitologias, do grego Dioniso ao Loki nórdico ou ao Susano japonês (*ver pp. 58, 69 e 123*).

Outro tema é o cuidado do Criador com os seres que criou. É esse cuidado que leva Vishnu, o protetor hindu do mundo, a assumir a forma de muitos avatares para ajudar a humanidade em épocas de crise. Seu avatar final, Kalkin, o cavalo branco, aparecerá no fim desta era para anunciar uma nova.

A GRANDE MÃE

Os deuses criadores costumam ser homens, mas muito do trabalho de criação pode ser delegado a deusas. Entre os *keres* do sudoeste da América, Utsiti, o deus criador, que criou o mundo a partir de um coágulo de seu próprio sangue, enviou sua filha Iatiku e sua irmã com a missão de tornar a terra fértil. Iatiku encarregou o filho de conduzir o povo até este mundo, e depois ela e a irmã cantaram um canto de criação, enquanto lançavam sementes e imagens de seu canto tiradas de uma cesta que lhes dera a Mulher Aranha (*ver p. 93*).

Ainda há a Mãe Terra. Para os nativos americanos, ela é um fato. Smohalla, profeta da tribo *wanapam* e fundador de uma seita de interpretação dos sonhos em meados do século XIX, declarou: "Pedem-me para arar a terra! Devo tomar uma faca e lacerar o peito de minha mãe? Então, quando eu morrer, ela não mais me pegará no colo para descansar. Pedem-me que cave em busca de pedras! Devo cavar sob sua pele em busca dos ossos? Então, quando eu morrer, não poderei entrar em seu corpo para nascer de novo. Pedem-me que corte a grama para produzir feno, vendê-lo e ficar rico como o homem branco! Mas devo ousar cortar os cabelos de minha mãe?".

Um encantamento anglo-saxão implora a graça de "Erce, Erce, Erce, Mãe da Terra" com similar fervor. No entanto, apesar da evidente ligação entre a fertilidade humana e a agrícola, a terra nem sempre é feminina. Os egípcios, por exemplo, cultuavam Geb como deus da terra, e sua irmã-noiva Nut como deusa do céu.

A Deusa Mãe do Neolítico

A Vênus de Willendorf, estatueta de pedra da deusa da fertilidade encontrada em Willendorf, na Áustria, data do período Neolítico. Os seios e o ventre são deliberadamente exagerados nesta representação da grande Deusa Mãe.

Em nenhum outro lugar o culto da fêmea eterna foi tão forte como na Índia, onde várias deusas são veneradas sob o nome de Mahadevi, a grande deusa. Devi é consorte do deus Shiva (*ver pp. 112-13*) e cultuada como a bondosa Parvati ou Uma, ou como a feroz e vingativa Durga ou Kali. No século IX, Sankara escreveu sobre ela: "Suas mãos contêm prazer e dor; a sombra da morte e o elixir da vida imortal lhe pertencem".

A combinação de "prazer e dor" não se limita à Índia. A grande deusa da antiga Mesopotâmia, chamada Ishtar ou Inanna, também desempenhava o papel de deusa do amor e da guerra.

Esse dualismo é explorado na epopeia de Gilgamesh, na qual ela primeiro o deseja e depois, quando ele a rejeita, pratica uma terrível vingança (*ver p. 18*).

A deusa egípcia Ísis foi absorvida pela mitologia romana, e é ela que, com sua voz inconfundível de grande deusa, fala com Lucius, o herói do livro de Apuleio, *O Asno de Ouro*, quando ele é iniciado em seu culto: "Eu sou a Natureza, a mãe universal, senhora de todos os elementos, filha primordial do tempo, soberana de todas as coisas espirituais, rainha dos mortos e também dos imortais, a única manifestação de todos os deuses e deusas que existem".

Manter a integridade do mundo

Nos mistérios de Elêusis, da antiga Grécia, a grande deusa era o centro da religião grega (*ver p. 29*). Esses rituais, abertos apenas a iniciados, se relacionavam ao mito da grande deusa Deméter e sua filha Perséfone, a virgem inefável. Os que testemunhavam os ritos recebiam a garantia de um novo nascimento após a morte. Os gregos acreditavam que os mistérios "mantinham toda a raça humana unida".

Tal crença ilustra a importância crucial do mito para a integridade do mundo, assim como a serpente cósmica que se enrola ao redor da terra no mito fon da criação.

As lendas australianas sobre a era dos sonhos, como também a história da tribo *gunwinggu* sobre Lumaluma (*ver pp. 104-05*), não são apenas narrativas divertidas ou contos infantis, mas mapas sagrados para a existência. Para entendê-los plenamente, é preciso ingressar na eternidade. Da mesma forma, os mitos subjacentes aos rituais navajos, como o de Cantos da Montanha (*ver pp. 92-93*) e suas pinturas de areia do Povo Sagrado, definem e expressam o que significa ser navajo. No fim desse ritual, "O mundo diante de mim é restaurado em sua beleza".

Quando Jasper Blowsnake revelou o sagrado rito *winnebago* da medicina ao antropólogo Paul Radin (publicado com o título *The Road of Life and Death*), estava revelando um

Nut, a mãe de todos

A deusa egípcia do céu, Nut, curva-se diante do mundo nesta antiga pintura tumular. Ele está prestes a engolir o sol da tarde, que aparece de novo no seu braço à medida que ela inicia sua jornada noturna. Nut era considerada a mãe de todos, porque até o deus do sol, Rá, entrava em sua boca todas as noites para percorrer seu corpo e renascer na manhã seguinte. A figura de Nut dentro de um sarcófago egípcio prometia o mesmo renascimento às almas dos mortos.

Triptólemo, herói de seu povo

Triptólemo, que ensinou a humanidade a usar o arado, entre duas deusas dos mistérios de Elêusis, Deméter e Perséfone. Deméter lhe entrega uma espiga dourada de milho. Este relevo em mármore, da segunda metade do século V a.C., foi encontrado em Elêusis, provavelmente no templo de Triptólemo.

mistério tão grande e secreto quanto os mistérios de Elêusis. "Jamais conte a ninguém este rito", dizia o ritual. "Mantenha-o absolutamente secreto. Se o revelar, o mundo terá fim. E todos morreremos". O segredo exigido dos iniciados nos mistérios de Elêusis era tão absoluto que só chegaram até nós fragmentos do que eram esses rituais e o que eles significavam.

Heróis mitológicos

Um desses fragmentos trata do mito de Deméter no momento em que, tendo assumido um cargo na casa real enquanto procurava sua filha, coloca o príncipe real, entregue a seus cuidados, em uma fogueira divina para queimar suas partes mortais e lhe conceder a vida eterna, mas é interrompida antes de completar o ritual. O mesmo incidente ocorre na mitologia egípcia, quando a deusa Ísis se torna criada de um príncipe enquanto busca seu marido, Osíris (*ver p. 16*). Na história egípcia o príncipe morre, mas no mito grego o menino, Triptólemo, se torna um benfeitor da humanidade – um herói de seu povo – quando Deméter lhe dá o grão, o arado e o conhecimento da agricultura para ensinar aos homens. Triptólemo teve seu próprio templo e seu próprio culto em Elêusis.

O papel dos deuses na doação do conhecimento à humanidade aparece em todas as mitologias. O grego Prometeu, os ancestrais aborígenes, o Homem Solitário dos mandans, o Quetzalcoatl dos astecas, o Mauí dos polinésios – todos são reverenciados por nos terem ensinado a viver no mundo.

Ao lado dessas figuras estão os heróis que nos ensinam com seu exemplo – sua bravura, suas virtudes, sua persistência e, às vezes, suas fraquezas. Os feitos de heróis gregos como Hércules (Héracles) e Teseu, que eram meio humanos e meio divinos (*ver pp. 50-51, 54-55*), oferecem um modelo para os humanos.

A história de Rama (*ver pp. 114-115*) ainda inspira a devoção de todos os hindus, e sua trajetória foi adotada como épico nacional na Tailândia, uma nação budista. O rei Artur, um herói celta (*ver pp. 80-81, 84-85*), é protagonista de lendas semelhantes, nas quais o mito celta e as aspirações da cristandade medieval se encontram.

Os mitos taoístas dos Oito Imortais (*ver pp. 118-19*) mostram que os humanos podem aspirar à divindade. Em sua busca de perfeição, os imortais ganham não uma longa vida na terra, medida pelo tempo linear, mas uma vida eterna no paraíso.

A morte e o mundo subterrâneo

Para a maioria da humanidade, o momento em que o tempo linear chega ao fim é a morte. Todas as mitologias mantêm a esperança que era tão cara aos iniciados de Elêusis: a da existência de uma outra vida. Os egípcios esperavam renascer em uma vida no Campo dos Juncos, uma versão perfeita do Egito que eles conheciam. Eles eram mantidos nessa crença pelo renascimento cotidiano de Rá, o sol. Os vikings acreditavam que os guerreiros

O herói Hércules

Este vaso grego mostra Hércules matando os pássaros do Estínfalo, o sexto dos seus 12 trabalhos (ver pp. 50-51), no qual ele matou ou capturou vários ogros e monstros. Antes de realizar seu último trabalho, Hércules teve que ser iniciado nos mistérios de Elêusis. Quando morreu, ascendeu ao Olimpo para viver com os deuses.

mortos em batalha eram convidados ao salão dourado do Valhala, onde festejavam ao lado dos deuses antes de lutar por Odin, o senhor dos exércitos, na batalha final de Ragnarok.

O poeta romano Virgílio nos conta que o herói Eneias encontrou seu pai, Anquises, nos Campos Elísios do mundo dos mortos (*ver p. 67*). Mas, quando tentou abraçá-lo, ele se desmanchou no ar. Então, quando viu as almas virem beber a água do esquecimento para esquecer sua vida passada e nascer de novo, perguntou a Anquises o que estava acontecendo. Anquises lhe explicou que, no princípio, o mundo era espírito puro, mas nos ligamos à vida pelo amor e pelo medo. Apenas alguns são capazes de descansar na vida após a morte, aguardando que o ciclo do tempo se complete, quando voltarão a ser espíritos puros. A maioria anseia voltar ao mundo.

Os índios *guarayus* da Bolívia falam da busca da alma após a morte, quando ela se encontra na encruzilhada de dois caminhos para chegar a Tamoi, o Grande Pai, que vive no oeste. Um é amplo e fácil; o outro é estreito e perigoso. A alma deve escolher o caminho difícil e vencer os obstáculos antes de chegar a seu destino e ser acolhida. Uma vez refrescada no banho restaurador do Grande Pai, a alma volta a ser jovem e capaz de rir, caçar, viver e amar de novo na terra do oeste.

Hermod desce ao mundo subterrâneo
Esta ilustração de um manuscrito do século XVIII mostra Hermod, filho de Odin, montado no corcel de oito patas de seu pai quando desce ao mundo subterrâneo para resgatar seu irmão, Balder, que foi morto devido à má-fé do deus Loki. Hel permitiu que Balder fosse embora se o mundo inteiro o pranteasse, mas Loki não aceitou isso. Os deuses dominaram e prenderam o traiçoeiro deus – mas em Ragnarok ele se libertará para liderar as hostes dos mortos num navio feito com as unhas deles.

Os mitos não dizem apenas o que acontece depois da morte, mas como a morte chegou ao mundo – para os zulus, foi tudo um engano. O Grande Ser Único enviou Unwabu, o camaleão, para contar às pessoas que elas viveriam para sempre, mas ele se atrasou e foi ultrapassado por Intulo, o lagarto, com a mensagem de que todos deviam morrer.

Há também histórias de heróis que tentaram vencer a morte: Mauí, Gilgamesh, os deuses gêmeos dos maias (*ver pp. 100-101*).

Nessa busca pelo segredo da vida eterna, o herói sumério Gilgamesh cruza o oceano da morte à procura de Utnapishtim, o único sobrevivente do grande dilúvio. Mas Utnapishtim lhe diz: "Não há permanência. Construímos uma casa para ficar de pé para sempre? Firmamos um contrato para valer para sempre? Irmãos dividem uma herança para guardá-la para sempre? A enchente do rio dura para sempre? É apenas a larva da libélula que abandona seu casulo e vê o sol em sua glória. Desde os tempos antigos não há permanência".

A lição de Utnapishtim se repete em um pequeno poema asteca, endereçado talvez ao senhor da vida, Quetzalcoatl, que desceu ao mundo dos mortos para devolver a vida à humanidade (*ver pp. 98-99*):

> *"Pode ser verdade que se vive na terra?*
> *Não para sempre; só por um breve tempo.*
> *Se for jade, se estilhaça.*
> *Se for ouro, se quebra.*
> *Se for uma pena de quetzal, se rompe.*
> *Nunca para sempre; só por um breve tempo."*

Em um mundo onde a única certeza é a incerteza, os grandes mitos nos oferecem sabedoria e conforto, preparando-nos para a jornada até o Grande Pai, nas mãos do deus desconhecido.

Neil Philip

A CRIAÇÃO

SEGUNDO O MITO EGÍPCIO DA CRIAÇÃO, no princípio nada havia a não ser a escuridão infinita do oceano de Nun. Todos os elementos de vida estavam no oceano, inertes e insensíveis. Então o senhor sem limites surgiu e se denominou Rá. Ele estava só. Com um sopro, criou Shu, o ar, e com a saliva criou Tefnut, a umidade, e os lançou na água. Com isso, fez as águas de Nun retroceder e teve uma ilha onde pisar. Depois olhou dentro de seu coração e viu como as coisas deviam ser, e de Nun criou todas as plantas, pássaros e animais. Pronunciava seus nomes e eles ganhavam vida. Shu e Tefnut tiveram dois filhos: Geb, a terra, e Nut, o céu. Nut deitou-se sobre Geb e o céu se acasalou com a terra. Mas Shu teve ciúme e feriu o céu, mantendo-o lá no alto e prendendo a terra embaixo com seus pés. Do casamento de Nut e Geb nasceram as estrelas.

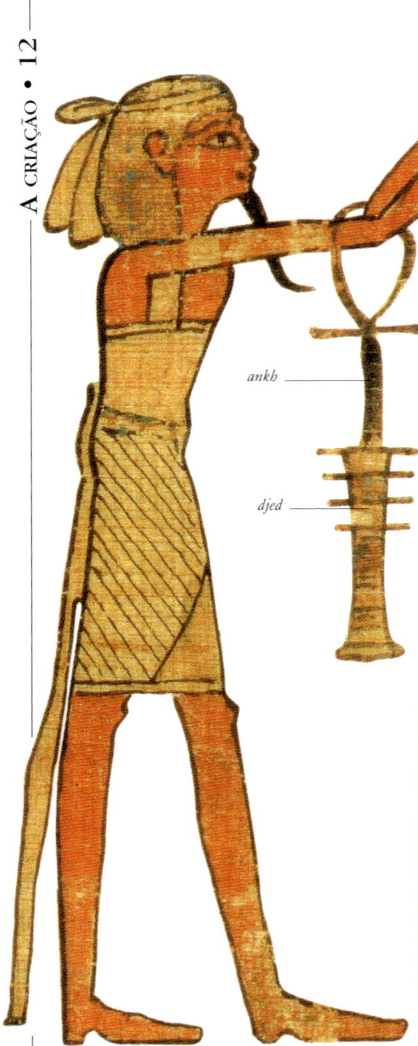

Símbolos de vida e estabilidade
A figura representa Ha, deus do deserto ocidental, que protegia os egípcios contra os inimigos do oeste, principalmente os líbios. Erguendo os braços numa bênção, ele carrega o ankh, símbolo de dois elementos vitais, o ar e a água, de onde pende o djed, o pilar sagrado que simboliza a estabilidade.

SHU, O AR
Shu, pai da deusa Nut, pode ser reconhecido pela pluma de avestruz. É geralmente representado mantendo Nut e Geb afastados.

O DEUS DO DESERTO OCIDENTAL
Ha, o deus do deserto ocidental, exibe uma cauda de boi. Fazia parte da realeza egípcia e simbolizava força e fertilidade.

NUT, A MÃE DE TODOS
Nut arqueia o corpo, formando a abóbada celeste. Todas as noites, ela engole o sol, fazendo-o renascer na manhã seguinte. Graças a seu papel de mãe do sol, Nut é considerada a mãe do universo. Os mortos eram confiados à sua guarda, e sua imagem era gravada na parte interna da tampa dos caixões.

O SÍMBOLO DO RENASCIMENTO
O cajado de Shu tinha a forma de uma cobra. Como a cobra tem a capacidade de trocar de pele várias vezes, tornou-se símbolo do renascimento, com poderes de gerar vida.

ANKH
O *ankh* era o símbolo da vida e quem o possuísse tinha o poder de dar ou tirar a vida de seres menores. Só deuses, reis e rainhas tinham autoridade para portar um *ankh*.

O GANSO DE GEB
Geb é muitas vezes representado na forma de um ganso, e por isso um de seus nomes é "o Grande Grasnador" – uma referência à grasnada que ele soltou quando produziu o grande ovo do qual o pássaro Benu emergiu na aurora dos tempos (*ver p. 13*).

A DEUSA DA ORDEM
Maat, a deusa da ordem e da justiça, muitas vezes descrita como "filha de Rá", acompanha o deus, que se senta diante dela.

GEB, A TERRA
O deus da terra, Geb, é mostrado deitado sob sua irmã e consorte, Nut, o céu. Ao contrário de outras culturas, os egípcios concebiam a terra como um deus masculino.

OS DEUSES EGÍPCIOS

Todos os deuses do antigo Egito são, como os deuses hindus, aspectos da essência divina, chamada, no relato da criação, de Nebertcher, "senhor sem limites". Rá, o sol, representa a consciência criativa desse deus todo-poderoso, e os outros deuses, criados por Rá, representam outros de seus aspectos. Os deuses egípcios também se interligavam ou se fundiam: Amon, "o oculto", o principal deus cultuado em Karnak, era o deus do ar, mas na forma de Amon-Rá era um deus sol e, como Amon-Min, um deus da fertilidade. Conhecidos por vários nomes, os deuses também podiam ser representados na forma humana ou animal.

O ANO EGÍPCIO tinha 12 meses lunares de 30 dias, mais 5 dias para completar os 365. Entretanto, os egípcios não acrescentavam um dia a cada quatro anos, de modo que seu calendário foi lentamente perdendo sincronia com o calendário astronômico, a ponto de o verão cair no inverno, e vice-versa. Os dois calendários voltavam a coincidir a cada 1.460 anos, um ciclo místico para os sacerdotes egípcios.

O pássaro Benu

No início dos tempos, as águas de Nun viviam na escuridão até que Rá criou a si mesmo. Na primeira aurora, o pássaro Benu voou sobre Nun, batendo suas grandes asas em silêncio e arrastando suas longas pernas na água. Benu alcançou uma pirâmide rochosa que acabara de emergir de Nun. Abriu o bico e soltou um grito selvagem. O grito ressoou nas águas infinitas, quebrando o eterno silêncio. Quando a luz da primeira aurora rompeu a escuridão, o mundo se encheu do conhecimento do que devia e do que não devia existir. O pássaro Benu é representado como uma garça gigantesca, que mais tarde os gregos chamaram de fênix, reconhecendo que o pássaro era realmente um aspecto do deus sol, Rá. No grande templo de Amon em Karnak, todas as manhãs um pato era lançado sobre as águas do lago sagrado, numa celebração do voo do pássaro Benu.

A pintura tumular mostra o culto do pássaro Benu.

A MÃE DAS ESTRELAS
O casamento de Nut com seu irmão Geb e o nascimento de seus filhos, as estrelas (que quase sempre aparecem decorando suas vestes), enfureceram seu pai, Shu, que a amaldiçoou, prevendo que ela não daria à luz em nenhum mês do ano. Mas Nut apostou com Thoth, deus da lua e calculador do tempo, e ganhou dele cinco dias além dos 12 meses lunares de 30 dias. Nesses dias ela gerou cinco filhos: Osíris, Hórus, Seth, Ísis e Néftis.

O OLHO CEGO DE HÓRUS
O olho esquerdo do deus Hórus (*ver p. 16*) era identificado com a lua. Destruído numa luta com Seth, mais tarde se refez. Esse olho, chamado *wedjat*, simbolizava a integridade e a renovação.

O ESCARAVELHO
O escaravelho alado de Rá é mostrado junto ao corpo mumificado de Osíris, que surge da terra fértil. Simboliza a ressurreição de Osíris e o renascimento diário de Rá.

O TRABALHO NA TERRA
Os homens aram e semeiam a terra. À medida que Rá percorre seu caminho diário pelo céu (centro), o calor do sol faz as plantas crescerem – outro símbolo da ressurreição de Osíris.

O QUADRO DO MUNDO EGÍPCIO

A figura mostra os deuses egípcios em relação ao mundo. No centro, o céu (Nut) se curva sobre o corpo da terra (Geb), cujos joelhos dobrados indicam a natureza irregular da terra, enquanto o sol (Rá) se move entre eles. À esquerda, vê-se Shu (o ar), próximo a Ha, deus do deserto ocidental. À direita, a deusa Néftis rega a terra.

O OLHO DO DEUS SOL
Dizia-se que o sol era o olho de Rá, que ele enviara à procura de Shu e Tefnut. Quando ele voltou, outro olho ocupara o seu lugar. Ele chorou, e suas lágrimas se tornaram os primeiros seres humanos. Então Rá o colocou na testa na forma de *uraeus*, a serpente que governa o mundo e cospe fogo sobre os inimigos.

ÁGUAS DA FERTILIDADE
A deusa Néftis, irmã de Ísis, derrama as águas da fertilidade sobre a terra, onde os homens trabalham o solo. O corpo mumificado de Osíris (*ver p. 16*) renasce onde a água toca a terra.

O criador do universo

Rá, o criador do universo, dos deuses e dos primeiros humanos, leva o sol sobre a cabeça. Ele governará o mundo até o fim dos tempos, quando tudo o que foi criado morrerá e, de novo, as águas infinitas de Nun cobrirão o mundo.

Rá, o deus sol

Rá, o deus sol, assumiu três formas principais: Khepri, o escaravelho, que era o sol levante; Rá, o disco solar, que era o sol do meio-dia; e Atum, um velho apoiado num cajado, que era o sol poente. Todo fim de tarde, quando o sol atingia o pico mais ocidental do monte Manu, a deusa do sol, Nut (*ver p. 13*), o engolia, e imediatamente o deus sol iniciava sua perigosa jornada pelo mundo dos mortos em sua barca noturna. Ali, ele era assaltado por demônios liderados pela monstruosa serpente Apófis, sua inimiga, que, segundo um mito, nasceu no exato instante do nascimento de Rá. Na hora mais escura antes da aurora, Apófis lançava seu mais desesperado ataque. Toda noite, Rá, na forma de um gato, cortava a cabeça da serpente antes de renascer do leste, surgindo novamente de Nut, a mãe universal. Ele então se erguia e cruzava o céu até o próximo anoitecer, quando Apófis o estaria esperando de novo. Se um dia Apófis vencesse Rá, o sol não voltaria a nascer. Esse ciclo diário de morte e renascimento passou a simbolizar o ciclo de vida da humanidade, que espera renascer depois da morte. Do Reino do Meio, o sol visível Rá era complementado por uma divindade invisível, Amon, "o oculto", venerado como rei dos deuses na forma de Amon-Rá.

O escaravelho

O escaravelho era o símbolo de Rá no seu papel de Khepri, o sol levante. Ao rolar uma bola de esterco, o escaravelho era símbolo do próprio sol. Era ainda símbolo da geração espontânea e do renascimento, pela forma como uma nova larva nascia da bola de estrume.

O nome secreto de Rá

Rá criou o mundo com palavras. Mas uma palavra – seu nome secreto – ele guardou para si. Ísis, filha de Geb e Nut, a terra e o céu, e esposa de Osíris, decidiu aprender os nomes de todas as coisas, para ser tão grande quanto o próprio deus. No fim, a única palavra que ela não conhecia era o nome secreto de Rá. Para enganá-lo e levá-lo a lhe revelar seu nome, Ísis recolheu a saliva que pingara da boca do deus quando ele viajava pelo céu dia após dia (agora ele estava velho e babava), e com ela moldou uma cobra, que colocou em seu caminho. Rá não pôde evitar ser picado pela cobra e, lançando um grito terrível, tremeu e sentiu sua visão se turvar. Tirando proveito de seu sofrimento, Ísis lhe ofereceu o antídoto do veneno se ele lhe revelasse seu nome. Finalmente, Rá lhe transmitiu seu nome através do coração, dando-lhe poder inclusive sobre ele próprio. Usando o nome secreto de Rá, ela ordenou ao veneno que sumisse, deixando-o curado e forte. O texto dessa história também funcionava como fórmula mágica contra o veneno. Recitá-lo diante das imagens de quatro deuses, entre eles Ísis e Hórus, e fazer o paciente comer um papel onde ele estava escrito garantiam a cura "um milhão de vezes".

PAPIRO DE ANI
c. 1250 a.C.
Este papiro é parte do Livro dos Mortos, *escrito por Ani, sacerdotisa de Amon-Rá. Nun, deus das águas primordiais* (ver p. 12), *segura a barca do sol, sobre a qual o escaravelho, outro símbolo do sol, aparece empurrando o disco solar da mesma forma como costuma rolar uma bola de estrume.*

O disco solar
Como Rá, o deus sol era representado pelo próprio disco solar.

No mundo subterrâneo
Aqui, a deusa do céu, Nut, desperta Osíris, seu filho com Geb e governador do mundo dos mortos, para receber o disco do sol antes que ele inicie sua terrível jornada noturna. Na noite profunda, Osíris e Rá se tornam um e são descritos como "Rá, que descansa em Osíris" e "Osíris, que descansa em Rá".

O *Livro dos Mortos*, ou *Livro de Sair para a Luz*, é uma coleção de fórmulas mágicas, muitas delas derivadas de textos mais antigos, os textos das pirâmides e os textos dos sarcófagos, destinados a fortalecer os mortos na outra vida. Cópias feitas para indivíduos ricos eram enterradas com eles. Uma fórmula típica ensinava a "não morrer de novo no reino dos mortos".

Os egípcios acreditavam que, armado com os encantamentos certos, um morto podia enfrentar os terrores do mundo subterrâneo, Duat, e viver uma nova vida no Campo dos Juncos. Todos os elementos que constituíam a pessoa viva deviam ser preservados para a ressurreição – não apenas o corpo físico e as duas partes da alma, ka (força vital) e ba (personalidade ou talento), mas também o nome e a sombra do indivíduo. Esses cinco elementos formavam um ser completo.

Uraeus
A naja erguendo-se é o símbolo do deus sol (e dos faraós, que usavam seu emblema na testa). Era costume representá--la presa ao disco do sol.

Hórus
Hórus, filho de Ísis e Osíris, um deus com cabeça de falcão, era um dos maiores deuses egípcios. Era essencialmente um deus do céu; seu olho esquerdo era a lua, e seu olho direito era o sol. Como deus solar, ele se fundia com Rá e Rá-Harakhty.

A barca do sol
Rá é representado em sua barca solar, na qual viaja durante o dia.

Nun, a fertilidade do Nilo
O deus Nun, que representa as águas primordiais, ou o dilúvio original, segura a barca do sol. De certa maneira, a mitologia egípcia reflete a própria terra do Egito, descrito pelo historiador grego Heródoto como "um presente do Nilo". Sem a cheia anual do Nilo, que criava uma faixa fértil ao longo de cada margem do rio, o Egito não teria sobrevivido. É clara a importância da travessia do sol do leste para o oeste, assim como a inundação primeva representada pelo deus Nun.

"Ó vós que sois grande em vossa barca, levai-me a bordo, para que eu possa me encarregar de vossa navegação, cumprindo o dever que me foi designado como uma das Estrelas Incansáveis."

O Livro dos Mortos

Segundo um mito, o mundo foi criado pela deusa arqueira Neith a partir das águas de Nun. Ela criou os deuses ao pronunciar seus nomes, e então (na forma de uma vaca) gerou Rá, o todo--poderoso. Rá nasceu de um ovo e, ao emergir, foi ofuscado pela luz e chorou, e a humanidade foi criada a partir de suas lágrimas.

Companhia de deuses
Rá era acompanhado em sua jornada por sete deuses (dos quais quatro aparecem aqui), comandados por Hórus. Não se sabe ao certo quais eram os outros deuses. A companhia geralmente incluía três dos primeiros deuses criados, Sia (percepção), Hu (expressão) e Hike (magia), assim como outros deuses importantes, como Shu, Geb, Osíris e Thoth. Às vezes havia também deusas na barca, especialmente Hathor.

Bastet

Quando os humanos começaram a conspirar contra o velho Rá, ele transformou a deusa Hathor (a vaca sagrada da fertilidade) em uma leoa furiosa, Sekhmet. Sua sede de sangue provocou pragas e morte. Essa deusa, que só se aplacava quando se embebedava, aos poucos passou a ser venerada sob um disfarce mais gentil, o da deusa-gato Bastet. O gato doméstico era considerado sagrado por ela, e muitos gatos foram mumificados em rituais religiosos. Mas os gatos também eram treinados para a caça, e são representados na arte egípcia recuperando pássaros atingidos pela arma de seus donos. Os gregos identificaram Bastet com Ártemis, deusa da caça (*ver pp. 36-37*), e Heródoto descreveu sua festa anual como uma orgia.

Bastet, a deusa-gato egípcia.

Hórus

Hórus é representado aqui como um olho wedjat *com asas de falcão. Sua origem reside no primitivo conceito egípcio de céu como as asas de um falcão. Os olhos e a barriga manchada da ave eram o sol, a lua e o céu cheio de estrelas.*

OSÍRIS, ÍSIS E HÓRUS

OSÍRIS, SOBERANO DO MUNDO SUBTERRÂNEO, foi originalmente um rei no mundo superior, onde ensinou os egípcios (e mais tarde o resto do mundo) a viver, venerar e plantar. (Antes, eles eram canibais.) Ele recebeu o nome de Wennefer, que significa "deus eterno". Foi assassinado pelo irmão, Seth, que o enganou para fazê-lo entrar em um baú de madeira, depois atirado ao rio Nilo. A mulher de Osíris, Ísis, resgatou o cadáver, mas Seth o descobriu, esquartejou-o e espalhou os pedaços por todo o Egito. Com pesar, Ísis e sua irmã Néftis recolheram todos os pedaços e, com a ajuda de Anúbis, que guiava as almas ao mundo subterrâneo, e Thoth, escriba de deus, reconstituíram o corpo de Osíris, criando a primeira múmia. Ísis transformou-se num falcão e, sobrevoando o corpo, insuflou vida nele com suas asas; foi nesse momento que ela concebeu um filho, Hórus, que vingaria seu pai. Osíris revivido desceu às trevas e ao desolado mundo subterrâneo para ser senhor e juiz dos mortos.

ÍSIS E OS ESCORPIÕES

Grávida, Ísis fugiu de Seth para o delta do Nilo, com sete escorpiões. Uma noite, implorou abrigo a uma rica dama chamada Usert, que lhe recusou ajuda. Furiosos, os escorpiões picaram o filho de Usert, inoculando seu veneno. Com pena do menino, Ísis o curou. Então partiu para Khemmis e deu à luz Hórus. Desesperada e pobre, tinha que deixar o bebê sozinho para procurar comida. Um dia, quando voltou, encontrou Hórus deitado, rígido, picado por um escorpião. Mas Ísis não pôde salvá-lo, já que usara seu poder para curar o filho de Usert. Sua angústia interrompeu o trajeto de Rá, que cruzava o céu, e o mundo ficou escuro. Rá enviou Thoth para curar Hórus, porque, até que ele se recuperasse, não haveria luz, as fontes secariam e as plantas feneceriam.

A FAMÍLIA REAL DOS DEUSES

Esta estatueta mostra o deus Osíris elevado sobre um púlpito, ladeado por sua leal esposa Ísis e por seu filho Hórus. Acreditava-se que Osíris fora rei do Egito. Seu filho Hórus foi o último deus a ser rei, mas enviava seu espírito a cada faraó que herdava o trono terreno.

CABEÇA DE FALCÃO
Hórus costuma ser representado ou como um falcão ou como um homem com cabeça de falcão. Originalmente um deus do céu, tinha no olho direito o sol e no esquerdo a lua. Como deus sol, fundia-se com Rá. Portanto, quando ele quase morreu quando era criança, o céu escureceu (*ver quadro acima*).

OLHO CEGO
Hórus perdeu o olho esquerdo (a lua) em uma luta com Seth, a quem ele castrara.

REI MORTO
Osíris é representado aqui como um rei mumificado. Sendo herói do povo, acreditava-se que ele tinha sido um verdadeiro rei no início da civilização egípcia.

COROA
Osíris usa a coroa atef, uma coroa alta, ladeada de plumas, que designava o soberano.

CHIFRES DE VACA
Ísis usa o disco do sol entre dois chifres, o que revela sua íntima ligação com a deusa-vaca mãe Hathor. Ísis e Hathor foram consideradas, em diferentes épocas, a mãe de Hórus e, portanto, do rei do Egito, que era uma manifestação de Hórus.

ESPOSA E MÃE
Ísis era a típica esposa e mãe. Sua mão copia a forma do ombro de Osíris, gesto repetido do outro lado por Hórus e que enfatiza a união da família. Ela é muitas vezes representada alimentando o pequeno Hórus.

FEITICEIRA
Ísis era uma feiticeira, cuja arte praticava inclusive sobre os deuses (*ver pp. 14-15*). Foi seu poder mágico que lhe permitiu devolver o sopro de vida a Osíris mumificado e ajudar seu filho Hórus em seus duelos com Seth.

A HISTÓRIA DE ÍSIS E OSÍRIS fala de morte e ressurreição, e reflete a colheita do grão e seu novo crescimento a partir da semente. Estatuetas em miniatura de Osíris, cheias de sementes, eram colocadas nas tumbas egípcias como uma promessa de renascimento.

PARA ALCANÇAR a vida eterna, os egípcios preservavam os cadáveres por meio da mumificação, seguindo a técnica usada por Anúbis, deus--chacal da mumificação, na preparação do corpo de Osíris.

COMO A DEUSA GREGA DEMÉTER em busca de Perséfone (*ver p. 29*), Ísis, em sua busca por Osíris, se tornou ama de um príncipe. As duas deusas tentaram conceder a imortalidade aos meninos queimando suas partes mortais, mas foram interrompidas. Ao ver o cadáver de Osíris, Ísis lançou um grito tão terrível que matou o principezinho de quem cuidava.

Hórus abriu a boca de seu pai Osíris, realizando o primeiro ato do ritual de sua mumificação. Outros ritos garantiam que todas as funções vitais fossem restauradas depois da morte por meio de fórmulas mágicas contidas no *Livro dos Mortos*.

"*Eu te saúdo, Osíris Wennefer, o vingado filho de Nut! Tu és o primogênito de Geb, o que nasceu de Nut… Regozija-te, Osíris, porque vim em teu socorro. Sou Hórus, e hoje te salvei a vida!*"
O Livro dos Mortos

Depois que Osíris desceu ao mundo dos mortos, não pôde mais governar seu reino terreno, poder que legou a seu filho Hórus. Mas seu irmão mau, Seth, deus do caos e da confusão, reivindicou o trono. Só depois de 80 anos Rá julgou Hórus vencedor, concedeu-lhe o reino e baniu Seth para o deserto.

Placa com cártula
Os sarcófagos dos reis eram retangulares como o ornamento que circundava o nome real. Assim como a cártula protegia o nome do rei, o sarcófago protegia seu corpo.

As almas na balança

Depois da morte, a pessoa se apresentava diante de Osíris no Salão das Duas Verdades. Ali, um homem chamado Hunefer é levado por Anúbis, o deus-chacal. Anúbis compara o peso do coração de Hunefer ao da pluma de Maat, que simboliza a verdade. Ammit – monstro com cabeça de crocodilo e corpo metade leão metade hipopótamo – aguarda para devorar o coração de Hunefer se ele for julgado culpado. Os egípcios se protegiam contra esse perigo introduzindo em suas tumbas a Confissão Negativa, uma lista dos pecados que não tinham cometido. À direita, o deus-íbis Thoth, deus da escrita e do conhecimento, anota o resultado. Mais à direita, Hórus leva Hunefer à presença de Osíris. Ísis e Néftis postam-se atrás do trono. Acima, Hunefer presta homenagem a uma companhia de deuses liderados por Rá-Harakhty, que serve de testemunha para o julgamento de Osíris.

A epopeia de Gilgamesh

Gilgamesh era senhor de Uruk, na Mesopotâmia. Dois terços divino, era tão arrogante em sua glória que os deuses criaram o guerreiro Enkidu para igualá-lo em força. Em seu primeiro encontro, os dois lutaram furiosamente, mas logo se tornaram grandes amigos e partiram juntos para a grande floresta a fim de matar o monstro Humbaba, "o grande mal". Na volta, a deusa Ishtar, encantada com a beleza de Gilgamesh, pediu-o em casamento, mas ele recusou. Furiosa, ela pediu a seu pai, Anu, que criasse o Touro do Céu para destruir a terra. Mas Enkidu e Gilgamesh mataram o touro. Com isso, os deuses decidiram que um dos heróis devia pagar pelo crime, e foi Enkidu que adoeceu e morreu. Chorando, Gilgamesh partiu em busca de Utnapishtim, ancestral da humanidade, para lhe perguntar por que todos devem morrer. Ele viajou além do fim da terra para encontrá-lo e, no caminho de volta, deparou-se com uma planta que devolvia a juventude aos velhos. Mas um dia, quando parou para beber água de um lago, uma cobra devorou a planta, razão pela qual as cobras trocam de pele e voltam a ser jovens, enquanto os homens continuam envelhecendo e morrendo.

Gilgamesh
Esta estátua colossal data do século VIII a.C. e mostra Gilgamesh em trajes reais, carregando um leão e um cajado em forma de serpente. Tanto o leão quanto a serpente são referidos na narrativa de sua jornada para além do oceano a fim de descobrir por que os homens são mortais.

Enkidu
Esta figura com cabeça de touro é Enkidu, a única criatura tão forte quanto Gilgamesh. Criado a partir da lama e da saliva, tinha um corpo forte e peludo, e cresceu na floresta entre os animais, sem nada saber da espécie humana.

Gilgamesh triunfante
Gilgamesh derrotou Humbaba, que, com lágrimas nos olhos, implorou por misericórdia e prometeu ser seu servo. Gilgamesh quase concordou, mas Enkidu disse que não podiam confiar nele e convenceu Gilgamesh a matá-lo.

Dois episódios da vida de Gilgamesh
Esta imagem está gravada em um selo que data do período entre 2340 e 2180 a.C. À esquerda, parece mostrar Gilgamesh e Enkidu matando o monstro. À direita, Gilgamesh é conduzido num barco pelo oceano em busca de Utnapishtim, o mortal que sobrevivera ao grande dilúvio, que ele espera possa lhe contar o significado da vida

Humbaba
Esta figura semelhante a um leão pode representar Humbaba, gigante da floresta que tinha "a aparência... de um leão", hálito de fogo e mandíbulas mortais. Quando rugia, era como uma tempestade, e seus olhos flamejavam com a força da morte. Por sugestão do deus sol Shamash, Gilgamesh e Enkidu viajaram para uma floresta distante, onde encontraram e mataram o monstro. Isso despertou a ira dos deuses, especialmente de Enlil, senhor da terra e do ar.

Depois que Enkidu e Gilgamesh mataram Humbaba e o Touro do Céu, o deus Anu determinou que um dos dois devia ser punido com a morte. Os deuses Ea e Enlil concordaram, e, apesar dos rogos de Shamash, deus sol (a quem os heróis tinham sacrificado o coração do touro), Enkidu foi marcado para morrer. Ele adoeceu e teve uma visão de sua morte em um sonho no qual era apanhado por um pássaro preto e levado ao palácio de Ereshkigal, a Rainha das Trevas.

Os deuses que criaram Gilgamesh lhe deram um corpo perfeito. Shamash, o deus sol, lhe deu beleza, e Adad, deus das tormentas, lhe deu coragem. Até os deuses criarem Enkidu para conter sua arrogância e ser seu companheiro, ninguém o superava em força.

"*Gilgamesh... atacou Humbaba com um golpe de espada no pescoço, e Enkidu, seu companheiro, desfechou o segundo golpe.*"
Epopeia de Gilgamesh

"*Eu proclamarei ao mundo os feitos de Gilgamesh… o homem que conhecia todas as coisas… Ele era sábio… conhecia os mistérios, ele nos trouxe uma história dos dias que antecederam o dilúvio. Partiu numa longa jornada, cansou-se, exauriu-se em trabalhos e, na volta, descansou e gravou em uma pedra toda a história.*"

PRÓLOGO DA EPOPEIA DE GILGAMESH

DEPOIS DA MORTE DE ENKIDU, Gilgamesh decidiu buscar a explicação para o mistério da morte. Caminhou até o topo dos montes gêmeos de Mashu, guardiães do sol levante e do sol poente, e pediu para entrar no mundo subterrâneo ao temível escorpião que guardava o portão, que era metade homem e metade dragão. Lá dentro, percorreu 12 léguas em total escuridão, antes de chegar ao jardim dos deuses, onde encontrou a deusa Siduri, que o aconselhou a procurar o barqueiro Urshanabi (ver abaixo).

ISHTAR, A DEUSA DO AMOR

A deusa Ishtar (ou Inanna) era senhora do céu, deusa poderosa do amor e da guerra. Seu primeiro marido foi seu irmão Tammuz (*ver p. 33*). Quando ele morreu, Ishtar desceu ao mundo subterrâneo para arrancar o poder sobre a vida e a morte de sua irmã, a terrível Ereshkigal. Deixando seu servo Papsukal com ordens de resgatá-la caso ela não voltasse, Ishtar desceu para o país das trevas. Começou com ousadia e confiança, gritando ao porteiro que lhe abrisse a porta antes que ela a derrubasse. Mas, a cada uma das sete portas, foi perdendo uma peça de suas vestes e, com elas, sua força, até chegar, nua e indefesa, diante de Ereshkigal, que a matou. Com sua morte, todo o mundo começou a fenecer. Mas o fiel Papsukal procurou os deuses e lhes pediu que criassem um ser capaz de se aventurar pela terra dos mortos e reviver Ishtar com o alimento e a água da vida. Assim Ishtar foi trazida à vida, mas teve que pagar um preço. Durante seis meses por ano Tammuz devia morar na terra dos mortos. Enquanto ele ficava lá, Ishtar lamentava sua perda; quando ele renascia, na primavera, tudo se alegrava.

Estátua suméria da deusa Ishtar.

GILGAMESH CRUZA AS ÁGUAS DA MORTE
Gilgamesh serve de mastro humano no barco de Urshanabi, o barqueiro dos deuses. Arrasado pela morte de Enkidu, ele fora aconselhado por Siduri, deusa do vinho e da sabedoria, a procurar o barqueiro e atravessar as águas turbulentas da morte em busca de Utnapishtim.

O BARQUEIRO DOS DEUSES
Urshanabi conduz Gilgamesh no oceano. "Por três dias cruzaram o mar em velocidade, percorrendo o equivalente a uma jornada de um mês e 15 dias, até que Urshanabi levou o barco às águas da morte." Ele rema e Gilgamesh serve de mastro, porque ele quebrara as pedras sagradas que garantiam a segurança do barco em águas perigosas.

"*Qual de teus amantes chegaste a amar para sempre?… Houve Tammuz… por ele decretaste o choro, ano após ano. Amaste o rolieiro, pássaro multicolorido, mas ainda assim o golpeaste e quebraste sua asa… Amaste o pastor do rebanho… Tu o atacaste e o transformaste em um lobo…*"

GILGAMESH REJEITA ISHTAR

QUANDO GILGAMESH alcançou a praia distante, encontrou Utnapishtim e lhe falou de seu desespero pela morte de Enkidu. "Por causa de meu irmão, tenho medo da morte. Por causa de meu irmão, vagueio pelas matas selvagens". Utnapishtim lhe disse que a morte era como o sono; ela chega para todos e não deve ser temida. E então lhe contou a história do dilúvio.

O DILÚVIO

Utnapishtim, o único homem a sobreviver ao grande dilúvio enviado pelos deuses, vivia na cidade de Shurrupak, onde servia à deusa Ea. A cidade e os deuses envelheceram, e a deusa Ishtar provocou tamanha discórdia entre os homens que os deuses não conseguiam dormir por causa do barulho. Então Enlil, deus da terra, do vento e do ar, disse: "Vamos lançar as águas sobre o mundo e afogá-los todos". Os deuses concordaram, mas Ea advertiu Utnapishtim do desastre iminente em um sonho e o aconselhou a construir um barco e levar para bordo um par de todas as criaturas.

Sete dias durou a tempestade, até que todo o mundo se cobriu de água. Finalmente, o barco encalhou no topo do monte Nisir. A fim de verificar o nível da água, Utnapishtim soltou uma pomba, depois uma andorinha e depois um corvo. Quando o corvo não retornou, Utnapishtim soube que tinha encontrado um lugar seguro e que as águas estavam baixando. Em agradecimento, acendeu uma fogueira e ofereceu um sacrifício aos deuses. Enlil ficou furioso quando sentiu o cheiro da fumaça, mas a sábia Ea intercedeu, e Enlil tornou Utnapishtim e sua mulher imortais. Eles são os ancestrais da humanidade.

Ahura Mazda e Ahriman

O emblema solar de Ahura Mazda
Este relevo de ladrilhos vitrificados dos século VI ou V a.C. foi encontrado em Susa, no Irã. Mostra o emblema do sol alado de Ahura Mazda colocado acima de duas esfinges aladas que parecem montar guarda.

Na mitologia dualista do zoroastrismo, os irmãos gêmeos Ahura Mazda, que vivia na luz, e Ahriman, que se escondia no escuro, estão em oposição. Entre eles nada mais há senão ar. Os gêmeos nasceram do deus Zurvan, o "tempo", o último ser que existiu no vazio primordial. Ahura Mazda, o sábio e onisciente, criou o céu, a lua e as estrelas. Gerou a Boa Mente, que atua dentro do homem e de toda a criação. Ahriman (também conhecido como Angra Mainya, que significa "o espírito destrutivo") criou demônios e atacou Ahura Mazda. Mas Ahura Mazda o mandou de volta para as trevas, dizendo: "Nem nossos pensamentos, nem ensinamentos, planos, crenças, palavras ou almas estão de acordo". Então Ahura Mazda criou Gayomart, primeiro homem e primeiro sacerdote do fogo. Mas Ahriman voltou a atacar e surgiu no céu como um ser em chamas, trazendo com ele fome, doença, dor, cobiça e morte. Então Ahura Mazda impôs um limite ao tempo, prendendo Ahriman dentro da criação. Ahriman tentou fugir, mas não conseguiu. E ali permaneceu, fazendo o mal até o fim dos tempos.

Ahriman causou uma seca e envenenou o primeiro homem, Gayomart ("vida que morre"), mas Ahura Mazda enviou a chuva, que fez brotar, da semente de Gayomart, a mãe e o pai da humanidade, Mashya e Mashyoi.

Ahura Mazda
Ahura Mazda (também conhecido como Ohrmazd) é a realização suprema do desejo de Zurvan. É um criador onisciente, cujos planos para um mundo perfeito são frustrados por Ahriman.

Juventude
Esta figura é a representação da juventude. Todos os homens nascem bons, mas Ahura Mazda lhes dá a chance de escolher entre o bem e o mal. Diz-se que a terra fica mais feliz quando um fiel resiste. No fim dos tempos (ver quadro na página ao lado)*, os que morreram na infância renascerão com 15 anos.*

O bastão ritual
O bastão ritual *barsom* é sagrado e símbolo da autoridade sacerdotal. Zurvan o deu a Ahura Mazda ao reconhecê-lo como filho. Seu uso foi disseminado pelo deus Sraosha (a obediência), que está presente em todas as cerimônias religiosas. Ele está corporificado nas orações e hinos humanos, que levam ao céu uma carruagem puxada por quatro cavalos brancos de cascos dourados.

Maturidade
Esta figura representa o ser humano maduro. Quando o mundo for recriado no fim dos tempos, todos os adultos ressuscitarão com a idade de 40 anos.

Zurvan
O culto do deus uno Zurvan tornou-se uma heresia para o zoroastrismo, que considera Ahura Mazda e Ahriman como uma dualidade existente desde o princípio dos tempos.

Quando os gêmeos estavam prestes a nascer, Zurvan prometeu que o primogênito governaria o mundo. Ahura Mazda, que recebeu o dom da previsão, contou isso a seu maldoso irmão Ahriman, que forçou o caminho para nascer primeiro e mentiu ao pai: "Sou teu filho Ahura Mazda". Mas Zurvan não se deixou enganar: "Meu filho é luminoso e perfumado, mas tu és escuro e fétido". E Zurvan chorou.

Mitra

Mitra foi um deus persa que se tornou venerado no Ocidente, principalmente no Império Romano. Dizia-se que era filho de Ahura Mazda – uma das sete divindades criadas por Ahura Mazda em oposição aos demônios criados por Ahriman. Era o deus da ordem; mas, para mantê-la, tornou-se um deus da guerra e dos guerreiros. Era visto como um deus acessível, um meio-termo entre a bondade pura de Ahura Mazda e a maldade pura de Ahriman. Seus santuários o mostram matando um touro, ato ritual que garantiria uma nova vida na nova criação; os fiéis se banhavam no sangue dos touros sacrificados. O culto de Mitra, na forma como era praticado no Império Romano, era unicamente masculino; era um culto ascético que enfatizava a verdade e o comportamento correto, oferecendo em troca a promessa da vida eterna.

Esta estátua romana mostra o deus Mitra matando o touro.

Ahriman
Ahriman – personificação da dúvida de Zurvan – corrompeu o mundo ao criar o pecado e o mal. Ele poluía tudo o que tocava e se regozijava ao fazer isso. "Minha vitória é perfeita", ele bradou. "Enganei o mundo com corrupção e escuridão, e fiz dele minha fortaleza. Sequei a terra, de modo que as plantas morrerão, e envenenei Gayomart, de modo que ele também morrerá."

Velhice
Estas pessoas velhas se aproximam do dia em que deverão cruzar a Ponte do Julgamento e alcançar as alegrias do paraíso ou os horrores do inferno, segundo seus atos e sua consciência. A ponte é larga para o fiel, mas estreita como uma agulha para o pecador.

O fim de todas as coisas

Quando se aproximar o fim dos tempos, o salvador, Saoshyant, surgirá. Ele preparará o mundo para a renovação e ajudará Ahura Mazda a destruir Ahriman. Na época de Saoshyant, as pessoas crescerão puras. Deixarão de comer carne, depois leite, depois vegetais, depois de beber água, até que nada mais será necessário. Então não haverá mais pecado, e Az, o demônio feminino da luxúria criado por Ahriman, morrerá de fome. Ela tentará seduzir seu criador e engoli-lo. Ahriman irá implorar ajuda a Ahura Mazda, que o prenderá no mesmo buraco que ele fez ao nascer. Então o tempo chegará ao fim e o mundo começará de novo. Saoshyant ressuscitará os mortos, e Ahura Mazda unirá corpo e alma. O primeiro a nascer será Gayomart, o primeiro sacerdote do fogo, depois o pai e a mãe da humanidade, Mashya e Mashyoi, e depois o resto da humanidade. Todo o metal existente nas montanhas do mundo derreterá, e nesse rio de metal fundido todos os homens e mulheres mergulharão e emergirão purificados. Para os bons, o rio parecerá um banho de leite morno; para os maus, será uma agonia, e seus pecados serão destruídos pelo calor. O novo mundo será imortal, permanente e livre de máculas.

Sacrifício de mil anos
O deus Zurvan, um deus uno, andrógino e indiferenciável, ansiava por um filho e ofereceu um sacrifício de mil anos para tê-lo. Mas, quando os mil anos chegavam ao fim, começou a duvidar de seu poder de gerá-lo.

O nascimento de Ahura Mazda e Ahriman
Esta placa de prata de Luristan, do século VIII a.C., mostra os gêmeos Ahura Mazda e Ahriman surgindo do corpo de Zurvan, deus supremo e personificação do tempo. Do outro lado veem-se figuras que representam os três estágios do homem: juventude, maturidade e velhice.

Os deuses do Olimpo

Os deuses dos antigos gregos viviam no alto do monte Olimpo, o pico mais alto da Grécia. Mais tarde, seu lar foi concebido como um paraíso no céu. No Olimpo, os deuses amavam, brigavam, observavam o mundo, ajudavam e atrapalhavam os mortais a seu bel prazer. Presididos por Zeus (Júpiter para os romanos), senhor do céu e da terra, havia muitos deuses imortais, dos quais 12 são considerados os mais importantes: Afrodite (Vênus), Apolo (Apolo), Ares (Marte), Ártemis (Diana), Atena (Minerva), Deméter (Ceres), Dioniso (Baco), Hefesto (Vulcano), Hera (Juno), Hermes (Mercúrio), Héstia (Vesta) e Possêidon (Netuno). Hades (Plutão), irmão de Zeus, governava o mundo subterrâneo. Esses deuses olímpicos sucederam a uma geração anterior de deuses. Gaia (Mãe Terra) foi a primeira deusa, que gerou os Titãs com seu irmão Urano. Os Titãs, liderados por Cronos (Saturno), tomaram o poder de Urano, mas foram derrotados por seu próprios filhos, liderados pelo filho de Cronos, Zeus. Depois da derrota dos Titãs, Zeus e seus irmãos Possêidon e Hades dividiram o governo do céu, do mar e do mundo subterrâneo.

"Zeus é o primeiro, Zeus é o último, o deus que ofusca com sua luz. Zeus é a cabeça, Zeus é o meio, de Zeus todas as coisas têm um fim. Zeus é o alicerce da terra e do céu estrelado. Zeus é homem, Zeus é uma mulher imortal. Zeus é o sopro de todas as coisas."

Hino de Orfeu a Zeus

Perséfone
Perséfone era filha de Deméter e Zeus. Foi raptada por Hades para ser sua esposa no mundo subterrâneo (*ver pp. 28-29*).

Héstia
Héstia, irmã de Zeus, era a deusa do coração e jurou manter-se virgem. Foi mais importante para os romanos que para os gregos. Foi cultuada como Vesta e servida pelas virgens vestais.

Atena
Atena, filha de Zeus com a ninfa Métis, era deusa da guerra e da sabedoria. Sua atitude era muito diferente da do brutal deus guerreiro Ares. Nasceu da cabeça de Zeus e é geralmente representada usando uma armadura.

Possêidon
Possêidon era o deus do mar. Ele é mostrado aqui montado num peixe e portando seu tridente. Possêidon é conhecido por sua perseguição ao herói Ulisses (*ver pp. 64-65*).

Cronos e Reia
Este casal talvez represente os pais de Zeus, Cronos e Reia, que foram banidos para o Tártaro, no mundo dos mortos. Cronos, cujo nome significa "tempo", castrou seu pai, Urano, com uma foice.

Hades
Hades (*ver pp. 28-29*), irmão de Zeus, era o deus do mundo subterrâneo. Era casado com Perséfone (*ver acima*).

Ares
Ares, deus da guerra (*ver p. 27*), era o único filho de Zeus e Hera. Sua agressividade muitas vezes se dirigia contra as estratégias de Atena (*ver acima*). Afrodite era sua amante.

Eros
Acreditava-se que Eros, o deus do amor, representado como uma criança ou um jovem, era filho de Afrodite. Ele aparece aqui como um querubim alado, carregando a flecha do desejo.

Afrodite
Afrodite (*ver pp. 26-27*), deusa do amor sexual, nasceu da espuma que se formou quando Cronos castrou seu pai, Urano, e atirou seus testículos ao mar. Tinha poder sobre todos, menos sobre Héstia, Atena e Ártemis.

Zeus brande o raio, sua maior arma, criada para ele pelos Ciclopes.

Zeus
Originalmente um deus do céu, Zeus era o supremo governante do paraíso e da terra. Casou-se com Hera, mas teve outras ligações sexuais.

Pã
O deus-bode Pã (*ver pp. 42-43*), filho de Hermes, era o deus dos pastos e das terras selvagens. Era muito libidinoso e costuma ser representado, como aqui, carregando uma ninfa.

Apolo
Apolo (*ver pp. 38-39*) e sua irmã Ártemis eram filhos de Zeus com uma titã, Leto. Ela era deusa da profecia, da adivinhação e das artes, especialmente da música. Era também um deus sol, embora não o próprio sol, que era representado pelo deus Hélio.

Os quatro ventos
Os ventos, Zéfiro (*ver p. 35*), Euro, Noto e Bóreas (*ver p. 43*), e as estrelas eram filhos do titã Astreu com Eos, a aurora.

Hefesto
Hefesto, o deus ferreiro coxo (*ver pp. 26-27*), era filho de Hera, que o gerou sozinha, embora algumas fontes afirmem que Zeus era o pai. Foi casado com Afrodite.

Hermes
Hermes era o mensageiro dos deuses e filho de Zeus com Maia, filha do titã Atlas. Usa um chapéu alado e carrega um bastão de arauto, o caduceu.

Dioniso
Dioniso (*ver pp. 58-59*), deus do êxtase e do vinho, era filho de Zeus com uma mortal, Sêmele. É representado com pernas de bode e chifres.

Hércules (Héracles)
Hércules (*ver pp. 50-51*) era filho de Zeus com uma mortal. Hera o odiava. Ele ganhou a imortalidade ao realizar 12 tarefas impossíveis. Quando subiu ao Olimpo, casou-se com Hebe, outra filha de Zeus.

Deméter
Deméter, irmã de Zeus, era a deusa-terra dos gregos. Seu irmão Zeus era pai de sua filha, Perséfone. Sua busca por Perséfone constitui a base dos mistérios de Elêusis (*ver p. 29*).

Ganimedes
Ganimedes foi um jovem príncipe de Troia. Zeus ficou tão encantado com sua beleza que desceu à terra na forma de uma águia e o raptou para ser seu copeiro no Olimpo.

Ártemis
Ártemis (*ver pp. 36-37*) era irmã gêmea de Apolo e deusa da caça e da arte do arco e flecha. Todos os animais selvagens estavam sob sua guarda.

OS DEUSES DO OLIMPO
Giulio Romano (c. 1499-1546)
Esta pintura de teto do século XVI mostra os deuses e alguns dos imortais do monte Olimpo. Parece ter sido pintada para sugerir o poder e a glória do patrono.

Cronos, o devorador de crianças

Saturno
Francisco de Goya (1746-1828)

Cronos (Saturno) era o mais novo dos Titãs, filhos de Gaia e Urano (a terra e o céu). Urano odiava os filhos e mantinha-os presos na Mãe Terra, causando-lhe grande dor. Para vingar-se, ela deu a Cronos uma foice e encorajou-o a matar o pai. Depois disso, ele se casou com sua irmã Reia, mas, temendo que seus filhos se rebelassem contra ele, os engoliu assim que nasceram: primeiro Héstia, depois Deméter, Hera, Hades e Possêidon. Entretanto, Reia deu à luz seu sexto filho, Zeus, durante a noite e entregou-o aos cuidados de sua mãe, Gaia. Então, deu a Cronos uma pedra, que ele engoliu no lugar do bebê. Quando cresceu, Zeus pediu para ser copeiro de Cronos e deu-lhe um forte emético, fazendo-o vomitar a pedra e seus cinco filhos mais velhos. Então, liderou seus irmãos e irmãs na guerra contra os Titãs, que derrotaram e confinaram no Tártaro, no mundo dos mortos. Desde então, Zeus tornou-se supremo entre os deuses.

A criação

Os gregos tinham vários mitos da criação. Num deles, Euronime, deusa de todas as coisas, separou o mar do céu e então gerou o ovo do mundo, do qual brotaram as plantas, a terra e todas as criaturas. Em outro, Eros nasce do ovo cósmico e, como primeiro deus, põe o universo em movimento. Antes disso, só havia o caos. Gaia, a Mãe Terra, inspirada por Eros, criou Urano, o céu, e se casou com ele, gerando os primeiros imortais, ancestrais dos deuses do Olimpo.

"Ouvi-nos, abençoada deusa, amada esposa e irmã de Zeus. Deusa da lua e das estrelas, lançai alegria e paz sobre nós."
Hino de Orfeu a Hera

Hera, rainha dos deuses
*Hera foi esposa e irmã de Zeus. Segundo um relato, foi ela, e não sua mãe, Reia, que salvou Zeus de ser engolido por seu pai Cronos (*ver *acima). Era a deusa do casamento, e muitas das histórias sobre ela falam de seu ciúme de Zeus por causa de seus muitos amores.*

PROMETEU

PROMETEU, UM TITÃ, foi o criador da humanidade, que ele moldou do barro e da água. Embora ele e o irmão Epimeteu tenham lutado ao lado do deus olímpico Zeus (Júpiter para os romanos) na Guerra dos Titãs (*ver quadro*), o relacionamento de Prometeu com Zeus nunca foi calmo, porque Zeus o julgava ardiloso e, sendo mortal, mais leal à humanidade que aos deuses. Em uma discussão sobre que partes de um animal deviam ser sacrificadas aos deuses, Prometeu enganou Zeus para levá-lo a escolher os ossos e a gordura em vez da carne. Em retaliação, Zeus tirou o fogo do mundo, causando grande sofrimento à humanidade. Então, Prometeu roubou o fogo do sol e o devolveu ao mundo. Furioso, Zeus acorrentou Prometeu a uma rocha, condenando-o a ter o fígado devorado eternamente por um abutre.

A GUERRA DOS TITÃS

Os 12 Titãs, filhos de Urano, o céu, e Gaia, a terra, foram os primeiros deuses. Depois de dez anos de luta, foram depostos por Zeus, filho de Cronos (*ver p. 23*), enviados ao Tártaro, no mundo subterrâneo, e trancados por trás de portas de bronze guardadas por gigantes armados. Então Zeus e seus irmãos tornaram-se deuses do Olimpo. Prometeu e Epimeteu lutaram ao lado de Zeus; seus irmãos mais velhos, Menécio e Atlas, apoiaram os Titãs. Zeus matou Menécio e enviou-o para o Tártaro, e Atlas foi condenado a suportar o céu sobre os ombros por toda a eternidade.

Vigiado do alto
Zeus, mostrado aqui em sua carruagem, não confiava em Prometeu e vigiava seus atos, suspeitando de que ele fosse mais leal aos mortais que aos imortais.

TRANSFORMADO EM MACACO
Quando Prometeu foi acorrentado a uma rocha por Zeus, Epimeteu, seu irmão, não muito inteligente, foi transformado num macaco e banido para a ilha de Pithecusa.

HUMANIDADE
A primeira raça humana existiu até que Zeus decidiu enviar um dilúvio para destruí-la. Os únicos sobreviventes foram Decalião (filho de Prometeu) e sua mulher Pirra (filha de Epimeteu e Pandora). Zeus então lhes disse que pedissem o que desejassem, e eles pediram mais pessoas. Então, cada pedra que eles atiraram por cima do ombro se transformou num homem ou numa mulher.

O MITO DE PROMETEU
Piero di Cosimo
(1461/62-1521)
Esta pintura mostra várias histórias do mito de Prometeu: a criação do homem (ajudado por Epimeteu); o roubo do fogo do céu, ajudado por Atena (Minerva); e há referência à historia posterior sobre a caixa de Pandora.

EPIMETEU
O nome Epimeteu significa "reflexão tardia" ou "visão retardada"; Prometeu significa "previsão" ou "antecipação". Como indica seu nome, Epimeteu, visto aqui fazendo homens com barro segundo o modelo de Prometeu, era bastante tolo e desprovido da perspicácia do irmão.

JARRA DE SOFRIMENTOS
Quando o mundo foi criado, era um lugar feliz, porque todos os sofrimentos e doenças haviam sido fechados em uma jarra (ou caixa) que nunca devia ser aberta. Mas a inimizade entre Zeus e Prometeu colocou o paraíso em risco. Quando Zeus criou Pandora (*ver p. 25*), ela abriu a caixa e o paraíso foi destruído.

A caixa de Pandora

Pandora, a primeira mulher mortal, foi criada por vários deuses, cumprindo ordem de Zeus, para destruir Prometeu depois que ele roubou o fogo do céu. Hefesto (Vulcano) a moldou; Afrodite (Vênus) lhe deu beleza; Hélio a ensinou a cantar; Hermes (Mercúrio) a ensinou a bajular e enganar; e Atena (Minerva) a vestiu. Embora Prometeu tivesse dito a Epimeteu que recusasse qualquer presente de Zeus, ele aceitou Pandora e a desposou. Como fora planejado, ela trouxe o caos ao abrir a jarra proibida e libertar todos os males do mundo. Só a Esperança cega permaneceu – Pandora a convenceu a confortar a humanidade.

Pandora retratada por Dante Gabriel Rossetti (1828-1882).

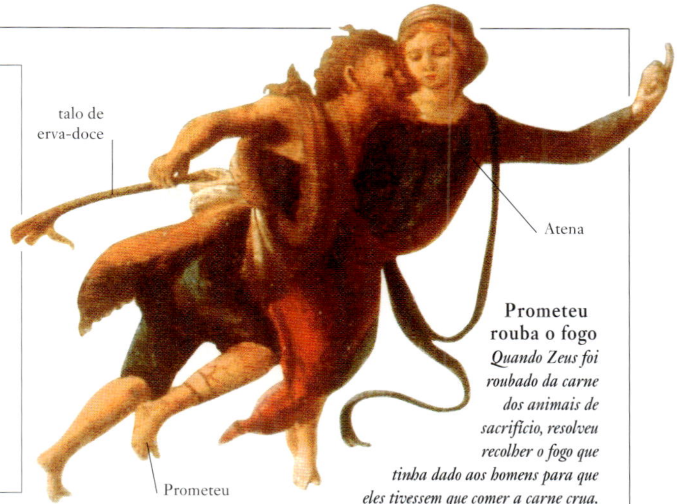

Prometeu rouba o fogo *Quando Zeus foi roubado da carne dos animais de sacrifício, resolveu recolher o fogo que tinha dado aos homens para que eles tivessem que comer a carne crua. Mas Prometeu, levado ao céu por Atena, roubou o fogo da carruagem do sol e o trouxe para a terra num talo de erva-doce, a origem da tocha olímpica.*

Acorrentado a uma rocha por Zeus, Prometeu foi condenado a 30 mil anos de agonia. Escapou da pena perpétua ao advertir Zeus do oráculo que previra que qualquer filho nascido da ninfa Tétis, por quem Zeus estava apaixonado, seria maior que seu pai. Mais tarde, ela se casou com um mortal e gerou Aquiles (*ver p. 63*). Libertado por Hércules (*ver pp. 50-51*) com o consentimento de Zeus, Prometeu se juntou aos imortais no Olimpo, trocando sua mortalidade pela imortalidade do centauro Quíron (*ver p. 39*), que, acidentalmente ferido por Hércules, foi condenado ao sofrimento eterno e preferiu morrer.

Carruagem do sol
Hélio (mais tarde identificado por Apolo) transporta o sol em sua carruagem todos os dias. Uma vez seu filho Faetonte ocupou seu posto, mas o jovem não conseguiu controlar os cavalos do sol. A terra teria sido destruída pelo fogo se Zeus não tivesse atingido Faetonte com um raio.

Doença e miséria
Prometeu transmitiu apenas coisas boas aos homens; os males do mundo, ele trancou dentro de uma jarra. Até eles serem libertados por Pandora, a primeira mulher, os homens viviam despreocupados, sem tristeza, sem trabalho duro e sem doença.

O primeiro homem
Prometeu moldou o primeiro homem à imagem dos deuses, misturando água e terra para fazer barro. Atena, deusa da sabedoria, insuflou vida nele. Enquanto os outros animais têm a cabeça voltada para o chão, Prometeu colocou o homem de pé, com a cabeça erguida para contemplar as estrelas.

Prometeu
Prometeu deu à humanidade o dom do pensamento e os segredos de muitas habilidades, entre elas a navegação e a contagem do tempo.

Deusa da sabedoria
Atena transmitiu seu conhecimento e sua sabedoria a Prometeu, que o compartilhou com os homens. Segundo um mito, Prometeu viu Atena nascer da cabeça de Zeus, embora outras fontes afirmem que foi Hefesto (Vulcano).

Segundo uma tradição grega, foram cinco as idades do homem: a Era de Ouro, época do titã Cronos, quando a humanidade viveu em paz e harmonia; a Era de Prata; duas Eras de Bronze (a segunda na época dos heróis) e a atual Era de Ferro.

Afrodite e Ares

Afrodite (Vênus para os romanos), deusa do amor, casou-se com o deus ferreiro Hefesto (Vulcano), a quem nunca foi fiel. Certo dia, Hélio, o deus sol, contou a Hefesto que tinha visto Afrodite com o deus Ares (Marte), deus da guerra, no próprio palácio do ferreiro. Furioso de ciúme, Hefesto dirigiu-se à sua oficina e construiu uma rede de metal tão leve e delicada que era quase invisível, mas tão forte que não podia ser rompida. Ele amarrou essa rede às colunas da cama e às vigas de seu quarto de dormir. Quando Afrodite foi para a cama com Ares, a rede se soltou e os prendeu com tanta força que eles não conseguiram escapar. Hefesto então convidou todos os deuses a ver e zombar dos amantes capturados. Posseidon (Netuno), Hermes (Mercúrio) e Hélio vieram. Hefesto pediu a Zeus que lhe devolvesse todos os presentes que lhe tinha dado pela mão de Afrodite, mas no fim se contentou com uma multa paga por Ares. Entre muitos risos, Posseidon se ofereceu para garantir a dívida, e assim os amantes foram libertados.

O sol onividente
Hélio, o sol, viu Afrodite e Ares juntos no palácio de Hefesto e imediatamente informou o marido enganado.

O demônio do desejo
Algumas fontes afirmam que Eros (Cupido) era filho de Afrodite com Ares, com Hermes ou mesmo com Zeus, seu pai. Para outras fontes, ele foi o primeiro deus nascido do ovo cósmico no início dos tempos.

A rede engenhosa
Quando Hefesto soube da traição de Afrodite, construiu uma rede de metal para apanhar os amantes. Hefesto, o deus ferreiro, era cultuado em Atenas como patrono dos artesãos.

Deusa dourada
Afrodite foi chamada "a deusa dourada" pelo poeta Hesíodo, mas também ficou conhecida como "a amante ridícula".

AFRODITE, HEFESTO E ARES
Tintoretto, nascido Jacopo Robusti (1518-1594)
Essa pintura mostra Hefesto prendendo uma rede à cama para apanhar Ares e Afrodite. Estranhamente, Afrodite não percebe que está sendo presa numa armadilha, e ele não nota Ares debaixo da cama.

O nascimento de Afrodite

Algumas fontes afirmam que Afrodite era filha de Zeus, mas, pelo relato do poeta Hesíodo, ela teria nascido da espuma (*aphros*) que se formou ao redor dos testículos de Urano depois que ele foi castrado e atirado ao mar por seu filho Cronos (Saturno – *ver p. 23*). As gotas de sangue que caíram formaram as Fúrias, os Gigantes e as Melíades, ninfas dos freixos. Afrodite foi parar na praia de Pafos, em Chipre. Ao pisar a terra, grama nasceu ao redor de seus pés. Também chamada de Anadiômene – "a que emerge" –, ela foi acompanhada de Eros (o desejo) desde o início.

Esta escultura grega mostra Afrodite emergindo do mar e espremendo a água dos cabelos quando chega à praia de Pafos em uma concha gigantesca.

Afrodite, deusa do Oriente

O culto de Afrodite começou na ilha de Chipre, culturalmente influenciada pelo Oriente Próximo. Ela é relacionada à deusa Ishtar (*ver p. 19*); seu amor por Adônis (*ver pp. 32-33*) repete o de Ishtar por Tammuz, e a presença de prostitutas em seu templo em Corinto reflete um costume do templo de Ishtar. Heródoto afirma que o costume babilônico segundo o qual toda mulher se prostituía no templo da deusa também existia em Chipre.

Marido ciumento
Hefesto foi seduzido por Afrodite e tinha um profundo ciúme de suas infidelidades. Hefesto foi anteriormente representado como marido de Aglaia, a mais nova das Graças, e também como um apaixonado de Atena. Sua tentativa de raptar Atena fracassou, mas, quando sua semente caiu na terra, deu origem a Erictônio, o rei de Atenas que inventou a biga.

O ferreiro coxo
Hefesto era filho de Hera (Juno). Dizem alguns que Zeus era seu pai, mas outros escritores afirmam que ele foi concebido sem um ato sexual. Deus vulcânico, era ferreiro dos deuses. Quando nasceu coxo, Hera, desgostosa, o atirou do alto do Olimpo.

Afrodite, deusa do amor
Afrodite só se interessava em fazer amor. Certa vez, quando Afrodite trabalhava num tear, Atena, deusa das artes e do artesanato, protestou violentamente contra essa invasão de seus domínios. Afrodite humildemente se desculpou e nunca mais fez um trabalho.

O leito do amor
Afrodite tinha muitos amantes, entre eles Dioniso (Baco), pai de seu filho Príapo, o deus fálico, e Hermes, que gerou os gêmeos Hermafroditas. Entre os mortais, foram seus amantes Adônis (*ver pp. 32-33*) e Anquises, que com ela gerou o herói Eneias (*ver pp. 66-67*).

A história do romance entre Afrodite e Ares, e a vingança do marido dela, Hefesto, é cantada na Odisseia pelo poeta cego Demódoco nos jogos feácios, para alegria de Ulisses (*ver pp. 64-65*).

Ares, o guerreiro
Ares se esconde debaixo da cama, acovardado, até que Hefesto saia do quarto. Apesar de ser o deus da guerra, não era o deus da vitória e em várias ocasiões foi humilhado em batalha, como fez nesta história de amor.

Ares, deus da guerra
*Ares adorava criar confusão, em geral na companhia de Éris, deusa da discórdia (*ver p. 63*). Era ameaçador e arrogante, e, além de Afrodite, ninguém o amava, nem meus seus pais, Zeus e Hera. Hades, porém, gostava do fluxo constante de jovens que ingressavam no mundo dos mortos graças ao espírito belicoso de Ares.*

Deusa do prazer sexual
Enquanto Hera (Juno) santificou o leito matrimonial, sua filha com Zeus, Afrodite, foi a deusa do amor e da paixão. Ela oferecia ajuda aos amantes humanos, mas cruel e vingativa punição aos que a desprezassem.

O cão que late
O cão tenta alertar Hefesto da presença de Ares debaixo da cama, mas passa despercebido. Embora apanhados nessa ocasião, Ares e Afrodite tiveram vários filhos: Deimos (medo), Fobos (pânico), Harmonia (concórdia) e, segundo algumas fontes, Eros (desejo).

O rapto de Perséfone

Perséfone (Proserpina para os romanos), filha de Zeus (Júpiter) e Deméter (Ceres), foi raptada por Hades (Plutão) para ser sua rainha no mundo subterrâneo. Arrasada, Deméter, a deusa da terra, se recusou a cumprir seus deveres enquanto a filha não retornasse. Mas Perséfone tinha comido uma semente de romã que a ligara a Hades. Zeus propôs um acordo: Perséfone passaria quatro meses (segundo algumas fontes, seis) com a mãe na terra e o resto do ano no mundo subterrâneo. Essa história explica o ciclo anual de morte e renascimento da natureza: quando Perséfone estava longe, Deméter ficava triste demais para cumprir seus deveres, mas, quando ela voltava, a deusa trabalhava com renovado vigor. O mito de Perséfone é complexo porque, em seu significado mais íntimo, toca o cerne da religião da antiga Grécia. Em uma versão da história, o próprio Zeus se apaixona por ela e a seduz tomando a forma de uma serpente e envolvendo-a com a cauda – a criança que resulta da união é Dioniso (Baco). Na versão mais comum, ela é raptada por Hades – mas um Hades que revela muitas características de Dioniso em seu papel arcaico como senhor do mundo subterrâneo (*ver p. 59*).

Virgem pura
Perséfone, a princípio chamada Cora, "a donzela", era pura e bela. Perséfone significa "a que traz destruição" – como rainha do Hades, ninguém podia morrer antes que ela cortasse o fio de cabelo que o ligava a vida.

A ilha da Sicília
A história se passa na Sicília, onde a donzela Cora caminha inocentemente pelos campos colhendo flores – para muitos, papoulas, a flor sagrada para Deméter, mas outras fontes mencionam violetas e lírios.

Hades apaixonado
Hades arrebata Perséfone. Segundo a versão do poeta romano Ovídio, Afrodite (Vênus) instruiu Eros (Cupido) a atingir o deus do mundo subterrâneo com a flecha do desejo pela sobrinha, querendo provar com isso seu poder sobre os outros deuses.

Cérbero
Hades galopou pelos campos guardado por Cérbero, o cão de guarda do inferno, um ser de três cabeças que exalava um fogo maligno.

As lágrimas da ninfa
Quando Hades tomou Perséfone, a ninfa Cianê emergiu do lago e o censurou, mas ele a ignorou. Desolada, Cianê chorou tanto que seu sangue se transformou em água e ela se dissolveu. Quando Deméter, a mãe aflita, chegou em busca da filha, tudo o que a ninfa pôde fazer foi trazer a guirlanda perdida de Perséfone à superfície das águas.

Tridente real
Hades fere a terra com seu tridente a fim de abrir passagem para o mundo subterrâneo, enquanto leva Perséfone para fazê-la sua rainha.

Perséfone

Hades e Perséfone
Hades era às vezes chamado Plutão, nome que deriva da palavra grega para "riqueza". Dono de um tesouro enterrado, ele era, portanto, considerado o deus da riqueza agrícola. Como tal, exercia influência sobre o cultivo e a colheita – daí seu casamento com a filha da deusa da terra. (Em épocas mais antigas, Perséfone e Deméter podem ter sido uma única divindade).

Ornamento da carruagem em forma de serpente

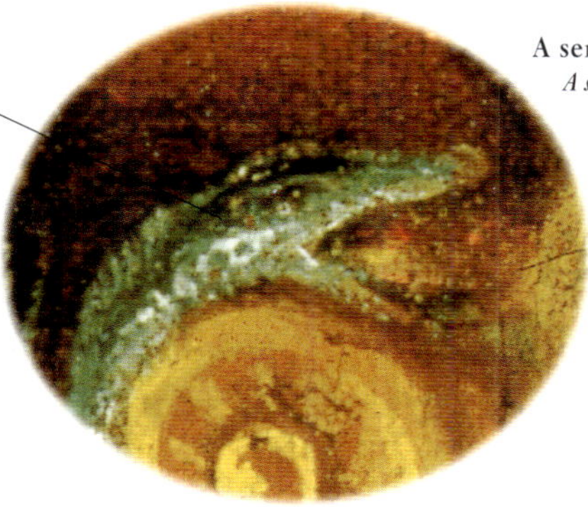

Perséfone foi raptada da ilha da Sicília. O gigante Tifeu estava preso debaixo da terra, e sua luta para se libertar provocava terremotos. Hades estava preocupado que a terra se abrisse e a luz penetrasse pela fenda, atemorizando os mortos.

A serpente

A serpente tem muitos significados no mito grego, dependendo do contexto. Símbolo da fertilidade nas religiões primitivas, tinha uma conotação semelhante como um atributo da mãe de Perséfone, Deméter, deusa da terra. Aqui, o artista também pode estar se referindo à versão de que Zeus teria tomado a forma de uma serpente e envolvido Perséfone com sua cauda.

A história de Deméter

Filha de Cronos (Saturno) e Reia (Opes), Deméter era às vezes retratada com uma cabeça de cavalo. Uma das deusas do Olimpo, ela deixou o monte em desespero quando Perséfone desapareceu. Um dia, chegou a Elêusis, perto de Atenas, onde se fez passar por uma velha ama do filho dos reis. Grata pela gentileza dos patrões, ela banhava o menino em fogo todas as noites para torná-lo imortal. Mas uma noite foi descoberta e o encantamento se quebrou. Então ela se revelou em sua forma divina e ordenou que um templo fosse construído em sua honra (*ver abaixo*). Ela também deu ao menino, Triptólemo, uma semente, um arado e o conhecimento da agricultura, que ele devia transmitir à humanidade.

Deméter é mostrada nesta ânfora grega junto com sua filha Perséfone e o deus Apolo em sua carruagem.

O RAPTO DE PERSÉFONE
Christoph Schwartz (ou Shwarz) (1545-1592)
A pintura mostra a primeira parte da história de Perséfone, quando seu tio, Hades, a arrebata em sua carruagem infernal para fazê-la sua rainha no mundo subterrâneo. Ele ignora as súplicas da ninfa das águas Cianê, que vê o rapto e tenta impedi-lo.

Cavalos negros
Os cavalos negros de Hades puxam sua carruagem flamejante em direção ao abismo do mundo subterrâneo. Eram seu bem mais precioso, assim como seu capacete de invisibilidade, que uma vez ele emprestou a Perseu (*ver pp. 46-47*).

Os mistérios de Elêusis

Os mistérios de Elêusis eram os rituais mais profundos e secretos da religião grega. Acreditava-se que eles "mantinham a raça humana unida" e que, portanto, era vital praticá-los todos os anos. Os iniciados eram vistos como seres superiores, devido à visão da vida após a morte que recebiam. O segredo que os iniciados guardavam era tão rígido que não se sabe exatamente o que eles vivenciavam, mas parece ser uma tripla revelação: a certeza de que Perséfone gerara uma criança divina em meio ao fogo, Aeon; a visão beatífica da própria donzela; e a demonstração de uma espiga de trigo, com sua promessa de uma nova vida. Os mistérios foram observados por 2 mil anos e só terminaram quando Alarico, rei dos godos, saqueou Elêusis em 396 d.C.

Orfeu e Eurídice

Orfeu era casado com a ninfa Eurídice, a quem amava com devoção. Um dia, quando caminhava pela margem de um rio, ela encontrou o pastor Aristeu. Encantado com a beleza da jovem, Aristeu se apaixonou e a perseguiu pelo campo. Eurídice fugiu, mas, quando corria, pisou em uma cobra, que a picou. A picada foi fatal. Desolado com a perda, Orfeu decidiu viajar para o mundo dos mortos (do qual nenhum mortal jamais retornara) e implorar pela volta da esposa. Perséfone (Proserpina para os romanos) ficou tão comovida com sua tristeza que concordou em atender à sua súplica com a condição de que ele não olhasse para Eurídice durante o caminho de volta à luz. Mas, quando se aproximavam do fim da jornada, Orfeu não pôde deixar de olhar para trás a fim de ver se sua amada ainda estava com ele, e, no momento em que a olhou, ela se esvaiu diante de seus olhos, perdida para sempre. Orfeu nunca se recuperou e viveu infeliz até sua morte.

ORFEU NO MUNDO DOS MORTOS EM BUSCA DE EURÍDICE ou A MÚSICA
Jean Restout II (1692-1768)
Esta pintura mostra Orfeu implorando a Hades (Plutão) e à sua esposa Perséfone, reis do mundo dos mortos, que lhe devolvessem a esposa Eurídice, porque não podia viver sem ela. Ele canta e toca a sua lira na tentativa de abrandar os deuses.

As Musas

As nove Musas eram as filhas de Zeus com Mnemosina (memória). Elas eram consideradas as deusas da arte, da poesia e da música. Por isso, artistas, escritores e músicos usam a expressão "inspirado pela musa". Calíope, a musa da poesia épica, era mãe de Orfeu; quando ele foi dilacerado pelas Mênades (*ver p. 31*), as outras Musas o ajudaram a reunir as partes de seu corpo e a enterrá-las ao pé do monte Limpo. Na verdade, as Musas moravam no monte Hélicon. As outras oito Musas eram: Clio (história), Euterpe (execução da flauta), Terpsícore (dança), Érato (poesia lírica), Melpômene (tragédia), Tália (comédia), Polínia (mímica) e Urânia (astronomia).

Orfeu canta em honra do deus Dioniso (Baco – *ver pp. 58-59*) e funda o orfismo, um culto cujos mistérios se concentravam no deus Dioniso Zagreu, que foi dilacerado pelos Titãs. O sacrifício humano pode ter tido um papel no orfismo, e acredita-se que o próprio Orfeu tenha sido esquartejado pelas Mênades, que por isso foram punidas por Dioniso.

As Moiras
As três Moiras eram filhas da noite: Cloto ("a fiandeira"), Láquesis ("a que lança a sorte") e Átropos ("a inevitável"). Nem Zeus era mais poderoso que elas, que tratavam o destino dos homens como um fio no tear – uma tecia o fio, a segunda o media e a terceira o cortava.

Senhor dos mortos
Hades tornou-se rei do mundo subterrâneo quando ele e seus irmãos Zeus e Possêidon dividiram a posse do mundo em céu, mar e inferno. A terra ficou sendo um território comum, embora Hades só se aventurasse lá quando absolutamente necessário – como quando raptou Perséfone para fazê-la sua mulher (*ver pp. 28-29*).

O impiedoso Hades aponta para sua mulher, Perséfone, indicando misericórdia por Orfeu.

A rainha do mundos dos mortos
Perséfone, a rainha do mundo subterrâneo, era mãe de Dioniso Zagreu, o deus dos mistérios órficos, que foi gerado por Zeus em forma de serpente. Talvez por isso ela tenha se apiedado de Orfeu, o poeta que cantava em honra de Dioniso.

O mundo dos mortos

O mundo subterrâneo, também chamado Hades, era a terra dos mortos. Hermes conduzia as almas dos mortos ao rio Estige, onde elas pagavam a Caronte, o barqueiro, para transportá-las. Cérbero, o cão de guarda de três cabeças, evitava a fuga. O Hades tinha várias entradas para o mundo superior e também podia ser alcançado por mar, como fez Ulisses (*ver pp. 64-65*). A maioria das almas – sombras de seus seres anteriores – ficava na planície de Asfodel, o limbo. Uns poucos afortunados iam para o Elísio, ilha dos bem-aventurados. Uns poucos infelizes eram condenados ao tormento eterno no Tártaro – entre eles os Titãs (*ver p. 23*); o rei Tântalo, que matou o filho, abusou da amizade dos deuses e foi condenado a ficar mergulhado até o pescoço na água sem poder bebê-la (portanto, eternamente atormentado); e Sísifo, embusteiro e desobediente, que foi obrigado a rolar uma pesada rocha morro acima por toda a eternidade – sempre que chegava ao topo, a rocha voltava rolando para baixo.

Cérbero, *obra de William Blake (1757-1827).*

Aristeu, o pastor que perseguiu Eurídice, era filho de Apolo e ensinou aos homens a arte da apicultura. Por sua participação na morte de Eurídice, os deuses destruíram suas abelhas. Sua mãe, a ninfa Cirene, o advertiu a pedir conselho a Proteu, o deus do mar. Proteu lhe disse para fazer oferendas à alma de Eurídice; quando ele fez isso, as abelhas reviveram.

O canto de Orfeu
O canto de Orfeu acalmou o sofrimento dos condenados. Segundo Ovídio, as almas interromperam seu trabalho infrutífero e constante tormento para ouvir a súplica de Orfeu. Até as Fúrias choraram. Hades e Perséfone ficaram tão comovidos que não puderam lhe recusar o pedido.

Orfeu foi dilacerado pelas Mênades, mulheres ferozes da corte de Dioniso (*ver pp. 58-59*), porque ele não participou de suas orgias. Só sobrou a cabeça, que flutuou pelo rio Hebron cantando e foi dar na ilha de Lesbos, onde lançou uma profecia, até que foi silenciada por Apolo.

Guia de almas
O deus Hermes (Mercúrio) agia no mundo subterrâneo como o *psychopompos*, ou guia de almas. Aqui, ele conduz Eurídice a seu novo lar. Geralmente, é representado com asas em vez das sandálias aladas.

Caminhada hesitante
Eurídice, recém-chegada à terra dos mortos, ainda caminhava lentamente devido a um pé ferido. Quando retornou ao mundo superior, isso a fez se atrasar em relação a Orfeu, fazendo-o olhar para trás a fim de ver se ela o seguia.

Orfeu
Orfeu foi reverenciado como grande poeta e músico – filho da musa Calíope e filho e pupilo de Apolo. Orfeu encantava todas as ninfas com sua música, mas era indiferente a elas até conhecer a adorável Eurídice, com quem se casou. Ele convidou Himeneu para o casamento, mas o deus estava de mau humor; sua tocha emitiu faíscas e fumaça, e apagou.

AFRODITE E ADÔNIS

ADÔNIS ERA UM BELO JOVEM por quem a deusa Afrodite (Vênus para os romanos) e Perséfone (Proserpina – *ver pp. 28-29*) se apaixonaram. A disputa entre elas resultou em sua morte, ordenada por Perséfone (que queria manter Adônis no mundo subterrâneo a seu lado para sempre). O assassino foi Ares (Marte), amante ciumento de Afrodite, disfarçado de javali. Adônis era filho de Cíniras, rei de Pafos, em Chipre, com sua filha Esmirna (Mirra). Afrodite fizera Esmirna se apaixonar e dormir com o pai quando ele estava bêbado, porque queria vingar-se de Cíniras por ele ter se gabado de a filha ser mais bela que ela. Quando Esmirna engravidou, o pai tentou matá-la, mas Afrodite, que agora se apiedava de Esmirna, a transformou em uma árvore de mirra. Mais tarde, a árvore se partiu em duas, e o belo Adônis nasceu. Afrodite pôs o bebê numa cesta e o entregou à guarda de Perséfone, que se apaixonou imediatamente.

NASCIDO DE UMA ÁRVORE
Segundo algumas fontes, depois que sua mãe foi transformada numa árvore de mirra, o bebê Adônis continuou a se desenvolver dentro dela. Quando chegou a hora do nascimento, a deusa Ilítia fez o parto. Outros – num prenúncio de sua morte – afirmam que um javali atacou a árvore e a partiu em duas.

AFRODITE E ADÔNIS
Hendrick Goltzius
(1558-1616/17)
Essa pintura mostra a deusa Afrodite e o jovem Adônis abraçados numa tarde de verão, pouco antes de ele partir para uma caçada. Temendo por sua segurança, Afrodite lhe implora que não vá.

CUPIDO DESCUIDADO
Segundo o poeta romano Ovídio, Afrodite se apaixonou por Adônis porque seu filho Eros (Cupido), deus do amor, acidentalmente a arranhou com uma de suas flechas quando a beijava, inflamando-a de paixão pelo belo jovem.

A LUTA entre Afrodite e Perséfone pela posse de Adônis levou Zeus a pedir à musa Calíope (*ver p. 30*) que resolvesse a situação. Ela decidiu que Adônis devia passar um terço do tempo com Afrodite no mundo superior, um terço com Perséfone no mundo subterrâneo, e o resto como lhe agradasse. Provocando a ira de Perséfone, Afrodite, com a ajuda de seu cinturão mágico, convenceu-o a passar esse tempo livre com ela.

Rosas brancas
A rosa, uma flor sagrada para Afrodite, era originalmente branca. Segundo uma história, quando corria para ajudar Adônis, que morria, Afrodite pisou num espinho, e o sangue que caiu sobre a rosa branca a tingiu de vermelho.

OS CÃES DE CAÇA
Adônis adorava caçar e apenas ria de Afrodite quando ela, profeticamente, temia que ele pudesse se ferir em uma de suas caçadas.

A ADVERTÊNCIA DA DEUSA
Afrodite se agarra a Adônis, tentando convencê-lo a não ir caçar. Ela sempre o aconselhava a não se expor aos perigos da caça de animais selvagens – temendo principalmente os javalis que poderiam matá-lo.

Tammuz, o Adônis do Oriente

Adônis é uma palavra fenícia que significa "senhor", e a história da morte e ressurreição de Adônis apresenta aspectos semelhantes à de Tammuz (*ver p. 19*), deus do Oriente Próximo. Tammuz era casado com a deusa Ishtar, que desceu ao mundo dos mortos para resgatá-lo. É essencialmente um deus da fertilidade, associado ao milagre da colheita. Sua morte e sua ressurreição eram celebradas todos os anos na primavera e no outono, e o espetáculo das mulheres chorando por Tammuz é mencionado na Bíblia (Ezequiel 8:14). Como Adônis, ele foi morto por um javali, e, enquanto esteve no mundo subterrâneo, toda a vegetação feneceu. Em "A Descida de Inanna ao Inferno", uma versão sumeriana da história, na qual Ishtar e Tammuz aparecem com os nomes de Inanna e Dumuzi, há uma antiga canção para o deus desaparecido: "Quem é tua irmã? Sou eu. Quem é tua mãe? Sou eu. Os dias nascem iguais para ti e para mim. Este é o dia em que nos veremos".

A carruagem da deusa
A carruagem dourada de Afrodite é puxada por dois cisnes. Afrodite geralmente era acompanhada por pássaros, em especial pombas e pardais.

Decidido a caçar
Adônis conforta Afrodite, mas está determinado a partir enquanto o sol ainda brilha e seus cães estão ávidos pela caçada.

Os últimos dias do verão
É época de colheita e o verão está chegando ao fim, indicando que logo será tempo de Adônis visitar Perséfone no mundo subterrâneo. Simbolicamente, o fim do verão também prenuncia a morte de Adônis.

"Eu cantarei Afrodite, nascida em Chipre, que traz doces presentes aos portais e cuja adorável face é iluminada por um sorriso radiante."
Hino de Homero a Afrodite

Tecido vermelho
O tecido vermelho representa as gotas de sangue que caíram na terra na morte de Adônis, atacado por um javali. Onde as gotas caíram brotaram anêmonas cor de sangue. Afrodite chorou quando o tomou nos braços.

Quando Adônis morreu, devia permanecer no mundo dos mortos, sem voltar a ver o mundo superior nem Afrodite. Mas ela implorou a Zeus que não permitisse a Perséfone o tirar dela completamente, e ele concordou em deixá-lo ficar com ela na terra durante quatro meses todo verão.

Eco e Narciso

Eco era uma ninfa que, por ter ofendido um deus, foi condenada a não falar, exceto para repetir a última sílaba do que lhe diziam. Alguns afirmam que foi Hera (Juno) quem, irritada com sua tagarelice, lançou essa maldição sobre a ninfa; outros dizem que foi Pã (*ver p. 42*), farto de suas palavras de amor. Sua desgraça foi se apaixonar por Narciso, o belo filho do rio Céfiso e da ninfa Liríope. Como ela só conseguia ecoar suas palavras, ele a ignorou, e ela se dissolveu na sombra. Mas a retribuição o aguardava. Vaidoso e desdenhoso de suas admiradoras, ele se apaixonou pela própria imagem refletida num lago no monte Hélicon. Doente de amor, permaneceu à beira do lago, admirando seu reflexo, até morrer, e os deuses o transformaram na flor que leva seu nome.

Eco e Narciso
Nicholas Poussin (1594-1665)
Eco, transformada numa sombra por causa de seu amor não correspondido por Narciso, o admira, morto à beira de um lago numa clareira da floresta, enquanto Eros, deus do amor, o observa.

Jovem destemido
Adônis era um jovem destemido, e sua bravata ao ignorar as advertências de Afrodite levou à sua queda. Perséfone, furiosa porque Afrodite desfrutava do dobro de tempo com Adônis, queixou-se ao amante de Afrodite, Ares (*ver pp. 26-27*). Enciumado, Ares se transformou num javali e, escapando à lança de Adônis, o feriu mortalmente.

Cupido e Psiquê

A história de Cupido e Psiquê pertence à mitologia romana e conta que Vênus (Afrodite para os gregos), deusa do amor, se enfureceu com a beleza de Psiquê e disse a Cupido (Eros) que a fizesse apaixonar-se pelo mais vil dos homens. Inesperadamente, Cupido se apaixonou e se casou com ela. Mas Psiquê ficava sozinha, porque o marido só a visitava à noite. Cupido lhe disse que não devia olhar para ele porque senão seu filho que devia nascer não seria imortal. Para combater a solidão de Psiquê, as irmãs vieram ficar com ela, mas, com inveja de seu adorável lar, a convenceram de que o marido invisível devia ser um monstro. Aterrorizada, Psiquê pegou uma lamparina e iluminou seu rosto enquanto ele dormia. Cupido despertou e fugiu. Cheia de remorso, Psiquê o procurou por toda parte, até chegar ao palácio de Vênus, onde recebeu várias tarefas impossíveis. No fim, caiu num sono profundo. Cupido a reviveu e a levou para o Olimpo, onde Júpiter (Zeus) a tornou imortal.

O amor se apaixona
Cupido, enviado por sua mãe a praticar uma vingança contra Psiquê, fazendo-a apaixonar-se por um vagabundo, acabou cativado por sua beleza e pediu ao deus Apolo que o ajudasse a conquistá-la.

Templo de Apolo
Preocupado com Psiquê, seu pai consultou o oráculo de Apolo em Mileto. Ele lhe disse que Psiquê devia vestir-se para o casamento, subir ao alto de uma montanha e ali aguardar um pretendente não humano.

O nascimento de Psiquê
A história de Cupido e Psiquê tem muitas características de um conto de fadas. Obedecendo a esse estilo, os pais de Psiquê nunca são chamados de "rei e rainha". As irmãs mais velhas dela, mostradas aqui com a recém-nascida no colo, foram eclipsadas pela beleza da irmãzinha.

O séquito de pretendentes
Todos os dias, rapazes vinham de longe para admirar a bela princesa. Diziam que ela era Vênus em forma humana e passaram a negligenciar o culto da deusa – provocando a ira de Vênus.

A HISTÓRIA DE CUPIDO E PSIQUÊ
Jacopo del Sellaio
(1441/42-1493)
Esse painel de madeira em um baú dado como presente de casamento mostra a história de Cupido e Psiquê. Como se concentra no aspecto amoroso, muitos episódios importantes da narrativa foram deixados de fora, e foram incluídas referências menos importantes, como a concepção e o nascimento de Psiquê. Provavelmente, como foi pintado como um baú de casamento, a referência a filhos era considerada apropriada.

Cupido e Psiquê – um conto de fadas

A história de Cupido e Psiquê mostra o mito com matizes de conto de fadas. Trata-se de uma história dentro da história em um romance de Apuleio, *Metamorfoses*, mais conhecido como *O Asno de Ouro*. Embora Apuleio apresente a história como uma alegoria da alma (Psiquê) em busca do amor (Cupido) e a insira no mundo dos deuses romanos, pode-se reconhecê-la como uma versão de um conto de fadas muito popular na tradição indo-europeia, conhecido dos folcloristas como "A Busca do Marido Perdido" ou "O Noivo Animal". Outras variantes são "A Bela e a Fera" e "O Touro Preto de Norroway". Mais de 60 versões foram registradas na tradição oral italiana.

Psiquê procura Cupido

Psiquê procurou Cupido por toda parte, até chegar ao palácio de Vênus. Ali, foi feita escrava e recebeu várias tarefas: a primeira, separar uma montanha de grãos misturados, o que ela cumpriu com a ajuda de uma colônia de simpáticas formigas; a última, roubar a caixa de beleza da deusa do mundo subterrâneo (*ver pp. 28-29*), que ela cumpriu com a ajuda de uma torre falante. Consciente do perigo, Psiquê seguiu os conselhos da torre e pegou dois pedaços de pão embebidos em mel para apascentar Cérbero, o cão de guarda dos deuses, e colocou duas moedas na boca para pagar Caronte, o barqueiro, para levá-la a cruzar o Estige e voltar. Mas, contrariando os conselhos, ela abriu a caixa e caiu num sono profundo. Finalmente, foi revivida por Cupido, recebeu a imortalidade e deu à luz uma filha, Voluptas (prazer).

Psiquê e Caronte, *de John Roddam Spencer-Stanhope (1829-1908).*

O lamento dos pais
Os pais de Psiquê – vistos aqui com suas irmãs e seus velhos maridos – ficaram chocados com a profecia de Apolo. Mas Psiquê – percebendo que o culto à sua beleza devia ter ofendido Vênus – implora a eles que não chorem.

Sozinha no alto da montanha
Psiquê subiu ao alto da montanha para aguardar seu pretendente. Zéfiro, o vento oeste, a ergueu do chão e a levou ao belo palácio de Cupido.

Terrível aviso
Invisível aos olhos de Psiquê, Cupido lhe disse que não o olhasse, caso contrário seu filho não nasceria imortal.

Palácio luxuoso
O palácio de Cupido tinha pisos de pedras preciosas e paredes de ouro e prata. Mas, apesar do luxo, Psiquê se sentia só, porque os servos de Cupido, assim como ele, continuavam invisíveis para ela.

O voo da fuga
Furioso por Psiquê tê-lo desobedecido, Cupido fugiu voando. Psiquê ainda tentou prendê-lo pela perna e foi carregada por certa distância, mas logo teve que largá-lo.

Conspiradores condenados
O plano das irmãs de Psiquê de destruir sua felicidade foi sua perdição. Para vingar-se, Psiquê (que tinha sido impedida de cometer suicídio por Pã) lhes disse que Cupido agora desejava desposar uma delas. Uma depois da outra, as duas subiram a montanha para encontrá-lo – mas quando pularam, Zéfiro não as apanhou e elas se precipitaram para a morte.

Deitada na relva
O vento depositou Psiquê num relvado macio, onde os servos invisíveis de Cupido a encontraram. Obedecendo à vontade dos deuses, Psiquê declarou-se pronta para o novo marido, mesmo que ele tivesse nascido para destruir o mundo.

Irmãs invejosas
As irmãs de Psiquê foram chamadas para lhe fazer companhia. Com inveja da felicidade da irmã, disseram que o marido era na verdade uma serpente, que a devoraria e ao filho por nascer.

Um deus descoberto
Quando Psiquê iluminou o rosto de Cupido, disposta a matá-lo se ele fosse um monstro, ficou tão surpresa com sua beleza que derramou óleo quente no ombro dele. Mas antes feriu-se com uma das flechas de Cupido, apaixonando-se por ele.

A bela adormecida
Psiquê caiu num sono profundo depois que abriu a caixa de beleza que trouxe do mundo subterrâneo (ver acima). Como num conto de fadas, ela só poderia ser despertada por seu verdadeiro amor, Cupido.

ÁRTEMIS E ACTEÃO

Lua crescente
Ártemis usa um diadema em quarto crescente no cabelo, pois é também uma deusa lua.

ÁRTEMIS (DIANA PARA OS ROMANOS) era a deusa da caça e da lua. Como seu irmão Apolo (*ver pp. 38-39*), era filha de Zeus e da titã Leto. Era também deusa do parto e de todas as criaturas jovens, porque sua mãe dera à luz sem dor. A história de Acteão, que viu a nudez de Ártemis no banho e por vingança foi transformado num cervo e devorado por seus próprios cães, está contada nas *Metamorfoses* de Ovídio. Essa é uma fonte romana, mas a história tem origem na Grécia. A reação de Ártemis pode ser explicada pela importância de sua eterna virgindade, que ela implorara a Zeus quando tinha três anos. Entretanto, segundo algumas fontes, na verdade ela estava se vingando do fato de Acteão ter-se gabado de ser melhor caçador que ela.

ÁRTEMIS SURPREENDIDA POR ACTEÃO
Ticiano, nascido Tiziano Vecelli(o) (c. 1488/90-1576)
Essa pintura mostra o momento em que Acteão, que caçava na floresta, acidentalmente chega ao lugar onde Ártemis e suas ninfas se banhavam. A deus virgem fica apavorada, tenta cobrir-se, e se vinga transformando Acteão em um cervo, que será caçado por seus próprios cães.

OS CÃES DA MORTE
Os leais cães de Acteão não reconheceram o dono quando Ártemis, furiosa, o transformou num cervo. Fiéis à sua natureza, eles o caçaram e o mataram.

ACTEÃO
O pai de Acteão, Aristeu, era filho de Apolo; sua mãe, Autônoe, era filha de Cadmo, fundador de Tebas (*ver p. 49*) e irmão de Europa (*ver p. 45*).

CALISTO, ENGANADA POR ZEUS

Calisto, a ninfa preferida de Ártemis, atraiu o olhar de Zeus, que a seduziu disfarçado de Ártemis. Quando soube disso, Ártemis ficou furiosa e baniu Calisto, embora ela tivesse tentado resistir aos avanços de Zeus. Pouco depois, quando Calisto deu à luz um menino, Arcas, a esposa ciumenta de Zeus, Hera (Juno), a transformou em uma ursa, que fugiu. Arcas foi poupado e, 15 anos depois, perseguiu e apanhou a mãe durante uma caçada. Para evitar que ele a matasse, Zeus arrebatou os dois para o céu, onde eles se tornaram a constelação da Ursa Maior e a estrela Arcturo, "o guardião da ursa".

Zeus seduz Calisto disfarçado de Ártemis
Jean-Simon Barthélemy (1743-1811)
Zeus ajoelha-se diante de Calisto, usando a lua crescente de Ártemis.

Gruta sagrada
Ártemis é vista banhando-se numa gruta secreta no vale do Gargáfia, perto de Tebas. Foi ela quem cavou a gruta na rocha e fez um lago com uma fonte de águas puras.

Peles de animais
As peles de animais penduradas para secar nos galhos de uma árvore são uma referência ao papel de Ártemis como deusa da caça.

Cabeça de cervo
A cabeça de cervo colocada sobre uma coluna é um alerta da metamorfose e morte de Acteão.

Ártemis, deusa da caça, usou seus talentos para proteger sua mãe, Leto, na gruta sagrada em Delfos, matando o gigante Títio, que tentava violentá-la.

Deusa desarmada
Desprotegida, já que seu arco e suas flechas estavam em poder das ninfas, Ártemis nada mais pôde fazer senão atirar água no rosto de Acteão. No primeiro toque da água, galhos brotaram de sua cabeça, e aos poucos ele foi se transformando num cervo, que jamais poderia contar a ninguém que a vira nua.

> *"O brilho no olhar de uma jovem não me escapa, se ela já experimentou um homem: para isso tenho um olho experiente."*
> Acteão, em *Toxotides*, de Ésquilo

Filha do rio
Ártemis é servida pela ninfa Crocale, que era filha de Ismênio, deus do rio Ismênio, na Beócia, perto de Tebas, que por sua vez era filho de Apolo e da nereida Melia. Enquanto Crocale prende seus cabelos, Ártemis de repente recua horrorizada diante da visão de Acteão.

A deusa das encruzilhadas

Hécate era a deusa grega da noite, dos fantasmas e da magia, que assombrava as encruzilhadas. Sua estátua com três faces – leoa, cadela e égua – costumava ser erguida nas encruzilhadas das estradas, com uma face voltada para cada via. Diz-se que Hécate era filha de Astéria, irmã de Leto. Ela é às vezes identificada com sua prima Ártemis e, como ela, ligada intimamente à lua. Em seu triplo aspecto, ela representaria Selene (Luna) no céu, Ártemis na terra e Perséfone (Proserpina) no mundo subterrâneo (*ver pp. 28-29*).

As ninfas da água de Ártemis
Ártemis era sempre servida por ninfas da água, tanto pelas náiades – ninfas das fontes, dos rios e dos lagos – quanto pelas nereidas, ninfas do oceano. Na mitologia clássica, todos os principais rios e fontes eram habitados por uma ou mais náiades.

As damas de honra de Ártemis
As seis ninfas aqui representadas são Crocale, Nefele, Híale, Ranis, Psecas e Fíale – apenas algumas do imenso séquito de Ártemis, que incluía 60 ninfas do oceano, que a serviam como damas de honra, e 20 ninfas dos rios, que cuidavam de suas roupas e de seus cães.

Apolo e Dafne

Apolo, o deus dos arqueiros, da música, da profecia e da luz, era muito poderoso, mas nem sempre foi feliz no amor. Seu primeiro amor foi a ninfa Dafne, que o rejeitou. A ardente paixão de Apolo e a fria resistência de Dafne eram culpa de Eros (Cupido para os romanos), que, irritado com as brincadeiras de Apolo, atingiu-o com uma flecha de ouro para fazê-lo apaixonar-se, e a Dafne com uma flecha de chumbo, para que ela o rejeitasse. Apolo perseguiu Dafne com súplicas de amor, que ela repelia, chegando até o rio Peneu. Ali, quando ele ia alcançá-la, Dafne implorou ao pai, o deus do rio, que a ajudasse, e foi imediatamente transformada num loureiro. Apolo ficou desolado. Ao contrário de seu pai, Zeus (Júpiter), Apolo aceitou o não por resposta, embora em outras vezes tenha agido com terrível vingança. Quando a sibila Deifobeia o rejeitou, embora ele lhe tivesse oferecido tantos anos de vida quantos fossem os grãos de areia que coubessem em sua mão, Apolo ficou tão furioso que lhe deu mil anos mais, mas sem a eterna juventude. Ela viveu anos desidratada dentro de uma jarra em Cumae, vendo recusado seu único desejo: morrer.

Eros, deus do amor
O deus do desejo sexual, Eros é quase sempre representado como um menino travesso, que adorava fazer travessuras com suas flechas.

Apolo
*Apolo, cujo halo revela sua condição de deus da luz, tinha especial carinho pelos rebanhos. Isso está relacionado ao tempo que ele trabalhou como pastor para o rei Admeto – um trabalho que seu pai lhe deu, Zeus, como punição por ele ter matado os Ciclopes (*ver quadro abaixo*).*

Transformação
Dafne foi transformada em um loureiro quando pediu ao pai, Peneu, que a ajudasse. Aqui, as primeiras folhas de louro brotam de seus dedos.

Coroa de louros
Desolado, Apolo jurou que, já que havia perdido Dafne, pelo menos honraria sua memória, usando, dali em diante, uma coroa de louros. O loureiro e a palmeira são duas plantas sagradas para Apolo.

Longos cabelos
Apolo deixou os cabelos crescerem. Em sua honra, os romanos não cortavam os cabelos até 17 ou 18 anos.

APOLO E DAFNE
Giovanni Battista Tiepolo
(1696-1770)
Essa pintura mostra o deus Apolo tentando tomar em seus braços a relutante ninfa Dafne. Ela clamou pelo pai, o deus--rio Peneu, que atendeu a suas súplicas e a transformou num loureiro. Eros se esconde atrás de Dafne.

Dafne
Dafne rejeitou Apolo quando era uma ninfa. Como árvore, ela ainda tremia e se encolhia com seus beijos e carícias.

Um dos amores de Apolo foi Jacinto, um belo mortal de boa índole, filho da musa Clio. Mas Zéfiro, o vento oeste, também amava Jacinto e, num ataque de ciúme, desviou o disco de Apolo durante uma competição, atingindo mortalmente o jovem. Um jacinto azul nasceu no lugar onde o sangue do jovem foi derramado.

Dafne, a ninfa perseguida por Apolo, era também amada por Leucipo, um mortal. Leucipo a seguiu disfarçado como sua serva, mas o ciumento Apolo advertiu as ninfas a despi-lo para o banho. Quando ele tirou as roupas, seu embuste foi descoberto e as ninfas o trucidaram.

Flechas
Foi o papel de Apolo como deus dos arqueiros que o fez identificar-se com o sol, cujos raios incidem como flechas na terra, o que lhe valeu o nome de Febo, "o brilhante".

Menino travesso
Eros, o responsável pela infelicidade amorosa de Apolo, se esconde atrás de Dafne. Ele foi punido algumas vezes por seus atos, particularmente por Ártemis (Diana) e Atena (Minerva), que representam a castidade. Dafne fazia parte do séquito das ninfas de Ártemis (*ver pp. 36-37*).

Deus Rio
O pai de Dafne ouve o chamado desesperado da filha e a salva. O remo e a água revolta são símbolos tradicionais de um deus rio.

Por causa de seu amor por Dafne, o loureiro era sagrado para Apolo. Em seu santuário em Delfos, a pitonisa mascava uma folha de louro antes de consultar o oráculo. As respostas que recebia num êxtase inspirado pela divindade eram em geral obscuras e ambíguas. O filósofo Heráclito escreveu: "O senhor cujo oráculo está em Delfos nunca afirma nem esconde, mas dá um sinal".

"Apolo, até o cisne canta por ti.
Quando pousa nas margens do rio Peneu.
O canto doce do bardo eleva-se para ti acima de tudo com sua lira afinada.
Saúdo-te, senhor!
Ouve meu canto."

Hino de Homero a Apolo

Asclépio

Asclépio era filho de Apolo com a ninfa Corônis. Mas Corônis teve um amante mortal, Ísquis, e Apolo a matou num ataque de ciúme. Arrependido, ele pediu a Hermes (Mercúrio) que salvasse o filho que ela levava no ventre. Então Apolo entregou Asclépio aos cuidados de Quíron (*ver boxe*), que o educou. Ele cresceu e tornou-se o deus da saúde e da medicina. Atena (Minerva) também o ajudou oferecendo-lhe dois frascos de sangue da Medusa – o sangue de seu lado esquerdo ressuscitava os mortos, enquanto o sangue de seu lado direito os matava. Quando Asclépio ressuscitou Hipólito, filho de Teseu (*ver p. 57*), Hades (Plutão), deus do mundo subterrâneo, se queixou a Zeus, que derrubou Asclépio com um raio. Apolo retaliou e matou os Ciclopes (*ver p. 64*), que tinha feito o raio. Mais tarde Zeus devolveu Asclépio à vida.

Este relevo votivo grego do século V a.C. mostra uma família sacrificando um touro a Asclépio e à sua filha Higeia.

Quíron

Quíron, o maior dos centauros, era metade homem e metade cavalo. Era filho de Cronos (Saturno para os romanos – *ver p. 23*) e da ninfa Filira, a quem Cronos aparecera como um cavalo. Os outros centauros descendiam de Centauro, neto de Ares (Marte), que se acasalou com uma égua no monte Pélion. Ao contrário de Quíron, que era gentil e inteligente, os centauros eram brutos e primitivos. Apolo ensinou a Quíron a arte do arco e flecha, da medicina e da música, e ele em troca foi tutor do filho de Apolo, Asclépio, assim como do herói Jasão e de seu próprio neto, Aquiles (*ver pp. 52-53 e 63*). Quíron era imortal, mas cedeu sua imortalidade a Prometeu (*ver pp. 24-25*) para que ele pudesse escapar do sofrimento eterno depois que foi ferido acidentalmente por Hércules (*ver p. 51*). Zeus lhe concedeu a imortalidade menor do céu, onde ele é a constelação de Centauro.

O rei Midas

Midas, rei da Frígia, foi infeliz no seu relacionamento com os deuses. Condenado (a seu pedido), nos primeiros anos de seu reinado, a transformar tudo o que tocava em ouro, ele aprendeu a lição e optou por uma vida simples no campo. Mas, ao fazer isso, irritou o deus Apolo, que quis se vingar. Um dia, quando passeava pelo campo, deparou com um torneio musical entre Apolo e Pã, na qual Tmolo, o espírito da montanha, atuava como juiz. Apolo tocava a lira e Pã, a flauta (*ver pp. 42-43*). Apolo era tão talentoso que Tmolo lhe deu o prêmio, exigindo que Pã admitisse que a música de sua flauta era inferior. Midas não gostou do julgamento de Tmolo, preferindo a execução de Pã. Apolo ficou tão ofendido que transformou as orelhas de Midas nas de um burro. Envergonhado, Midas as escondia sob um turbante, mas seu segredo acabou sendo descoberto e ele se matou.

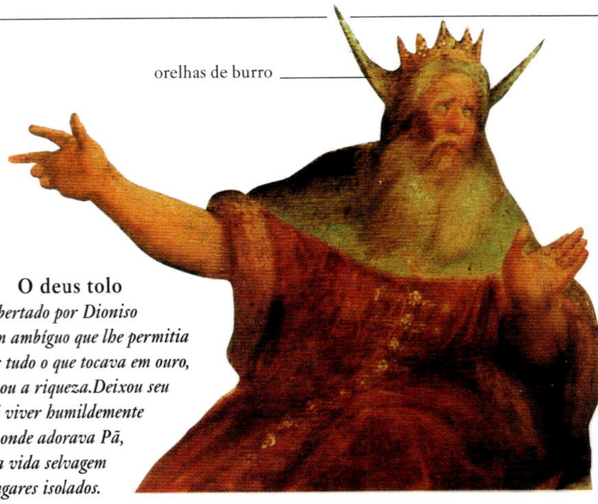

O deus tolo
Libertado por Dioniso do dom ambíguo que lhe permitia transformar tudo o que tocava em ouro, Midas desprezou a riqueza.Deixou seu reino e foi viver humildemente no campo, onde adorava Pã, o deus da vida selvagem e dos lugares isolados.

Atena
A deusa Atena (Minerva) coloca-se do lado de Afrodite, deusa do amor. A presença de Atena pode ser um engano do artista, que confundiu esse mito com a história de Mársias (*ver página ao lado*), ou uma simples referência a outra importante disputa musical entre Apolo e um rival.

O segredo sussurrado
Quando Apolo lhe deu orelhas de burro, Midas escondeu a vergonha debaixo de um turbante. Só seu barbeiro sabia a verdade. Finalmente, o fardo do segredo foi tão pesado que o barbeiro procurou um lugar isolado, cavou um buraco na terra e sussurrou dentro dele o segredo do rei. No ano seguinte, juncos cresceram no local e, quando foram arrancados pelo vento, sussurraram: "O rei Midas tem orelhas de burro". Quando soube que seu segredo tinha sido revelado, Midas se matou.

Coroa de louros
Apolo usa uma coroa de louros do Parnaso. Ela representa seu talento nas artes e lembra seu infeliz amor pela ninfa Dafne, que foi transformada num loureiro (*ver pp. 38-39*).

Deus da música
Apolo, o deus da música, tocava a lira – instrumento de cordas que Hermes (Mercúrio), pai de Pã, inventara para ele. A lira podia ser dedilhada ou tocada com uma palheta.

Deus-bode
Aqui, Pã toca o pífaro em lugar da habitual flauta de Pã. Além da presença de Atena, essa é outra indicação de que o artista confundiu a história de Mársias com a de Pã.

Uma vã vaidade
O deus Pã, que tocava flauta para um grupo de ninfas impressionáveis no monte Tmolo, se vangloriou de que sua música era melhor que a de Apolo. Apolo desafiou-o a uma competição, tendo o deus da montanha como juiz.

O rei Midas, filho de Górdio, um camponês que se tornara rei da Frígia por vontade dos deuses, cresceu convencido da importância do dinheiro. Por isso, quando Dioniso (Baco) lhe concedeu a realização de um desejo por ele ter ajudado Sileno, seu sátiro bêbado, Midas pediu que tudo que tocasse virasse ouro. Tudo correu bem, até que ele sentiu fome. "Tragam-me comida!", ele gritou. E a comida se tornou ouro. "Tragam-me vinho!" – e o mesmo aconteceu. Horrorizado, Midas implorou ajuda a Dioniso. O deus lhe disse que se banhasse no rio Pactolo – o que explica por que o rio e suas margens ainda estão salpicados de pó de ouro.

O esfolamento de Mársias

Atena construiu para si uma flauta dupla, mas, como a flauta prejudicasse sua beleza, ela a amaldiçoou e a jogou fora. A flauta foi encontrada por um sátiro chamado Mársias, que aprendeu a tocar o instrumento e, desavisado, recebeu a maldição. Ele se tornou um flautista tão talentoso que desafiou Apolo a uma disputa musical, com as Musas como juízas. O perdedor devia aceitar a punição imposta pelo vencedor. Os dois músicos tocaram tão bem que as juízas não conseguiram chegar a uma decisão – até que Apolo desafiou Mársias a tocar de cabeça para baixo, o que era possível para a lira de Apolo, mas não para a flauta. Apolo pendurou o insolente desafiante num pinheiro e o esfolou vivo. Tanto foi o sangue que derramou do sátiro torturado que formou o rio Mársias. Alguns acreditam que o rio se formou com as lágrimas dos seus companheiros sátiros e ninfas, que choraram seu tormento.

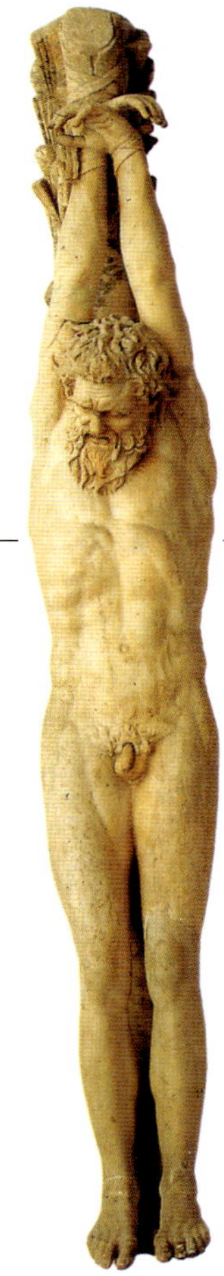

Esta estátua grega de marfim de cerca de 200 a.C. mostra o sátiro Mársias amarrado a uma árvore antes que Apolo praticasse sua vingança.

Colinas e vales
A música de Pã, senhor da natureza, enchia as colinas e os vales de alegria e expectativa de coisas boas.

Deus da montanha
Tmolo, convocado a julgar o mérito da música de Apolo e de Pã, era a encarnação do espírito da montanha. Retratado como um velho, ele se diferencia da forma da montanha sacudindo os galhos das árvores dos cabelos e criando uma coroa de folhas de carvalho sobre a fronte.

Orelhas de burro
Midas foi o único a discordar do julgamento de Tmolo e preferiu a música de Pã. Irritado de que alguém tão imbecil pudesse ter orelhas humanas, Apolo lhe deu orelhas de burro – longas, escuras e cabeludas.

As Musas
As mulheres que assistem à competição são as Musas, divindades da inspiração poética que costumavam acompanhar Apolo.

A criação da flauta de Pã
Aqui há uma alusão à história da invenção da flauta de Pã a partir dos juncos do rio depois da perseguição do deus à ninfa Siringe. Os dois sátiros, também meio homens e meio bodes, estão sentados perto de um juncal às margens de um rio.

O Julgamento de Midas
Gillis van Coninxloo
(1544-1607)
Essa pintura mostra o fim do torneio musical entre Pã e Apolo, quando Apolo já amaldiçoou Midas com orelhas de burro. Há também referência a outras histórias, entre elas a da invenção da flauta de Pã e da revelação do segredo de Midas.

Pã e Siringe

Embora Pã se vangloriasse de ter seduzido todas as Mênades de Dioniso, assim como a deusa lunar, Selene (Luna), era quase sempre rejeitado. Sua conquista mais desastrosa foi a da amante de Hércules, Onfala, rainha da Lídia. Depois de subir em sua cama, Pã tentava abraçá-la quando descobriu que o casal tinha trocado de roupas em seus jogos amorosos e ele estava abraçando Hércules, que o chutou para fora da cama.

Pã (Fauno para os romanos) vivia na terra, na Arcádia, e não no monte Olimpo com os outros deuses (*ver pp. 22-23*). Embora essencialmente um deus de boa índole, era libidinoso e tinha fama de sair no encalço das ninfas, como Siringe, que ele perseguiu do monte Liceu às margens do rio Ladon, antes que ela escapasse transformando-se em uma moita de juncos. Com esses juncos, ele fez sua primeira flauta. Deus das manadas e dos rebanhos, o nome Pã deriva do grego "*paon*", que significa "pastor". Seu parentesco é obscuro; muitas fontes afirmam que seu pai era Hermes (Mercúrio), embora outras apontem Zeus (Júpiter). Sua mãe, Dríope, neta de Apolo, era às vezes chamada de Penélope, o que provocou lendas segundo as quais Pã seria filho da mulher de Ulisses, Penélope, com Hermes ou com Zeus na forma de um bode ou carneiro. Outras histórias contam que Pã , cujo nome significa "todos", nasceu depois que Penélope dormiu com todos os seus pretendentes durante a ausência do marido (*ver p. 65*). Pã também inspirou um repentino e infundado medo conhecido como "pânico". Em 490 a.C., por exemplo, ele teria aterrorizado a armada persa e causado sua fuga dos atenienses, que em gratidão o cultuavam em ritos cerimoniais. Esses rituais mais tarde se tornaram as Lupercais, festas romanas dedicadas ao Fauno, deus da fertilidade.

Metade bode
A forma de bode de Pã inspirou as representações cristãs do demônio. Alguns autores veem nos rituais demoníacos dos cultos das bruxas na Europa uma continuação dos rituais de Pã.

Pã e Siringe, de François Boucher (1703-1770)
Essa pintura mostra Pã, que se apaixonara pela bela ninfa Siringe, perseguindo-a às margens do rio Ladon. Quando vai abraçá-la, ela pede à deusa do rio que a ajude a escapar.

Hermes, mensageiro dos deuses

Hermes era pai de Pã. Filho de Zeus e Maia, a mais velha das Plêiades, ele ajudou Zeus a cortejar a princesa Io fazendo Argos, o cão de guarda de cem olhos, adormecer com a história da perseguição de Pã a Siringe. Mensageiro dos deuses, que voava com a ajuda de suas sandálias aladas, Hermes também guiava as almas ao mundo subterrâneo. Foi ele que inventou a lira, que deu a seu irmão Apolo em compensação por lhe ter roubado o gado (*ver p. 40*). Hermes era também o deus dos viajantes e da fertilidade, representado por estatuetas de pedra com o falo ereto chamadas hermas. As hermas eram colocadas nas estradas, em locais públicos e nas casas. Numa noite em Atenas, no ano 415 a.C., centenas de falos foram quebrados, o que, segundo modernos estudiosos, teria sido um protesto das mulheres contra o militarismo ateniense.

Hermes
Hermes, mostrado aqui como uma figura vermelha em uma taça grega do fim do século V a.C., é representado como um jovem atlético.

A morte de Pã

Durante o reinado do imperador Tibério (14-37 d.C.), um homem chamado Tamo velejava perto da ilha grega de Paxi quando ouviu uma voz que gritava: “Tamo, o grande deus Pã está morto”. O grito se repetia sempre que os marinheiros avistavam terra, e um lamento lancinante se elevava pela região. Alguns relatos situam esse evento no instante do nascimento de Cristo, uma época adequada, já que muitos atributos de Pã foram absorvidos pelo demônio na tradição cristã. Alguns autores sugerem que houve um problema de audição e que o grito seria: “O grande Tammuz está morto”, lamento cerimonial pela morte e renascimento do deus oriental Tammuz (*ver p. 33*).

Coroa de folhas de pinheiro
Pã usava uma guirlanda de folhas de pinheiro, referência a Pítis, uma amante que foi transformada num pinheiro.

A tocha ardente
Eros (Cupido) inflamou Pã com o amor por Siringe, simbolizado na tocha ardente.

A origem da flauta de Pã

Para escapar aos avanços de Pã, Siringe foi transformada em uma moita de juncos, por entre os quais o vento soprou, produzindo uma música suave. Frustrado em seu desejo, Pã cortou os juncos em pedaços de tamanhos diferentes, os prendeu com cera e construiu a primeira flauta de Pã, também chamada siringe.

A ninfa casta
Siringe era uma ninfa da deusa virgem Ártemis (Diana, *ver pp. 36-37*), que exigia castidade de suas servas. Perseguida por Pã, ela correu até as margens do rio Ladon, onde, incapaz de escapar e com medo da ira de Ártemis, pediu à deusa do rio que a ajudasse.

> “*Ao cair da tarde, ele grita ao retornar da caçada, e toca uma música melodiosa em sua flauta de juncos.*”
>
> Hino de Homero a Pã

A deusa do rio
A deusa do rio ouviu os gritos de Siringe e veio em seu socorro. Tomando-a nos braços, transformou-a em uma moita de juncos, frustrando a perseguição amorosa de Pã.

O rio Ladon

O rio Ladon é mostrado aqui como uma ninfa com uma jarra de água. Em algumas versões da história, o rio Ladon, que transforma Siringe, é seu pai. Na mitologia grega, a transformação tem muitas regras: enquanto Siringe a usa para escapar, a ninfa Pítis, outra amante de Pã, é transformada num pinheiro pela deusa da terra, Gaia. Bóreas, o vento norte, um frustrado e furioso pretendente de Pítis, esmaga o pinheiro contra uma rocha, com ciúme por ela ter preferido Pã a ele.

Bela ninfa
Siringe era tão bela a ponto de ser às vezes confundida com sua ama, a deusa Ártemis. O que as diferenciava era que Siringe carregava um arco de chifre, enquanto o de Ártemis era de ouro.

Jarro de água
Jarros ou urnas de água são geralmente usados para simbolizar uma divindade dos rios.

Zeus e Dânae

Dânae era a bela filha de Acrísio, rei de Argos, que devia se revezar no poder com seu irmão gêmeo, Preto. Mas Acrísio se recusou a ceder o trono, e Preto, furioso, tentou seduzir sua filha. Aterrorizado por uma profecia de que Dânae teria um filho que seria seu assassino, Acrísio a trancou em uma torre de bronze, afastada dos mortais. Infelizmente, ele não podia protegê-la dos deuses, e Zeus (Júpiter para os romanos), agindo como em muitas de suas conquistas, chegou a ela disfarçado (dessa vez, como uma chuva de ouro) e gerou nela o grande herói Perseu (*ver pp. 46-47*). Quando Acrísio soube da existência da criança, lançou Dânae e o filho no mar. Por vários dias eles flutuaram à deriva, até que foram dar na ilha de Sérifos, onde foram recolhidos por Díctis, irmão de Polidectes, rei da ilha. Durante anos, o rei tentou forçar Dânae a casar-se com ele. Querendo proteger a mãe, Perseu conseguiu matar a terrível Medusa e usou sua cabeça letal para transformar Polidectes em pedra e salvar Dânae. Anos mais tarde, a profecia se cumpriu quando Perseu acidentalmente matou Acrísio com um disco em uma competição esportiva.

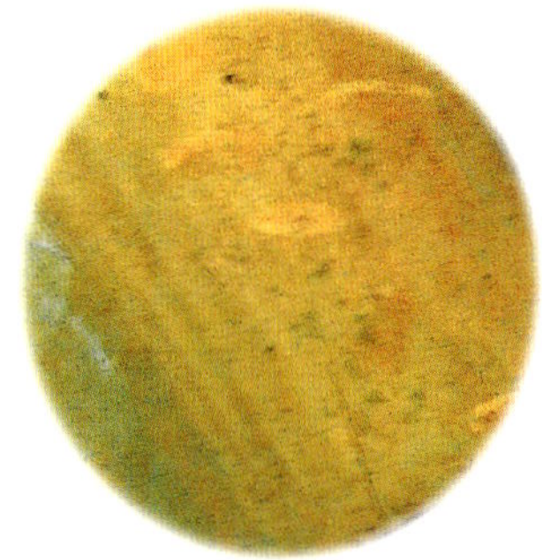

Deus de ouro
Zeus visitou Dânae em uma chuva de ouro. Alguns artistas a representam como os raios ardentes do sol; outros, como moedas. Outros, ainda, como aqui, combinam as duas imagens. Explicações posteriores do mito afirmam que o ouro era simplesmente o suborno aos guardas de Dânae.

Os filhos de Zeus e Europa

Zeus e Europa (*ver abaixo*) tiveram três filhos: Minos (*ver p. 56*), Radamantes e Sarpédon. Minos, que herdou o trono de Creta de seu padrasto Astério, brigou com os irmãos e os expulsou da ilha. Sendo filhos de Zeus, os dois se tornaram reis em outros lugares. Radamantes foi tutor de Hércules, e consta que teria se casado com a mãe de Hércules, Alemene, depois da morte de seu marido. Tanto Radamantes – que foi um sábio legislador – quanto Minos – que recebia as novas leis de Zeus, seu pai, a cada nove anos – tornaram-se juízes no mundo subterrâneo quando morreram.

A águia do poder
A águia, ave que servia a Zeus, simboliza o poder e a vitória. Em questões de amor e de guerra, Zeus jamais aceitava a derrota.

O coletor de nuvens
Deus do céu e controlador do clima, Zeus é muitas vezes chamado "o coletor de nuvens" e representado com sua arma, o raio.

Janelas gradeadas
Embora parecesse amar a filha Dânae, Acrísio egoisticamente a fechou por trás de grades para salvar sua própria vida.

Esposa ciumenta
Hera observa a traição do marido pela janela e assume a forma de seu pássaro símbolo, o pavão.

ZEUS E DÂNAE
Joachim Utewael
(1566-1638)
Essa pintura renascentista mostra Zeus atravessando o teto da torre de bronze e aparecendo a Dânae numa chuva de ouro. O filho dessa união foi o herói Perseu.

Zeus apaixonado
Vendo a jovem e bela Dânae encarcerada numa torre de bronze, Zeus se apaixonou por ela e decidiu visitá-la.

"...Dânae, na arca esculpida, tremia de medo diante do sopro do vento e do mar revolto. Suas faces estão molhadas enquanto ela abraça Perseu com braço amoroso, dizendo: 'Oh, filho! Que infortúnio o meu'..."
SIMÔNIDES

A serva assustada
A criada de Dânae deixa cair o fuso da roca quando Zeus atravessa o teto na forma de uma chuva de ouro.

Condenada à morte
Acusada de cumplicidade, a serva de Dânae foi condenada à morte quando Acrísio descobriu o nascimento de seu neto, Perseu.

"Eu louvarei a Zeus, o maior e melhor dos deuses, vidente, poderoso e cumpridor dos desígnios."
Hino de Homero a Zeus

A roca
Na mitologia grega, a roca era o símbolo das três Moiras, que fiavam, mediam e cortavam o fio da vida dos mortais. Aqui, ela indica como foi inútil Acrísio tentar escapar ao destino decretado pelo oráculo. Como previsto, anos depois seu neto Perseu o mata acidentalmente com um disco.

Deus do amor
Embora não tenha participado da sedução de Dânae por Zeus, Eros (Cupido), deus do amor sexual, está representado aqui. Sua presença indica que o amor pode vencer todos os obstáculos, até grades e guardas armados.

Arco e flecha
Eros sempre carrega arco e flechas. Segundo o poeta Ovídio, havia dois tipos de flechas: as de ouro inspiravam amor, e as de chumbo o afastavam.

A complicada vida amorosa de Zeus é fonte de muitas histórias. Sua excessiva energia sexual era, de fato, sua principal característica – prova, talvez, de seu incansável impulso criativo. Embora fosse casado com Hera (Juno), teve com outras mulheres, imortais e mortais, muitos filhos que se tornaram deuses ou heróis. Zeus não perdia tempo em delicadezas de cortejador, e muitas de suas seduções foram na verdade estupros, como com Dânae e Europa.

Grifo
O grifo – parte águia e parte leão – é um dos muitos monstros fantásticos da mitologia grega. O grifo na cama de Dânae representa a forte guarda sob a qual o pai a mantinha; do outro lado da porta, havia uma matilha de cães selvagens.

Europa e Zeus

Europa era filha do rei fenício Agenor. Um dia, Zeus a viu brincando com suas servas à beira-mar e, dominado pela luxúria, tomou a forma de um belo touro e juntou-se à manada do rei na praia. Europa o agradou, pendurou guirlandas de flores em seus chifres e, como ele parecesse muito manso, resolveu montá-lo. Zeus imediatamente disparou para o mar, levando-a para Creta, onde a possuiu sob um plátano, que, segundo a lenda, continuou verdejante para sempre. Europa teve três filhos: Minos (*ver p. 56*), Radamantes e Sarpédon. Mais tarde, casou-se com Astério, rei de Creta, que fez de Minos seu herdeiro.

O rapto de Europa
Valentin Alexándrovitch Serow (1865-1911)

Hesíodo refere-se a Dânae como "a de fartos cabelos"

Dânae, princesa de Argos
Dânae era filha de Acrísio de Argos e Eurídice, filha de Lacedêmon (não confundir com Eurídice, esposa de Orfeu). ***O irmão gêmeo de Acrísio, Preto, rei de Tiro, já tinha disputas com o irmão desde o ventre materno. Portanto, não foi surpresa que ele tentasse seduzir a filha do irmão, nem que Acrísio tentasse impedi-lo.***

Perseu e Andrômeda

Perseu
Perseu foi um dos grandes heróis gregos que, na juventude, realizou grandes feitos. De sangue real, recusou o trono de Argos depois da morte do avô (ver p. 45) e preferiu governar Tirinto e Micenas. Ali, fundou a família dos persidas, da qual Hércules descende (ver pp. 50-51).

Perseu era filho de Zeus (Júpiter para os romanos) e de Dânae (*ver pp. 44-45*), enviado por Polidectes, pretendente indesejado de Dânae, em busca da cabeça da górgona Medusa. As três Górgonas às vezes eram belas, mas sempre terríveis criaturas de cabelos de serpentes, que transformavam as pessoas em pedra com um único olhar. Ajudado por Atena (Minerva) e Hermes (Mercúrio), Perseu conseguiu cortar a cabeça da Medusa e colocá-la num saco. Quando voava de volta para casa, ajudado pelas sandálias aladas de Hermes, Perseu viu Andrômeda, uma bela princesa etíope que vivia acorrentada a uma rocha e guardada por um monstro marinho, sacrificada pelo pai para aplacar a ira do deus do mar, Possêidon. Perseu se apaixonou por Andrômeda, matou o monstro e casou-se com a princesa. Na volta, Polidectes, que o supunha morto, riu dele com escárnio quando ele lhe disse que tinha trazido a cabeça da Medusa – com um sorriso irônico, Perseu a tirou do saco e no mesmo instante Polidectes se transformou em pedra.

Amor à primeira vista
O pequeno Eros (Cupido), com sua tocha ardente, indica que Perseu está apaixonado por Andrômeda.

Escudo de bronze
Perseu carrega o escudo de bronze que lhe foi emprestado por Atena. Ela o preveniu a não olhar diretamente para a Medusa, mas para seu reflexo no escudo, a fim de não ser transformado em pedra. Mais tarde, Atena prendeu a cabeça da Medusa a seu escudo como parte de sua armadura.

Dons mágicos
Perseu recebeu ajuda das ninfas do Estinge. Elas lhe emprestaram três itens mágicos que tinham sido entregues a seus cuidados: as sandálias aladas de Hermes, o capacete da invisibilidade de Hades e um saco onde guardar a cabeça da Medusa.

A espada de Hermes
Inflamado de heroísmo e paixão, Perseu se prepara para empunhar sua espada e destruir o maligno monstro marinho. A espada, curva e inquebrável, era outro presente de Hermes. Perseu a usou primeiro para decepar a cabeça da Medusa enquanto ela dormia. Ele fugiu sem ser percebido pelas outras Górgonas graças ao capacete mágico que o tornava invisível.

PERSEU SALVA ANDRÔMEDA
Charles-Antoine Coypel (1694-1752)
Essa pintura mostra Perseu prestes a salvar Andrômeda das garras do monstro marinho. O mar está revolto, e as iradas ninfas do oceano assistem à cena, assustadas. Preocupados, os pais de Andrômeda e o povo dentro das muralhas da cidade rezam aos céus, implorando pela vitória de Perseu.

Quando Perseu partiu em busca da Medusa, foi aconselhado por Atena a encontrar as três Greias, irmãs mais velhas das Górgonas. As Greias, bruxas que partilhavam um único olho, lhe diriam onde encontrar as ninfas do rio Estinge, que o ajudariam a vencer a Medusa. Perseu arrancou o olho de uma delas quando ia passá-lo a outra e exigiu que elas lhe dissessem o que queria saber. Então, atirou o olho num lago, para que elas não pudessem avisar as Górgonas de seus planos.

Ninfas vingativas
As ninfas marinhas, ou nereidas, sentiram-se ofendidas pela mãe de Andrômeda e pediram a Possêidon que as vingasse. Ele enviou uma grande onda e um monstro terrível para assombrar a costa da Etiópia.

O monstro marinho
O monstro marinho atacou a costa, devorando homens, mulheres e crianças. Um oráculo disse ao rei que a calma só voltaria ao país com o sacrifício de sua filha.

Belerofonte mata Quimera

Belerofonte, como Perseu, foi uma figura real heroica, que desfrutou a proteção de Atena. Hóspede na corte do rei Preto de Argos (*ver p. 44*), foi acusado falsamente pela rainha de tentar violentá-la. Não querendo matar um hóspede com as próprias mãos, Preto enviou Belerofonte a seu sogro, o rei Iobates, com uma carta em que dizia que o portador devia ser morto. Esperando vê-lo morto, Iobates lhe pediu para matar Quimera, o monstro que devastava seu reino. Quimera cuspia fogo, tinha pernas dianteiras de leão, corpo de cabra e cauda de serpente. Belerofonte domou Pégaso, o cavalo alado, com a brida de ouro que lhe dera Atena, atacou o monstro com a espada e enfiou um bloco de chumbo em sua goela. O sopro de Quimera derreteu o chumbo e ele morreu sufocado. Depois que Belerofonte sobreviveu a outras provas, Iobates desistiu de matá-lo e fez dele seu herdeiro. Quando ficou sabendo da acusação que pesava sobre ele, Belerofonte voltou a Argos e matou a rainha empurrando-a nas costas de Pégaso para o mar. Belerofonte morreu como um mendigo, cego e coxo, castigado por Zeus por ter tentado voar com Pégaso até o céu.

Belerofonte Mata Quimera, *de Giovanni Battista Tiepolo (1696-1770).*

Embora Cefeu e Cassiopeia tenham entregado Andrômeda em casamento a Perseu, ela já estava prometida a seu tio Fineias. A cerimônia do casamento foi interrompida com a chegada do furioso Fineias com uma grande guarda armada. Com risco de ser dominado, Perseu usou a cabeça da Medusa para transformar Fineias e seus 200 homens em pedra.

Pai divino
O relâmpago no céu mostra a presença de Zeus, que gerou Perseu em uma chuva de ouro.

Pai perturbado
Quando o rei Cefeu perguntou ao oráculo de Amon (ou seja, o deus egípcio Amon, assimilado no mito clássico) como aplacar a ira de Possêidon, recebeu como resposta que devia sacrificar Andrômeda ao monstro. Assim, para salvar seu povo, ele a acorrentou a uma rocha para ser devorada pelo monstro.

Donzela acorrentada
Andrômeda foi acorrentada a uma rocha na costa da Fenícia em sacrifício para aplacar o monstro. Ela era filha de Cefeu, rei de Jopa, e de sua mulher, Cassiopeia.

Mãe arrogante
Cassiopeia tinha se vangloriado de que ela e a filha eram mais belas que as nereidas, provocando a vingança de Possêidon.

Monstro adversário
O monstro marinho, não sabendo que Perseu podia voar, atacou sua sombra na água, permitindo a Perseu atacá-lo de cima e matá-lo com a espada em forma de foice de Hermes. Possêidon estava furioso: além de salvar Andrômeda, Perseu tinha matado a Medusa, uma de suas antigas amantes. Quando ela morreu, seus dois filhos ainda não nascidos emergiram do sangue derramado: o cavalo alado Pégaso e o guerreiro Crisaor.

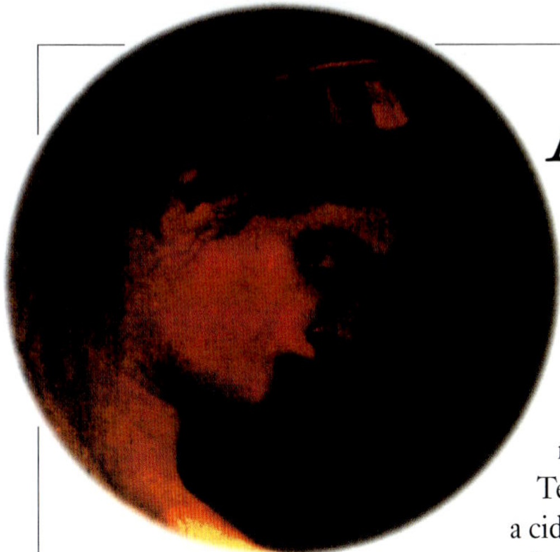

A tragédia de Édipo

Édipo, filho do rei de Tebas, Laio, e de sua esposa Jocasta, foi abandonado ainda bebê depois que uma profecia anunciou que ele mataria o pai e se casaria com a mãe. Abandonado para morrer, o menino foi encontrado pelo rei Políbo de Corinto, que não tinha filhos. Édipo cresceu sem conhecer sua origem e, até visitar o oráculo de Delfos, desconhecia a profecia. Quando ela lhe foi revelada, ele ficou horrorizado e decidiu não voltar para casa, dessa forma pondo em movimento a corrente de acontecimentos que queria evitar. Ao deixar Delfos, Édipo encontrou e matou o rei Laio, que viajava a Delfos para perguntar ao oráculo como libertar Tebas da Esfinge, um monstro que matava todo aquele que não soubesse responder seu enigma. Sem saber quem era Laio, Édipo dirigiu-se a Tebas, livrou a cidade da Esfinge, tornou-se rei e casou-se com Jocasta. Algum tempo depois, quando uma praga assolou a cidade, o oráculo a atribui à morte do rei Laio, e Édipo acabou descobrindo que fora ele o assassino. Logo depois, teve a revelação de seu nascimento. Horrorizada, Jocasta se enforcou, e Édipo furou seus próprios olhos.

Édipo e a Esfinge
Jean-Auguste-Dominique Ingres
(1780-1867)
Nessa pintura, Édipo pensa no que devia responder ao enigma da Esfinge. Ele está cercado pelos ossos dos infelizes que deram a resposta errada. Abaixo, um homem foge, na expectativa de mais uma morte.

A Esfinge
Esse monstro com cabeça de mulher, asas de águia, cauda de serpente e metade do corpo de leão, era filha de Équidna (que era metade mulher e metade serpente). Équidna gerou vários monstros da mitologia grega, entre eles Quimera (ver p. 47), Hidra, Cérbero (ver p. 31), o Leão de Nemeia e o javali Cromion (ver pp. 54-55).

O enigma da Esfinge
A esfinge foi enviada por Hera (Juno para os romanos) para assolar Tebas, porque, antes de se tornar rei, Laio raptara o jovem Crisipo para fazê-lo seu amante – um crime contra o casamento. A Esfinge costumava emboscar suas vítimas fora da cidade e propor-lhes o seguinte enigma: "Que criatura de manhã tem quatro pés, ao meio-dia tem dois e à tarde tem três?". Quem não lhe desse a resposta correta era devorado.

Édipo foi abandonado ainda bebê porque o oráculo de Apolo em Delfos disse a Laio que ele não devia ter filhos ou Tebas estaria sujeita a calamidades. Laio desobedeceu o conselho do oráculo ou ficou tão perturbado que se embebedou e dormiu com a mulher, Jocasta.

"*Nada sabes da calamidade causada por tua carne e por teu sangue, os mortos sob a terra e os vivos sobre ela, e o duplo golpe da maldição de tua mãe e de teu pai vai te expulsar desta terra.*"
Édipo Rei
Sófocles c. 430 d.C.

Édipo
Édipo medita muito tempo antes de responder à Esfinge: "O homem, que anda de quatro quando é bebê, com os dois pés na idade madura e apoiado numa vara quando fica velho". Irritada, a Esfinge se atira do alto da rocha para a morte.

No fim da vida, Édipo é representado por Sófocles como um mendigo cego que vagueia de um lugar para outro perseguido pelas Fúrias (*ver p. 26*). Depois de morrer, em Colona, foi recebido no mundo dos mortos por Hades (Plutão), e lá tem uma visão de Perséfone (Proserpina) semelhante à que vivenciam os iniciados nos mistérios de Elêusis (*ver p. 29*).

As lanças
Édipo leva as lanças que usou quando encontrou o carro de seu pai natural, Laio, na estreita passagem na montanha. Depois de receber a ordem de se afastar, e ao ver que um de seus cavalos estava deliberadamente morto, Édipo ficou furioso, lutou com Laio e o matou, cumprindo assim a primeira parte da profecia.

Os pés de Édipo
O nome Édipo significa "pés inchados". Quando foi abandonado para morrer, ainda bebê, seus pés foram perfurados com prego – talvez para impedir que sua alma caminhasse.

Quando a peste assolou Tebas, o vidente Tirésias disse que os deuses exigiam o sacrifício de um dos homens nascidos dos dentes do dragão (*ver página ao lado*) para salvar a cidade. O pai de Jocasta imediatamente se atirou da muralha da cidade. Mas Tirésias disse que outro homem era o alvo: aquele que "passa por estrangeiro... [mas] nasceu em Tebas... parricida e usurpador".

Édipo e Jocasta tiveram quatro filhos: dois homens, Etéocles e Polinices, e duas mulheres, Antígona e Ismênia.

O fugitivo
Este pode ser o único homem do séquito do rei Laio que escapou quando Laio e Édipo se enfrentaram na estrada – o mesmo homem que foi instruído a abandonar Édipo quando bebê. Ao voltar a Tebas, ele disse que um bando de ladrões tinham atacado e matado o rei.

A cidade de Tebas
A cidade de Tebas era capital da Beócia (não confundir com a cidade egípcia que hoje se chama Luxor, chamada Tebas pelos gregos). Foi fundada por Cadmo, irmão de Europa (*ver p. 45*) por instrução do oráculo de Delfos. Primeiro Cadmo devia matar o dragão que guardava o local e tinha matado todos os seus homens. Para povoar a cidade, ele enterrou os dentes do dragão e deles brotaram guerreiros. A mãe de Édipo, Jocasta, era filha de um desses homens, Meneceu.

Antígona, filha de Édipo

Antígona, filha de Édipo, foi para o exílio com o pai e, quando ele morreu, voltou a Tebas, onde encontrou os irmãos, Etéocles e Polinices, lutando pelo trono. Eles acabaram se matando e Creonte, seu tio, que apoiara Etéocles, deu-lhe um enterro honroso, deixando Polinices apodrecer no campo de batalha. Sofrendo com a morte do irmão, Antígona lhe deu um funeral simbólico. Furioso, Creonte trancou-a numa caverna para morrer, ignorando os apelos de Hémon, seu filho e noivo de Antígona, para que a perdoasse. Aconselhado pelo vidente Tirésias, ele finalmente cedeu. Mas, ao abrir a caverna, descobriu que Antígona tinha se enforcado. Amaldiçoando o pai, Hémon se suicidou.

Antígona e sua irmã Ismênia no campo de batalha
Marie Spartelli Stillman (1844-1927).

Os ossos dos mortos

Todos os que não sabiam a resposta ao seu enigma a Esfinge matava, e seus ossos eram espalhados pelo campo. Fontes antigas descrevem a Esfinge voando em direção à muralha da cidade, cantando seu enigma e apanhando jovens com suas mandíbulas vorazes quando os cidadãos não sabiam responder à pergunta. Por isso os cidadãos de Tebas se reuniam todos os dias para decifrar o enigma.

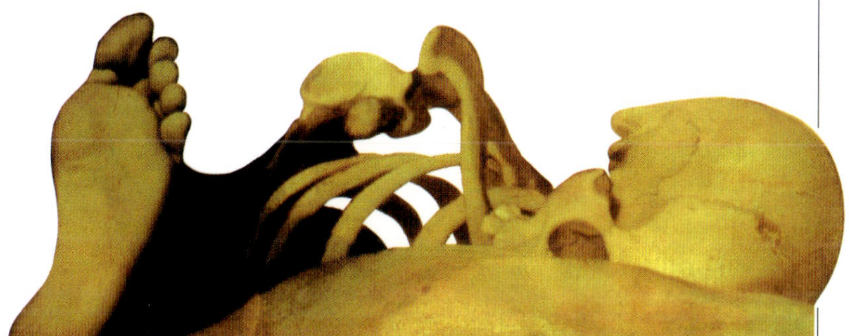

Os trabalhos de Hércules

Hércules era um semideus, filho de Zeus (Júpiter para os romanos) e Alcmena, uma mortal. Embora Zeus pretendesse fazer dele um grande rei, Hera (Juno) deixou claro que essa honra devia caber ao primo de Hércules, Eristeu. Hércules se tornou um grande herói, de olhos agudos, habilidoso com o arco e a lança, e dotado de um força sobre-humana, que usava para empunhar um imenso porrete cortado de um oliveira. Entretanto, Hera, ainda com ciúme por causa das infidelidades de Zeus, afetou Hércules com a loucura, que o levou a matar a mulher e os filhos. Arrasado, ele visitou o oráculo de Delfos, onde ficou sabendo que podia se redimir de seu crime sangrento e ganhar a imortalidade se, por 12 anos, servisse ao rei Eristeu. Eristeu, um homem vil, lhe deu dez tarefas impossíveis, que depois aumentou para 12, pondo em dúvida os meios para a realização de duas delas. A tarefa mais difícil era a última: capturar o cão de guarda do mundo dos mortos, Cérbero, e colher as maçãs douradas do jardim das Hespérides, que era guardado por uma terrível serpente. Hércules realizou todos os trabalhos com sucesso, vivendo muitas aventuras no caminho. Quando morreu, muitos anos depois, por ter usado uma túnica envenenada, subiu ao Olimpo, fazendo Atlas suportar um peso extra sobre os ombros.

Garças vigilantes
As garças são um símbolo da vigilância. Entretanto, como as Hespérides parecem estar dormindo e as maçãs que elas guardavam foram roubadas, a presença das garças pode ser uma ironia.

Jardim das Hespérides
O jardim das Hespérides ficava no fim da terra, escondido por trás de altos muros. Lá dentro, uma macieira que produzia maçãs douradas era guardada por uma terrível serpente. Hércules levou muito tempo para descobrir onde ficava o jardim. No caminho, viveu várias aventuras. Em uma delas, libertou Prometeu (*ver pp. 24-25*) e matou o abutre que se alimentava de seu fígado.

Filhas de um titã
As Hespérides eram filhas do titã Atlas (*ver p. 22*) e de Hespéria, filha da estrela vespertina, Héspero (Vênus). Viviam em um jardim escondido no ocidente longínquo; seu nome significa "filhas do anoitecer".

Lira
O canto era a principal diversão das Hespérides. Aqui, uma delas dedilha uma lira de cabeça para baixo. Foi por ter tocado a lira de cabeça para baixo que Apolo venceu Mársias numa competição musical (*ver p. 41*).

Hércules não sabia onde ficava o jardim das Hespérides, no qual nasciam maçãs douradas. As ninfas do rio Eridano lhe contaram que Nereu, o deus marinho das metamorfoses, sabia onde era. Hércules lutou com Nereu para obrigá-lo a lhe responder. O deus se transformou em todos os tipos de criatura, mas Hércules prendeu-o com força, até que finalmente ele lhe revelou o segredo.

A infância de Hércules

Hércules foi concebido quando Zeus deitou-se com Alcmena disfarçado como seu marido, o rei Anfitrião, neto de Perseu (*ver pp. 46-47*). Sabendo que tinha fecundado Alcmena, Zeus alardeou que o próximo descendente de Perseu a nascer seria um grande rei. Então Hera, para frustrar Zeus, atrasou o nascimento de Hércules e adiantou o de seu primo, Eristeu. Alcmena deu à luz dois filhos: Hércules e, no dia seguinte, seu irmão, Íficles. Oito meses depois, Hera colocou uma serpente no berço dos bebês – Íficles fugiu, mostrando que era filho de Anfitrião, mas Hércules estrangulou as cobras com as mãos. Hércules viveu grande parte da infância com os pastores de Anfitrião, e um dia matou acidentalmente um de seus instrutores numa discussão. Aos 18 anos, matou um leão que estava dizimando o rebanho e logo depois iniciou sua vida aventurosa de herói.

Hércules

serpente

serpente

Este bronze romano mostra o bebê Hércules matando duas serpentes com as próprias mãos – uma precoce indicação de sua força sobre-humana e um sinal da identidade de seu pai.

Em uma história, Nereu (ou Prometeu) aconselhou Hércules a convencer Atlas, que sustentava o céu, a apanhar as maçãs douradas. Enquanto ele estava longe, Hércules segurou o céu. Quando voltou, Atlas se recusou a retomar seu fardo, mas Hércules o persuadiu a fazê-lo enquanto arrumava uma almofada sobre a cabeça. Assim que Atlas voltou a sustentar o céu sobre os ombros, Hércules pegou as maçãs e fugiu.

Maçãs douradas

As maçãs douradas pertenciam a Hera, que as recebera como presente de casamento de sua avó, Gaia. Euristeu não acreditava que Hércules pudesse roubá-las, e, quando ele fez isso, devolveu-as, com medo de ser alvo da ira da deusa. Atena as levou de volta ao jardim.

Hera encarregou Ládon, a serpente, de impedir que qualquer pessoa roubasse as maçãs douradas e também que as Hespérides as comessem.

A serpente guardiã

Ládon, a terrível serpente que guardava as maçãs, tinha cem cabeças (que não aparecem aqui), e cada uma delas falava uma língua. Como a Esfinge (*ver p. 48*), ele era filho dos monstros Tífon e Équidna. Quando ele foi morto, Hera o colocou no céu como a constelação do Dragão.

Hespérides adormecidas

Há dúvidas sobre a existência de três ou quatro Hespérides. As que aparecem aqui são Egle, Eriteia e Hespéria. Essa tranquilidade que elas demonstram transformou-se num sofrimento indizível depois do roubo das maçãs.

O JARDIM DAS HESPÉRIDES
Frederic Leighton (1830-1896)
Essa pintura mostra três Hespérides dormindo no jardim sob a árvore das maçãs douradas, guardadas pela serpente Ládon. O décimo primeiro trabalho de Hércules era encontrar e roubar essas maçãs e entregá-las a Euristeu, seu primo e senhor.

Os 12 trabalhos

1. Hércules estrangulou o Leão de Nemeia e usou sua pele invulnerável como armadura e sua cabeça como elmo.
2. Matou a Hidra de nove cabeças. Cada vez que uma cabeça era cortada, em seu lugar nasciam duas.
3. Capturou a Corça de Cerínia, uma criatura de pés de bronze e chifres de ouro que era sagrada para Ártemis. E culpou Euristeu pelo sacrilégio.
4. Capturou e matou o Javali de Erimanto, que devastava a região. Ao matá-lo, atirou acidentalmente no centauro Quíron (*ver p. 39*).
5. Recebeu ordem de limpar os estábulos imundos de Áugias em um só dia. Para isso, desviou dois rios.
6. Atirou nas aves carnívoras do Estínfalo, que tinham asas, bico e garras de ferro.
7. Capturou o touro de Creta, pai do Minotauro (*ver pp. 56-57*), que tinha enlouquecido.
8. Capturou as éguas de Diomedes.
9. Tomou o cinto de Ares, deus da guerra, de Hipólita, rainha das amazonas.
10. Tomou posse do gado que pertencia ao monstro Gerion, de três cabeças.
11. Roubou as maçãs douradas das Hespérides.
12. Raptou Cérbero, o cão de guarda do inferno.

Jasão e o velocino de ouro

Jasão era filho do rei Esão, cujo irmão, Pélias, lhe usurpara o trono. Jasão foi criado pelo centauro Quíron (*ver p. 39*) e, quando cresceu, foi procurar a corte do tio para reivindicar o trono. Pélias, avisado de que devia ter cuidado com um reclamante que usasse uma só sandália (o que acontecia com Jasão – *ver à esquerda*), concordou em fazê-lo seu herdeiro se ele lhe trouxesse o velocino de ouro que pertencia a Eetes, o cruel rei da Cólquida. Com a ajuda de Atena (Minerva para os romanos), ele construiu um navio, o *Argos*, e reuniu uma tripulação de cerca de 50 homens, os argonautas, entre os quais havia vários ex-alunos de Quíron. Ele então viajou à Cólquida, onde a filha de Eetes, a feiticeira Medeia, se apaixonou por ele e o ajudou a roubar o velocino e fugir. De volta a casa, Medeia assassinou Pélias, mas, estranhamente, Jasão não reivindicou o trono. O casal viveu em Corinto durante dez anos, até que Jasão rejeitou Medeia para casar-se com a filha do rei Creonte, Gláucia. Medeia vingou-se matando Gláucia, Creonte e seus próprios filhos com Jasão, e depois fugiu. Jasão morreu velho, esmagado sob a proa do *Argos*.

Jasão, o protegido de Hera
Jasão velejava sob a proteção de Hera. Quando viajava em velocidade para apresentar ao rei Pélias sua reivindicação ao trono, teve que cruzar um rio que estava na cheia. Uma velha estava parada numa margem, desolada, e pediu-lhe que a ajudasse a atravessar o rio. Ele assim fez, e na travessia perdeu uma de suas sandálias. A velha senhora era Hera disfarçada, e essa pequena ajuda valeu a Jasão uma devotada proteção.

O velocino de ouro
O velocino pertencera a um carneiro de ouro dotado de raciocínio e fala. Esse carneiro fora presente de Hermes (Mercúrio) a Frixo e Hele, filhos do rei Átamas da Beócia, que fugiam de sua vingativa madrasta. Infelizmente, Hele caiu no mar (hoje chamado Helesponto) e morreu. Frixo fugiu para a Cólquida, sacrificou o carneiro a Zeus e deu a Eetes o velocino. Eetes matou Frixo e pendurou o velocino numa árvore, guardado por uma serpente.

Anceu
Anceu, o timoneiro, estava ao lado de Jasão durante a fuga do *Argos*. No começo, era um remador ao lado de Hércules (*ver pp. 50-51*), mas assumiu o leme quando o timoneiro original, Tífis, morreu.

Todos os argonautas sobreviveram aos perigos da viagem, exceto Tífis e Ídmon, o vidente. Ídmon tinha profetizado que todos sobreviveriam, exceto ele próprio. Ele foi ferido por um javali e morreu.

Medeia, feiticeira e amante

Medeia, uma feiticeira que tinha um temperamento ardente e cruel, foi infeliz no seu amor por Jasão. Pensando que ele tramava com seu irmão, Apsirto, para abandoná-la, ela ardeu de raiva e desejo de incendiar o *Argos* e se atirar nas chamas. Embora usasse seus poderes mágicos para ajudá-lo, Jasão a temia. Sua ajuda fora substancial – além de encantar a serpente que guardava o velocino de ouro, ela devolvera a juventude ao pai de Jasão, Esão, substituindo o sangue de suas veias por uma poção mágica. E livrara-se do usurpador Pélias, convencendo-o de que também o rejuvenesceria. Mas, quando as filhas de Pélias, ludibriadas, o atiraram no caldeirão, ela se recusou a trazê-lo de volta à vida. Depois de ser rejeitada por Jasão e de praticar sua terrível vingança (*ver acima*), Medeia casou-se com o rei Egeu de Atenas, onde se envolveu na história de outro herói, Teseu (*ver pp. 54-55*).

Extraída de um vaso grego, esta ilustração mostra Medeia e Jasão sob o carvalho sagrado onde estava pendurado o velocino de ouro. Medeia encantou, ou adormeceu, a serpente guardiã, e Jasão, tendo a deusa Hera, sua protetora, atrás dele, pegou o velocino, que agora está em suas mãos. Hermes, que fora o primeiro a aconselhar Frixo a sacrificar o carneiro de ouro a Zeus (*ver acima*) coloca-se atrás de Medeia.

Quando Jasão chegou à Cólquida, pediu a Eetes o velocino de ouro. Para sua surpresa, o rei concordou, sob duas condições: Jasão teria que atrelar dois touros que cuspiam fogo e tinham cascos de bronze e usá-los plantar para um campo com os dentes de um dragão. Medeia lhe deu uma poção que o tornou invulnerável, o que permitiu a Jasão atrelar os touros e derrotar os guerreiros que vieram em seu encalço. Mas Eetes não cumpriu com sua palavra, e então Jasão, com a ajuda de Medeia, roubou o velocino e fugiu.

As aventuras dos argonautas

A caminho da Cólquida, os argonautas enfrentaram muitos perigos. No começo, beneficiaram-se da força descomunal de Hércules, que, com uma só mão, repeliu o ataque de um grupo de gigantes de seis braços. Contudo Hércules abandonou a nau antes de ela chegar à Cólquida (mas retornou depois), arrasado pela perda do amigo Hilas, que fora empurrado num poço pelas ninfas das águas, arrebatadas por sua beleza. Houve outros perigos durante a viagem, como uma luta com o rei Âmico (que costumava vencer e matar seus oponentes), vencida por Pólux, o inventor do boxe (*ver p. 60*); a navegação por entre as Rochas Flutuantes, que se moviam e esmagavam tudo o que encontravam pela frente; e a sedução das sereias (*ver p. 64*), cujo canto o poeta Orfeu abafou com a beleza de sua música.

Amor apaixonado

Medeia amou Jasão porque Hera e Atena (Juno e Minerva), que o tomaram sob sua proteção, conseguiram que Afrodite (Vênus) e Eros (Cupido) a fizessem apaixonar-se por ele. Medeia consumiu-se nessa paixão por Jasão, a ponto de trair o próprio pai. Para ajudar Jasão, usou seus poderes mágicos para o bem e para o mal.

Jasão, o ladrão triunfante
O exultante Jasão grita, desafiador, a Eetes, que o persegue. Quando, com a ajuda dos feitiços de Medeia, Jasão roubou o velocino do jardim sagrado de Ares (Marte), conta-se que ele o colocou sobre os ombros e se deliciou com isso como uma jovem que se admira quando o luar ilumina suas vestes de seda.

A perseguição
A armada do rei Eetes não conseguiu alcançar o *Argos*, em grande parte graças aos artifícios de Medeia, que herdara o temperamento cruel do pai.

A defesa da nau
Quando chegou ao *Argos* com seu prêmio, Jasão instruiu a tripulação a partir imediatamente. Metade da tripulação devia remar com entusiasmo, dois em cada banco, enquanto a outra metade protegia os remadores. Os dois grupos se revezavam.

Vítima indefesa
A vítima neste caso é o irmão de Medeia, Apsirto. Segundo um relato, Medeia o esquartejou e atirou os pedaços no mar, com isso atrasando a perseguição de seu pai, que teve que recolher os membros do filho para o funeral. O poeta Apolônio situa o assassinato em terra, e diz que Jasão lambeu e cuspiu o sangue da vítima três vezes, para evitar que sua alma o perseguisse.

O VELOCINO DE OURO
Herbert James Draper
(1864-1920)
Essa pintura mostra Jasão, Medeia e a tripulação do Argos fugindo do rei Eetes, pai de Medeia, depois do roubo do velocino de ouro. Jasão segura o velocino e gesticula para o inimigo. Metade da tripulação defende o navio, enquanto os outros remam e manobram as velas para salvar a vida. Medeia (centro) se prepara para matar seu jovem irmão, cujos pedaços serão espalhados pelo mar para atrasar o pai.

Tripulação incomparável
A tripulação do *Argos* provavelmente era formada, no começo, por homens da Tessália, mas cresceu ao longo do tempo com a inclusão de heróis como Hércules e Orfeu (*ver pp. 30-31*), assim como de homens de várias cidades gregas, ansiosos por partilhar a glória. Entre os tripulantes estavam Zetes e Calais, filhos alados do vento norte; Castor e Pólux, os dióscuros; Peleu, pai de Aquiles; Télamon, pai de Ajax; Linceu, que possuía uma visão sobre-humana; e Ídmon, o vidente.

O *Argos*
Homero fala da "famosa *Argos*", a nau que foi quase tão heroica quanto o próprio Jasão. Ela tinha voz própria, já que sua proa foi cortada de um carvalho falante de Zeus em Dódona. Ela foi construída por Argos segundo as instruções de Atena. Curiosamente, outro Argos, filho de Frixo, que tinha sido morto por Eetes, mais tarde se juntou à tripulação.

Teseu, o herói

Teseu foi um dos mais famosos heróis da Grécia. Consta que ele teve dois pais, o rei Egeu de Atenas e o deus do mar, Possêidon (Netuno para os romanos), mas cresceu sem saber quem era seu pai. Desde criança, mostrou qualidades heroicas – quando Hércules (*ver pp. 50-51*) causou pânico entre as crianças que julgavam que a pele de leão que ele deixara sobre um banco fosse uma fera, Teseu, aos sete anos, pegou um machado para enfrentar o leão. Quando estava com 16 anos, sua mãe, Etra, lhe revelou que Egeu era seu pai e o levou ao altar de Zeus. Lá, sob uma pesada rocha, Egeu tinha deixado sua espada e suas sandálias, para que o filho que porventura nascesse de Etra viesse retomá-las quando tivesse força suficiente. Teseu moveu a rocha com facilidade, recuperou as lembranças de seu pai e partiu para Atenas. Ao longo do caminho (*mostrado aqui*), ele encontrou muitos obstáculos, que venceu com uma habilidade comparável à de seu primo Hércules. Recebido em Atenas como herói, Teseu foi convidado a um banquete no palácio do rei. Egeu não conhecia a identidade de Teseu, mas sua mulher, a feiticeira Medeia (*ver p. 53*), tinha suas suspeitas e decidiu envenená-lo. Ela falhou, Egeu reconheceu Teseu seu filho e herdeiro, e Medeia e seu filho, Medo, fugiram.

As façanhas de Teseu
Este prato grego data de c. 440 a.C. e mostra várias façanhas de Teseu, tanto na estrada para Atenas quanto mais tarde, quando já tinha sido reconhecido filho de Egeu e herdeiro do trono ateniense.

A javalina selvagem de Crômion
Teseu viajou para Crômion, onde realizou sua terceira façanha ao matar Feia, uma feroz javalina que andava devastando a região. Diz-se que Feia era um dos monstros filhos de Tífon e de Équidna (*ver p. 48*).

Sínis, o que vergava pinheiros
O segundo e perigoso embate de Teseu foi com Sínis, um gigante tão forte que conseguia vergar um pinheiro segurando-o pelo topo até tocar o chão. Ele costumava pedir aos transeuntes que o ajudassem a manter o pinheiro vergado e então catapultava o incauto para o ar; ou amarrava sua vítima a duas árvores vergadas e depois as soltava, partindo o infeliz em dois. Quando o gigante pediu sua ajuda, Teseu o matou da mesma maneira. Depois, tomou sua filha Perígone por amante, e ela lhe deu um filho, Melanipo.

Quando pegou a estrada a caminho de Atenas, Teseu foi atacado pelo bandido Perifetes, que costumava golpear os viajantes com uma clava de ferro. Teseu matou Perifetes e, desde então, sempre levava consigo a sua clava, que se revelara uma arma infalível.

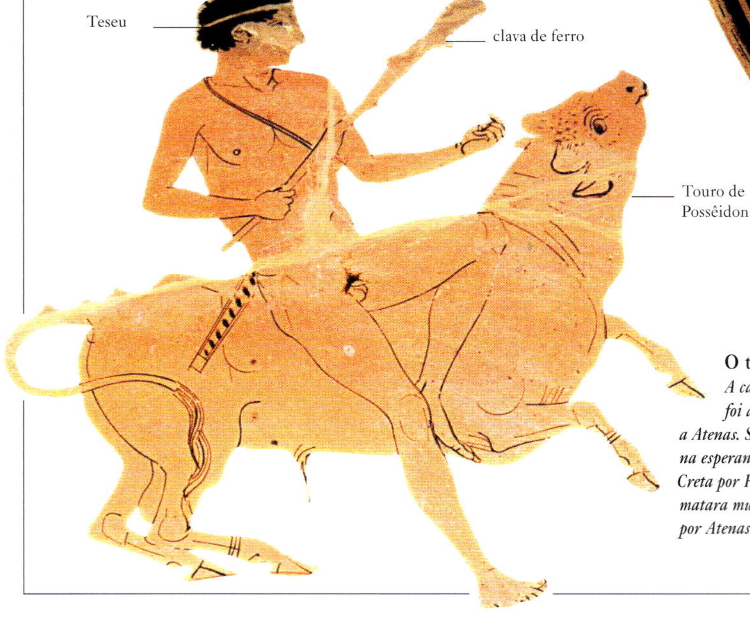

O touro de Possêidon
A captura do terrível touro branco de Possêidon foi a primeira façanha de Teseu depois de chegar a Atenas. Segundo alguns, o touro foi enviado por Medeia, na esperança de que Teseu fosse morto. Desde que fora trazido Creta por Hércules (ver p. 51), o touro voltara a ser violento e matara muitas pessoas. Teseu o segurou pelos chifres e arrastou-o por Atenas até a Acrópole, onde o sacrificou a Apolo.

O Minotauro

Logo depois que chegou a Atenas, Teseu ficou sabendo que a cidade tinha que enviar jovens rapazes e moças a Creta para alimentar o Minotauro, um monstro metade homem e metade touro. Teseu se ofereceu como voluntário, enfrentou o monstro e o matou (*ver pp. 56-57*).

Logo depois da morte de Fedra, sua mulher, Teseu e seu amigo Perito, filho de Zeus e também viúvo, decidiram casar-se de novo – mas apenas com filhas de Zeus. Primeiro, raptaram Helena de Esparta *(ver p. 62)* para Teseu e depois desceram ao mundo dos mortos para raptar Perséfone (Proserpina). Hades, marido de Perséfone, os recebeu com cortesia e os convidou a sentarem-se. Eles se sentaram, mas, quando quiseram se levantar, perceberam que estavam presos ao assento, incapazes de se mexer sem rasgar a carne. Ali ficaram, em agonia, durante quatro anos, até que Hércules chegou para capturar Cérbero. Reconhecendo o primo, que sofria em silêncio, Hércules libertou Teseu, mas, quando tentava libertar Perito, chefe da insolente expedição, a terra começou a tremer e eles tiveram que abandoná-lo em eterno tormento.

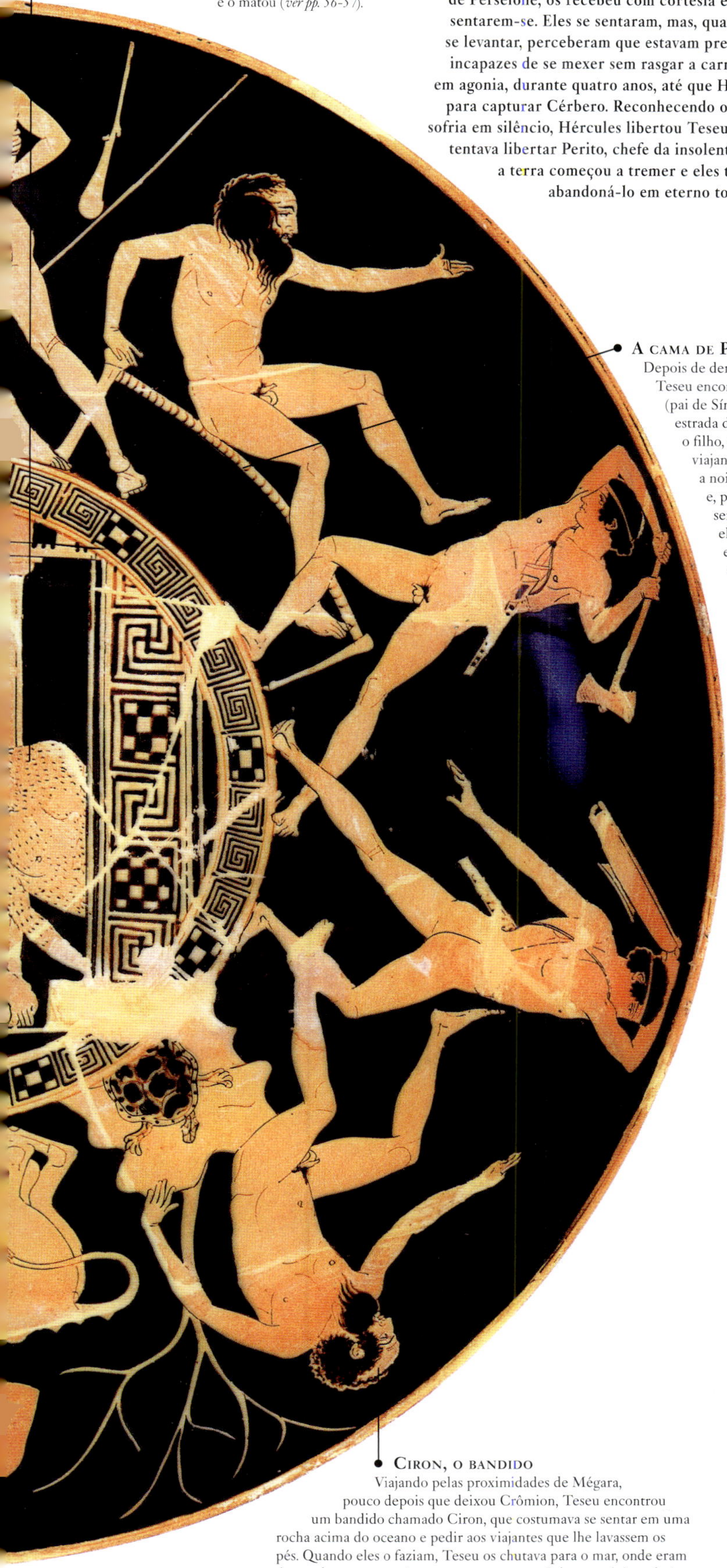

A cama de Procrustes

Depois de derrotar o rei Cérion, Teseu encontrou o gigante Procrustes (pai de Sínis), que vivia perto da estrada de Atenas. Tão mau quanto o filho, ele costumava oferecer aos viajantes uma cama para passar a noite. Ele só tinha uma cama, e, para se certificar de que ela serviria a todos os viajantes, ele cortava os pés dos maiores e esticava os menores. Teseu o fez deitar em sua própria cama, e, como ele era muito alto, cortou-lhe a cabeça.

Ciron, o bandido

Viajando pelas proximidades de Mégara, pouco depois que deixou Crômion, Teseu encontrou um bandido chamado Ciron, que costumava se sentar em uma rocha acima do oceano e pedir aos viajantes que lhe lavassem os pés. Quando eles o faziam, Teseu os chutava para o mar, onde eram devorados por uma gigantesca tartaruga marinha que vivia na baía. Quando Ciron tentou enganar Teseu, o herói agarrou suas pernas e o bandido teve o mesmo destino de suas vítimas.

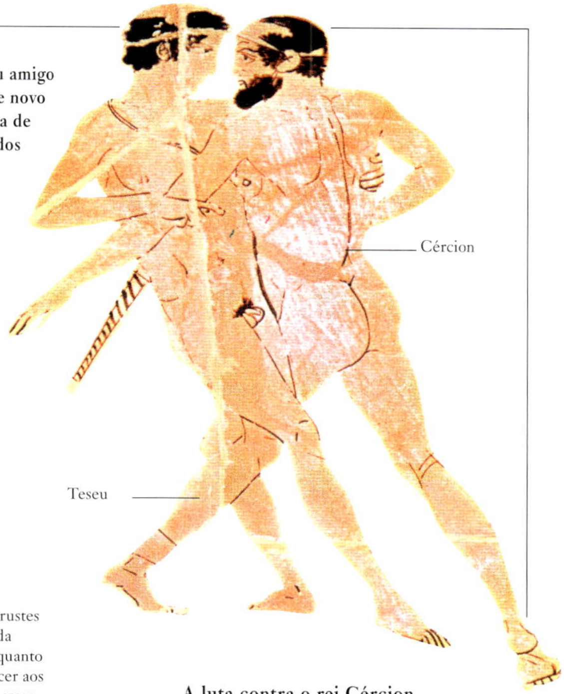

A luta contra o rei Cércion

*Bem-sucedido em seus quatro primeiros embates, Teseu chegou a Elêusis, onde foi desafiado pelo rei Cércion a uma luta livre. Como o rei Amico, que tivera uma luta de boxe com os argonautas (*ver p. 53*), Cércion estava acostumado a vencer, levando os adversários à morte. Mas Teseu ergueu-o no alto e atirou-o ao chão, e assim ganhou o trono de Elêusis, que mais tarde foi anexado ao reino de Atenas.*

Hipólito, filho de Teseu

Hipólito era filho de Teseu, ou com a rainha das amazonas, Hipólita, ou com sua irmã, Antíope. Quando Teseu a rejeitou para casar-se com Fedra, irmã de seu antigo amor, Ariadne (*ver pp. 56-57*), Hipólita apareceu no casamento armada da cabeça aos pés, mas foi morta na batalha que se seguiu. Fedra deu dois filhos a Teseu, mas se apaixonou loucamente pelo enteado, Hipólito, que, sendo devoto da deusa virgem Ártemis (Diana), a rejeitou. Com medo de que seu segredo fosse revelado, Fedra arrombou a porta de seu quarto, rasgou suas roupas e o acusou de estupro. Horrorizado, Teseu acreditou nela e pediu a Possêidon que a vingasse. Possêidon enviou um touro, que surgiu acima das ondas para lutar com os cavalos de Hipólito quando ele dirigia seu carro à beira-mar. Os cavalos entraram em pânico, Hipólito caiu, ficou preso nas rédeas e foi arrastado para a morte. Ártemis então revelou a verdade a Teseu, e Fedra, envergonhada, se enforcou. Logo depois, Ártemis convenceu Asclépio (*ver p. 39*) a trazer Hipólito de volta à vida. Segundo os romanos, em agradecimento, ele instituiu o culto de Diana (Ártemis) em Nemi.

A Morte de Hipólito
Peter Paul Rubens (1577-1640).

O Minotauro

O **Minotauro era filho de Pasífae**, mulher de Minos, rei de Creta, e de um touro branco que pertencia ao deus do mar, Posseidon (Netuno para os romanos). Para vingar-se de uma profunda ofensa de Minos, Posseidon fez com que Pasífae se apaixonasse pelo animal. A criatura nascida dessa união, o Minotauro, era violento, metade homem e metade touro, e comia carne humana. Para esconder sua vergonha e proteger seu povo, o rei Minos pediu a Dédalo, o inventor, que construísse um labirinto do qual o monstro jamais pudesse escapar. A cada nove anos, para acalmá-lo, Minos oferecia ao Minotauro sete rapazes e sete moças, exigidos da cidade de Atenas como tributo. Um ano, o herói Teseu (*ver pp. 54-55*) se ofereceu como voluntário para o sacrifício, com a intenção de matar o Minotauro e libertar Atenas de seu terrível destino. Com a ajuda de Ariadne, filha do rei que se apaixonara por ele, saiu vitorioso. Então, viajou para Atenas com Ariadne, mas a deixou na ilha de Naxos, onde ela se casou com o deus Dioniso (*ver pp. 58-59*).

O labirinto

O labirinto tem esse nome por causa de um machado de dois gumes usado em rituais em Creta, o *labrys*. Talvez esse machado fosse usado em ritos secretos da religião cretense que se perderam, aos quais a história do Minotauro pode estar ligada. O labirinto é na verdade uma planta do mundo subterrâneo, ao qual o herói (Teseu) devia descer com a ajuda de uma donzela (Ariadne). A ligação continua quando Minos morre e se torna juiz, decidindo o destino das pessoas no mundo dos mortos. O padrão do labirinto aparece em vasos, moedas e afrescos de Creta, e as danças rituais eram provavelmente realizadas sobre desenhos labirínticos. Na *Ilíada*, Homero fala de um "piso de dança que Dédalo construiu em Knossos para Ariadne". Também em Knossos, afrescos mostram jovens e donzelas montados em touros em danças rituais.

O Rei Minos era filho de Europa com Zeus (*ver p. 45*); mais tarde, Europa casou-se com o rei Astério, que adotou Minos como herdeiro. Quando se tornou rei, Minos preparou um altar para Posseidon e rezou pedindo que um touro surgisse do mar para ser sacrificado. De imediato um belo touro branco apareceu, mas era tão bonito que Minos tomou posse dele, sacrificando outro animal, menos valioso, em seu lugar. Posseidon ficou tão furioso que, para se vingar, fez a mulher de Zeus, Pasífae, apaixonar-se pelo touro branco.

Princesas irmãs
Ariadne e Fedra eram filhas de Minos e Pasífae, e seus irmãos eram Androgeu e Glauco. Foi por causa da morte de Androgeu pelos atenienses que Minos passou a exigir o tributo de rapazes e moças.

Teseu
O herói Teseu conversa com Ariadne e Fedra. É com a ajuda delas que ele mata o Minotauro.

Timoneiro estrangeiro
O barco ateniense era pilotado por Féax e tinha com timoneiro Nausítoo. Nenhum dos dois tinha nascido em Atenas, e eles dirigiam o barco porque, nessa época, os atenienses nada sabiam de navegação.

Navio do tributo
O navio negro de luto chega ao porto com o tributo de sete rapazes e sete donzelas, que o rei Minos exigia a cada nove anos da subjugada cidade de Atenas.

Teseu e o Minotauro
Mestre de Campana Cassoni
Esse retábulo mostra a chegada de Teseu a Creta e seu encontro com a princesa real; Ariadne dando-lhe um novelo de linha para ajudá-lo; seu sucesso na morte do Minotauro e sua partida com Ariadne – mas o navio leva as velas negras de luto, antecipando o fim da história.

fio

O novelo de linha
Ariadne oferece a Teseu um novelo de linha que lhe dera Dédalo, o arquiteto do labirinto. Atando uma ponta à entrada e seguindo o fio pelos caminhos tortuosos do labirinto, Teseu encontraria a saída.

Dédalo e Ícaro

Dédalo foi um inventor ateniense que aprendera suas habilidades com a deusa Atena (Minerva). Entretanto, foi superado por seu sobrinho Talos, que, ainda jovem, inventou a serra, o torno e o compasso. Com inveja, Dédalo atirou Talos do telhado do templo de Atena. Por isso, foi banido e buscou refúgio na corte do rei Minos, onde teve um filho, Ícaro, com uma escrava. Depois que Teseu matou o Minotauro, Minos trancou Dédalo e Ícaro no labirinto. A única maneira de escapar era pelo alto, de modo que Dédalo construiu dois pares de asas com penas e cera. Ele avisou Ícaro para não voar muito perto do sol, que derreteria a cera, nem muito perto do mar, que molharia as penas. Então, os dois levantaram voo. Mas Ícaro, exultante com a liberdade, esqueceu o conselho do pai e voou cada vez mais alto, até que o sol derreteu a cera e ele mergulho para a morte no oceano. Dédalo chegou são e salvo à Sicília e buscou refúgio com o rei Cócalo. Minos o perseguiu até a ilha, onde Dédalo, que havia instalado um sistema de água quente no palácio, escaldou-o até a morte enquanto ele tomava banho.

A Queda de Ícaro *(detalhe), de Carlo Saraceni (c. 1580/85-1620).*

Metade homem, metade touro
O Minotauro, cuja mente humana estava presa num corpo de animal, é um dos monstros mais trágicos e mais dignos de piedade da mitologia grega. Ele tinha um nome humano, o mesmo do pai adotivo de Minos, Astério ou Astérion. Os dois nomes significam "estrela"; Minotauro significa simplesmente "touro de Minos".

Animal selvagem
Assim como seu pai, o touro branco, o Minotauro era capaz de matar qualquer um que se colocasse em seu caminho – aqui ele aparece sendo capturado e levado para o labirinto.

Morte no labirinto
No centro do labirinto, Teseu enfrenta o Minotauro. Segundo algumas fontes, Teseu o matou com as mãos nuas, com a clava ou com a espada que Ariadne lhe dera.

Guardiãs do labirinto
Ariadne e Fedra guardam o labirinto onde seu meio-irmão, o Minotauro, está confinado.

Herói de Atenas
O herói ateniense Teseu – herdeiro do rei Egeu – parte para o labirinto onde o Minotauro está encarcerado certo de que os deuses o ajudarão a triunfar.

Um amor traído
Depois de matar o Minotauro com a ajuda de Ariadne, Teseu parte com ela de Creta. Mas irá abandoná-la na ilha de Naxos, onde ela se tornará noiva de Dioniso.

Promessa de casamento
Ariadne se apaixonou por Teseu – talvez por influência de Afrodite (Vênus) – e lhe ofereceu ajuda para matar o Minotauro se ele a levasse para Atenas como sua esposa.

Fedra
Teseu mais tarde se casa com a irmã de Ariadne, Fedra, que se apaixona por Hipólito, filho de Teseu com a amazona Hipólita.

Velas negras
Os navios que transportavam as vítimas a Creta iam e voltavam com velas negras em sinal de luto. O rei Egeu tinha tanta confiança em Teseu que lhe deu velas brancas, um sinal de que ele derrotara o Minotauro. Mas Teseu se esqueceu de içá-las, e Egeu, vendo as velas negras no horizonte, atirou-se no mar, que hoje se chama Egeu em sua memória.

DIONISO E ARIADNE

ARIADNE, UMA PRINCESA CRETENSE, casou-se com o deus Dioniso (Baco para os romanos) na ilha de Naxos, onde ela foi abandonada por seu amante, Teseu (*ver pp. 54-55*). Não se sabe ao certo por que ele fez isso – ou se cansou dela ou temeu levá-la para Atenas como sua noiva. Alguns relatos afirmam que, quando ela despertou e se deu conta de que Teseu a abandonara, ela se enforcou de tanto sofrimento ou, como estava grávida, foi morta no parto pela deusa Ártemis (Diana), a pedido de Dioniso, que estava furioso porque ela e Teseu tinham profanado sua gruta sagrada em Naxos. Mas outras fontes afirmam que Dioniso desejou Ariadne e atemorizou Teseu ao aparecer a ele num sonho, fazendo-o esquecê-la. Dioniso então se casou com ela, embora se diga às vezes que seus dois primeiros filhos, Enópion e Toas, eram de Teseu.

QUERUBINS
Estes querubins talvez representem os filhos de Dionísio e Ariadne: Enópio, Toas, Estafilo, Latrômis, Euante e Taurópolo.

DIONISO E ARIADNE
Johann Georg Olatzer (1704-1761)
Dioniso e Ariadne celebram seu casamento com os amigos. A pintura contém muitas referências ao governo de Dioniso como deus do vinho.

AS ÁRVORES
O teixo, o abeto, a figueira, a hera e a videira eram sagradas para Dioniso.

SÁTIROS
Os sátiros eram espíritos com características de bode, em particular sua lascívia. O próprio Dioniso gerou o deus fálico Príapo com a deusa Afrodite (Vênus).

AS MÊNADES
As mulheres que celebravam o culto de Dioniso eram conhecidas como Mênades, que significa "as furiosas". Em suas orgias, elas dilaceravam animais – e até humanos, como Penteu, rei de Tebas – e devoravam sua carne crua.

SILENO
Sileno, o tutor bêbado de Dioniso, era seu companheiro e líder de seus celebrantes, que incluíam silenos, sátiros, mênades e bassáridas.

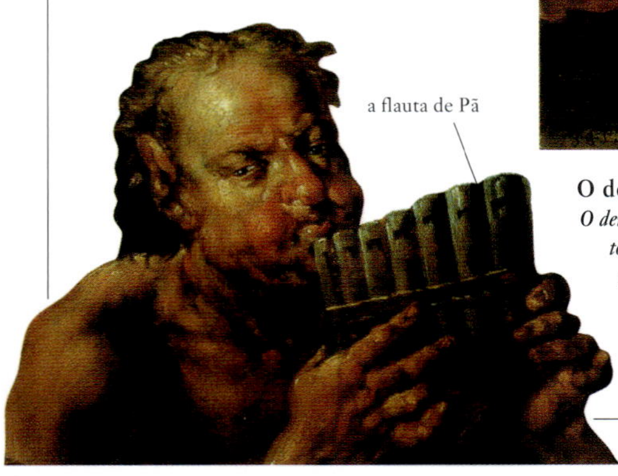

a flauta de Pã

O deus Pã
*O deus Pã (*ver pp. 42-43*), visto aqui tocando a sua flauta, costumava acompanhar Dioniso. Algumas fontes sugerem que Dioniso era seu pai. Embora tivesse características de bode, ele não era um sátiro.*

MÚSICA E POESIA
Por meio da criativa inspiração do vinho, Dioniso é associado à poesia, à musica e ao teatro, o que resulta em muita celebração.

CELEBRANTES
O culto orgiástico de Dioniso durou até 186 a.C., quando os rituais da Bacanália foram proibidos por decreto do Senado romano.

ARIADNE
Filha de Minos e Pasífae, Ariadne usa a coroa de noiva que lhe deu Dioniso e que pertencera à nereida Tétis (*ver p. 25*). Quando Ariadne morreu, a coroa de sete estrelas se tornou a constelação Coroa Boreal.

A senhora do labirinto

O casamento de Dioniso e Ariadne reflete aspectos míticos da cultura minoica, na qual Dioniso, assumindo os papéis de Zeus e de Hades, era o principal deus, que com frequência aparecia na forma de um touro. O touro amante de Pasífae (*ver p. 56*) e o Minotauro, fruto dessa união, também podem ser vistos como manifestações desse deus. Ariadne, como senhora do labirinto (que representa o mundo subterrâneo), é a Perséfone minoica (*ver pp. 28-29*). Essa interpretação explica por que, em certas histórias, Dioniso é filho de Perséfone e por que, em seu papel de Hades, ele reivindica a posse de Ariadne. O filósofo efésio Heráclito nos diz que "Hades e Dioniso são um só".

O templo de Dioniso
A ilha de Naxos (Dia) era especialmente sagrada para Dioniso. Por isso, segundo uma fonte muito antiga, ele teria ficado furioso quando Teseu e Ariadne tiveram relações sexuais em seu templo na ilha.

Coroa de hera e videira
Dioniso foi um dos primeiros a usar uma coroa, e raramente é visto sem sua coroa de hera e videira. Ele também usava o *thyrsus*, um bastão envolto em ramos de hera e videira e encimado por uma pinha (antigo símbolo da fertilidade).

Uvas sagradas
As vinhas e as uvas eram sagradas para Dioniso, que, como deus da vinicultura, teria inventado o vinho. Seu papel original, porém, era de deus do mel e do hidromel. Com o nome de Baco, ele se tornou o deus romano do vinho, perdendo muitos de seus outros atributos.

O cortejo das donzelas
Donzelas carregando cestos de ouro cheios de frutos desfilam nas festas dedicadas a Dioniso.

Dioniso
Deus da vegetação, do vinho e do êxtase, Dioniso era filho de Zeus (Júpiter) e Sêmele, filha de Cadmo (*ver p. 49*). Com ciúme, Hera (Juno), esposa de Zeus, enganou Sêmele e a levou a pedir que Zeus fizesse amor com ela em sua forma original, a de um raio, que a matou. Zeus salvou o bebê do ventre da mãe e o atou à sua coxa até que ele estivesse pronto para nascer. Por isso Dioniso é chamado "o que nasceu duas vezes".

O bode expiatório
O sacrifício de um bode era essencial ao culto de Dioniso. Quando criança, o deus foi temporariamente transformado num cabritinho por Hermes (Mercúrio). Os bodes também estão ligados ao vinho.

Dioniso e os golfinhos

Bêbado de tanto vinho e "belo como uma moça", Dioniso foi capturado por marinheiros enquanto dormia na ilha de Quios. Quando despertou, pediu para ser levado a Naxos. Os marinheiros concordaram, mas, traiçoeiros, tomaram outro rumo. Percebendo isso, Dioniso fingiu chorar e implorou piedade. Os homens riram e ele, furioso e acompanhado pelas sombras de animais selvagens, parou o barco e fez crescer ramos de parreira em volta dos mastros. Aterrorizados, os marinheiros mergulharam no mar, onde foram transformados em golfinhos – só escapou o timoneiro, que, por ter tomado o partido do deus, foi protegido e mais tarde iniciado nos mistérios de Dioniso.

Essa tigela grega do século VI a.C. mostra Dioniso cercado pelos marinheiros transformados em golfinhos.

Esposa de um rei
O marido de Leda, Tíndaro, era neto de Perseu, filho de sua filha Gorgófona; seu pai era o rei Téstio.

LEDA E O CISNE

LEDA, FILHA DE TÍNDARO DE ESPARTA, foi mais uma das amantes humanas de Zeus (Júpiter para os romanos). Quando caminhava pelas margens do rio Eurotas, foi dominada por Zeus disfarçado de cisne. Como resultado dessa união, ela pôs dois ovos, dos quais nasceram quatro filhos – Helena e Clitemnestra, Castor e Pólux –, embora apenas Helena e Pólux sejam considerados filhos de Zeus. Mais tarde, Leda foi deificada como Nêmesis, deusa da justa retribuição. Em algumas versões mais antigas do mito, Leda simplesmente encontra o ovo que contém Helena, filha de Zeus e Nêmesis. Nessa história, Leda tenta fugir de Zeus metamorfoseando-se em vários animais, na tentativa de escapar. Mas Zeus a persegue, acompanhando cada uma das metamorfoses dela com uma sua, até que finalmente ela se transforma em gansa e ele copula com ela na forma de um cisne. Ela põe os ovos em um pântano, onde Leda os encontra. Segunda outra versão, Zeus finge estar em perigo, busca refúgio no seio de Nêmesis e a possui. Hermes (Mercúrio) coloca o ovo entre as coxas de Leda para que ela possa "dar à luz".

CLITEMNESTRA

Clitemnestra, filha de Leda, foi obrigada a se casar com Agamênon, rei de Micenas, que havia matado seu marido, Tântalo, e seu filho. Com ele Clitemnestra teve quatro filhos: Ifigênia, Electra, Crisótemis e Orestes. Seu ódio por Agamênon se agravou quando ele sacrificou sua filha Ifigênia aos deuses a fim de ganhar bons ventos quando se dirigia a Troia para resgatar Helena, sua cunhada. Clitemnestra passou a tramar sua vingança com Egisto, irmão de Tântalo (e seu amante). Quando Agamênon voltou, eles o mataram durante o banho com um machado, e não pouparam Cassandra, princesa troiana que ele trouxera como sua amante. Sendo profetiza, Cassandra advertira Agamênon, mas era destino dele não acreditar. Anos depois, Orestes vingou a morte do pai matando Egisto e a própria mãe, crime pelo qual as Fúrias o condenaram à loucura.

Clitemnestra, *obra de John Collier (1850-1934).*

LEDA E O CISNE
Francesco Melzi ou Melzo
(1493-1570)
Essa pintura mistura o rapto de Leda por Zeus com a ruptura dos ovos que resultaram dessa união – "dando à luz" Castor e Pólux, e Helena e Clitemnestra. Helena se tornaria o pivô de uma guerra de dez anos entre gregos e troianos **(ver pp. 62-63)**.

"*Canta, ó Musa de voz límpida, em honra a Castor e Pólux, gerados pelo Zeus olímpico e pela grandiosa Leda sob os picos do Taígeto... Salve, Dióscuros, cavaleiros de velozes corcéis.*"
HINO DE HOMERO AOS DIÓSCUROS

ENGANADA POR UM CISNE
Abordada por um cisne gentil quando passeava pela margem de um rio, Leda percebeu tarde demais que se tratava de Zeus disfarçado. O deus a dominou e a possuiu.

NÊMESIS, a quem Leda é associada, era filha da Noite e deusa da retribuição divina. Ela regia a saúde, o equilíbrio, a arrogância vingativa, e punia qualquer excesso – até de felicidade – que alterasse o equilíbrio natural do mundo.

DEUS DAS METAMORFOSES
Um dos mais notáveis atributos de Zeus era sua capacidade de se metamorfosear. No rapto e na violação de mortais, ele quase sempre as seduzia na forma de um animal grande, mas manso, e as dominava quando elas o acariciavam.

ESPARTA
Ao fundo, pode-se ver a cidade de Esparta, onde Leda reinou ao lado de Tíndaro, seu marido. Mais tarde, Tíndaro fez de Menelau, marido de Helena, seu herdeiro.

Nascidos de um ovo
Em consequência da união com Zeus, Leda pôs dois ovos, e os quatro filhos que nasceram tornaram-se famosos. As fontes divergem quanto à paternidade das crianças, mas em geral Pólux e Helena são considerados filhos de Zeus, e Castor e Clitemnestra, filhos do marido de Leda, Tíndaro.

Gêmeos inseparáveis
Castor e Pólux foram inseparáveis desde o nascimento, embora um tivesse ascendência divina e o outro descendesse de um mortal. Castor era um valente guerreiro e domador de cavalos, enquanto Pólux era um grande lutador. A única maneira de distingui-los era pelas marcas de socos no rosto de Pólux.

Helena
Helena tornou-se uma bela jovem, muito cortejada. Depois de, aos 12 anos, ter sido raptada por Teseu (após a morte de Fedra – *ver pp. 56-57*) e resgatada pelos irmãos, seus muitos pretendentes juraram vingança contra aquele que ousasse raptá-la do marido escolhido. Helena casou-se com o rei Menelau, e, quando foi raptada pelo príncipe troiano Páris, seus admiradores cumpriram a promessa e sitiaram Troia.

Clitemnestra
Clitemnestra casou-se primeiro com Tântalo de Pisa e depois foi obrigada a desposar o irmão de Menelau, Agamênon (*ver acima*).

Mãe de filhas amaldiçoadas
As três filhas de Leda, Helena, Timandra e Clitemnestra, tornaram-se alvo da ira de Afrodite (Vênus) quando Tíndaro a ignorou nos sacrifícios que oferecia aos deuses. Ela as condenou a "dois ou três casamentos" e a levar vergonha ao leito matrimonial.

Depois de sua morte, os Dióscuros se tornaram semideuses e eram venerados como a constelação de Gêmeos. Eram especialmente importantes para os espartanos e, mais tarde, no século V a.C., para os romanos. Como eram divindades heroicas, que em vida se envolveram em muitas lutas e aventuras, os romanos acreditavam que eles os ajudavam no campo de batalha.

Aquilégias
Aos pés de Leda, crescem aquilégias vermelhas, que simbolizam a vontade de vencer. Aqui, talvez representem a determinação de Zeus de fazer amor com Leda. A palavra "aquilégia" deriva do latim "*aquila*", que significa "águia", talvez por causa de suas pétalas em forma de espora, que lembram garras e podem ser outra referência a Zeus, que andava sempre acompanhado de uma águia (*ver p. 44*).

Pólux
Castor

Destinos interligados
Os irmãos gêmeos ficaram conhecidos como os Dióscuros ("filhos de Zeus") e, como Castor e Pólux, tornaram-se importantes divindades romanas. Quando Castor foi mortalmente ferido por seus primos gêmeos, Linceu e Idas, Pólux implorou a Zeus que não o deixasse sobreviver ao irmão. Levado ao Olimpo, Pólux se recusou a aceitar a imortalidade enquanto o irmão permanecesse no mundo subterrâneo. Chegaram a um meio-termo: passavam um dia no Olimpo e outro no Hades, o reino dos mortos.

O mito na tapeçaria

A história de Leda e o cisne foi tecida numa tapeçaria por Aracne, que desafiou Atena (Minerva) a uma competição de tecelagem. Enquanto a deusa tecia histórias de mortais presunçosos, Aracne tecia os escândalos dos deuses, entre eles o estupro de Leda, Dânae e Europa por Zeus (*ver pp. 44-45*). Embora o trabalho de Aracne equivalesse ao seu, Atena o destruiu e levou Aracne a se enforcar de vergonha. Na última hora, Atena teve piedade dela, cortou a corda e permitiu que ela vivesse na forma de uma aranha, preservando intacta suas habilidades de tecelã.

O julgamento de Páris

Páris era filho do rei Príamo e da rainha Hécuba de Troia, antiga cidade de Ílio, na Ásia Menor. Pouco antes do nascimento de Páris, Hécuba sonhou que tinha gerado uma tocha ardente da qual pendiam serpentes ferozes. Quando despertou, gritou que Troia estava em chamas. O terrível sonho de Hécuba foi interpretado como um aviso de que Páris traria a queda de Troia. Por isso, um pastor foi encarregado de abandoná-lo no monte Ida. Mas cinco dias depois o pastor encontrou o menino incólume, alimentado por uma ursa, e resolveu adotá-lo. Um dia, quando cuidava do rebanho de seu pai, Páris recebeu a visita de Hermes (Mercúrio) e de três deusas: Atena (Minerva), Hera (Juno) e Afrodite (Vênus). Hermes lhe perguntou qual das deusas era a mais bela – uma escolha impossível –, a quem devia oferecer uma maçã dourada. Páris escolheu Afrodite porque ela prometeu lhe dar Helena, esposa do rei Menelau de Esparta, a mais bela mulher do mundo. Sua decisão precipitou os acontecimentos que levaram ao rapto de Helena e ao início da Guerra de Troia, que durou dez anos.

Afrodite
Afrodite apresenta-se nua, com Atena e Hera, diante de Páris. Todas concordaram em aceitar a decisão dele, e Hermes lhe permitiu fixar as regras. Páris exigiu que as três deusas se despissem.

A coruja da sabedoria
Atena era muitas vezes acompanhada por uma coruja, símbolo de seu papel como deusa da sabedoria e da guerra.

Olhos azuis
Um dos nomes de Atena significa "olhos azuis", motivo pelo qual os olhos de suas imagens são pintados de azul. Ela era a deusa protetora da cidade de Atenas.

A deusa Atena
Quando irrompeu a guerra entre gregos e troianos, Atena (assim como Hera), furiosa com Páris, apoiou os gregos. Mas suspendeu seu apoio depois da queda de Troia, quando Cassandra, princesa e profetiza troiana, foi violentada em seu santuário. O único grego que ela continuou protegendo foi Ulisses (*ver pp. 64-65*).

Campo de batalha
Atena era a deusa da guerra. Nascera totalmente armada da cabeça de Zeus, seu pai, depois que ele engoliu sua mãe, Métis, com medo de que ela viesse a gerar um filho mais forte que ele. O rosto que aparece em seu escudo é o da górgona Medusa e foi presente de Perseu (*ver pp. 46-47*).

Deus do amor
Eros (Cupido), o travesso deus do amor, costuma acompanhar Afrodite, deusa do amor sexual.

Hera, rainha do céu
Hera, rainha do céu, era deusa do casamento. Seu casamento, porém, foi tumultuado, e ela quase sempre aparece como uma esposa ciumenta e vingativa. Por ter perseguido Hércules (*ver pp. 50-51*), Zeus a pendurou no céu com um bracelete em cada pulso e uma bigorna em cada calcanhar.

Aquiles

Esta taça romana mostra Príamo, pai de Heitor, implorando a Aquiles que lhe devolva o corpo do filho.

Aquiles, herói grego da Guerra de Troia, era filho de Peleu e Tétis. Era invulnerável, a não ser por um calcanhar, que fora mergulhado no rio Estige quando ele era bebê. Aquiles aterrorizou os troianos e, quando discutiu com Agamênon e se recusou a lutar, os gregos começaram a perder. Para ajudar, Pátroclo, seu amante, usou a armadura de Aquiles em batalha. Quando foi morto pelo príncipe Heitor, Aquiles matou Heitor e arrastou o corpo dele atrás de seu carro por Troia. Aquiles morreu quando uma flecha, atirada por Páris, atingiu-o no calcanhar.

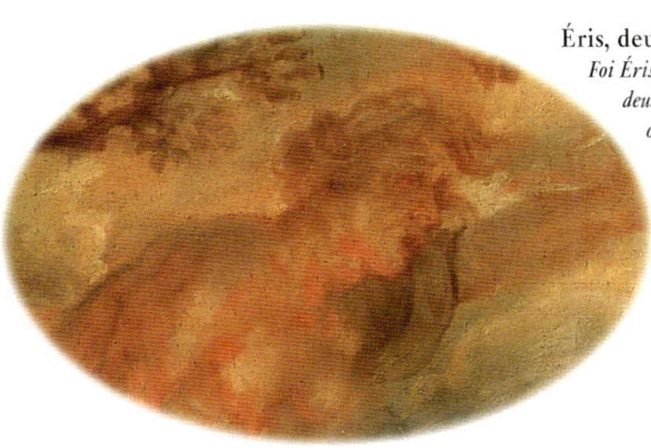

Éris, deusa da discórdia
Foi Éris quem instigou a competição entre as três deusas. Ofendida por não ter sido convidada para o casamento do mortal Peleu com a nereida Tétis, ela atirou sobre a mesa do banquete uma maçã dourada no qual estava escrito "à mais bela", o que provocou a disputa que levou à Guerra de Troia.

Hermes, mensageiro de Zeus
Quando as deusas começaram a disputar a maçã dourada, Zeus se recusou a decidir a contenda. Então, pediu a Hermes que as acompanhasse ao monte Ida em busca de Páris, que devia escolher quem seria a vencedora.

A Guerra de Troia

A Guerra de Troia é narrada na *Ilíada* de Homero e pode ter raízes em um conflito verdadeiro ocorrido no século XII a.C. Na tradição homérica, a guerra foi desencadeada pelos gregos liderados por Agamênon para resgatar Helena, sua cunhada, que havia fugido com Páris. Nos primeiros nove anos houve impasse, mas no décimo ano Troia caiu. Levados a pensar que os gregos tinham desistido da luta, os troianos aceitaram deles um imenso cavalo de madeira, que julgaram ser uma oferenda religiosa. Quando os portões da cidade se fecharam, os gregos que estavam escondidos dentro do cavalo saltaram e saquearam Troia. Eneias (*ver pp. 66-67*), um príncipe troiano, escapou e fundou um estado romano. Diz a lenda que seu bisneto, Brutus, reuniu os remanescentes da raça troiana e se estabeleceu com eles na Britânia, então habitada apenas por alguns gigantes. Ali ele fundou a cidade de Nova Troia – mais tarde conhecida como Londres.

Perto do fim da guerra, Páris foi mortalmente ferido por Filoctetes, um grego que tinha sido convocado à ilha de Lemnos depois que um profeta troiano capturado revelou que Troia jamais seria derrotada sem sua ajuda. Armado com o arco que pertencera a Hércules (*ver p. 50*), Filoctetes atingiu Páris com flechas embebidas no veneno da Hidra. Percebendo que corria perigo, Páris voltou ao monte Ida, onde implorou a ex-esposa, Enone, que o curasse. Mas Enone, que fora abandonada, lhe recusou ajuda e Páris morreu. Então ela se matou de dor.

O bastão do arauto
O bastão de Hermes era chamado de caduceu – e as duas serpentes foram presas quando brigavam entre si e Hermes colocou seu bastão entre elas.

O suborno de Páris
Páris tinha uma decisão difícil a tomar. Além de serem perigosas, as deusas tentaram suborná-lo a fim de influenciar sua escolha. Hera lhe promete riqueza e poder terreno; Atena, sabedoria e vitória em batalha; e Afrodite oferece-lhe Helena, a mulher mais bela do mundo.

O monte Ida
Páris vivia no monte Ida, cuidando do rebanho de seu pai. Nessa época estava casado com Enone, filha do deus-rio Cebren, com quem tivera um filho, Córito. Mas, sem pensar, ele a abandonou por Helena.

O JULGAMENTO DE PÁRIS
Peter Paul Rubens (1577-1640)
Com Hermes apoiado à árvore atrás dele, Páris estende a maçã dourada, enquanto as três deusas aparecem nuas à sua frente, esperando sua decisão. Éris, deusa da discórdia, observa a cena do alto.

O pomo da discórdia
Páris segura a maçã dourada, sem saber a quem deve oferecê-la. As maçãs eram sagradas para Hera, que por isso se julgava com mais direitos. Incapazes de decidir quem devia vencer, as deusas concordaram que, sendo Páris o mais belo dos mortais, devia ser juiz de sua beleza e oferecer a maçã à vencedora.

A perseguidora de Troia
A fúria de Hera depois que Páris escolheu Afrodite não teve limites, e ela dedicou toda a sua energia para apoiar os gregos na guerra contra Troia. Até se deitou com Zeus por trás de uma nuvem para que Possêidon pudesse ajudar os gregos sem ser visto.

Símbolo do orgulho
O pavão era a ave de Hera, assim como a coruja era a de Atena. Ele significa orgulho e ostentação, e os olhos que tem na cauda são os de Argos, o cão de guarda de cem olhos, que Hermes matou para ajudar o caso de amor de Zeus com a princesa mortal Io.

Ulisses volta ao lar

Ulisses (em grego, Odisseu), herói e rei de Ítaca, saqueou várias cidades na Trácia antes de viajar de volta para casa depois da Guerra de Troia. Alvo da inimizade do deus do mar, Possêidon (Netuno), sua viagem durou dez anos. Suas aventuras começaram quando ele foi parar na ilha dos comedores de lótus, onde parte de sua tripulação caiu em transe, e continuaram na ilha dos ciclopes (*ver abaixo*), onde vários de seus homens foram devorados. O fato de Ulisses ter furado o olho de Polifemo, filho de Possêidon, enfureceu o deus do mar, que tirou seus navios do curso, fez com que eles naufragassem e, finalmente, matou toda a sua tripulação. Nessa viagem, Ulisses teve dois romances – o primeiro com Circe, uma maga que transformou a tripulação dele em porcos, e o segundo com a ninfa Calipso, com quem ficou sete anos, até que a saudade de casa e da esposa provocou a piedade dos deuses. Sem que Possêidon soubesse, Atena (Minerva) e os outros deuses ajudaram Ulisses a construir uma jangada e navegar para casa, mas, quando Possêidon descobriu o que acontecera, provocou o naufrágio do barco. Ulisses foi jogado numa praia, onde foi encontrado por Náusica, filha de Alcino, rei dos fenícios, que – sob o risco de provocar a ira de Possêidon – ajudou Ulisses a voltar a Ítaca.

Ulisses foi o primeiro homem a ouvir o canto das sereias e sobreviver. A ilha em que elas viviam, Antemoessa, estava repleta de ossos de marinheiros atraídos para a morte. Antes dele, apenas Jasão e os argonautas (ver pp. 52-52) haviam passado diante das sereias e sobrevivido: o menestrel Orfeu (ver pp. 30-31) tocou sua lira mais alto que o canto delas.

Amarrado ao Mastro
Só Ulisses ouviu o canto das sereias: ele pediu aos marinheiros que o amarrassem ao mastro para poder escutá-las.

ULISSES E AS SEREIAS
Herbert James Draper (1864-1920)
Essa pintura mostra Ulisses e sua tripulação velejando perto da ilha das sereias, cujo canto irresistível atraía os marinheiros para a morte. Seguindo o conselho de Circe, os homens taparam o ouvido com cera de abelha para não ouvir as falsas promessas de seu canto de sedução. Querendo ouvir seu canto, Ulisses foi amarrado ao mastro para não deixar o navio.

Nós apertados
Quando Ulisses ouviu o canto das sereias, quis se juntar a elas e implorou à tripulação que o desamarrasse, mas, obedecendo às suas ordens anteriores, os homens o prenderam com mais força. O homem que aperta as cordas é Euríloco, cunhado de Ulisses.

Surdos a todas as súplicas
Ulisses tinha que navegar perto da ilha das sereias, cujo canto irresistível levava os marinheiros à perdição. Atendendo ao conselho de Circe, ele tapou os ouvidos dos marinheiros com cera de abelha, para que não ouvissem o canto sedutor das sereias.

Os ciclopes

Os ciclopes eram gigantes de um olho só. Segundo o poeta Hesíodo, eles eram três, filhos de Urano (Cronos) e Gaia, e foram eles que forjaram os raios de Zeus. Esses ciclopes foram mortos por Apolo como vingança do assassinato de Asclépio (*ver p. 39*). Os ciclopes encontrados por Ulisses eram gigantes pastores de ovelhas que viviam em uma ilha onde, acredita-se, hoje é a Sicília. Quando aportaram ali, Ulisses e seus homens foram presos em uma caverna pelo ciclope Polifemo, que devorou vários deles. Ulisses – que disse ao gigante que seu nome era "Ninguém" – o embebedou e o cegou com uma vara aquecida nas brasas de uma fogueira. No dia seguinte, Ulisses e seus homens escaparam agarrados ao ventre dos carneiros gigantescos quando eles saíram para o pasto.

Ulisses e Polifemo, Pellegrimo Tibaldi (1527-1596)
Ulisses perfura o olho de Polifemo, que salta para fora. Quando seus vizinhos lhe perguntaram quem o tinha ferido, o ciclope gritou: "Ninguém", e ninguém o socorreu.

Penélope e seus pretendentes

Penélope, mulher de Ulisses, ficou sozinha durante 20 anos, período em que um bando de pretendentes acorria a seu palácio na esperança de desposá-la. Ela protelava a decisão, recusando-se a escolher um marido até que tivesse tecido uma mortalha para o pai de Ulisses. Mas, a cada noite, desfazia o trabalho do dia, para que ele nunca acabasse. Quando Ulisses voltou para casa – disfarçado de mendigo –, Telêmaco, seu filho, já estava na idade de ser seu herdeiro, e por isso os pretendentes da mãe planejavam matá-lo. Reconhecido apenas por seu cão e pela velha ama, Euricleia, Ulisses se revelou ao filho e, juntos, mataram os pretendentes. Ele convenceu Penélope de sua identidade ao revelar o segredo de seu leito matrimonial, que foi esculpido em uma árvore viva, que, portanto, não podia ser movida. Quando Ulisses morreu, Penélope se casou com Telégono, filho dele com Circe; e Circe desposou Telêmaco.

Ulisses, o sobrevivente

Ulisses sobreviveu ao encantamento das sereias graças aos conselhos de Circe. Em suas viagens, Ulisses foi amado e ajudado por muitas mulheres, principalmente pela deusa Atena, que continuou a protegê-lo bem depois que deixou de ajudar os gregos durante a Guerra de Troia.

Mulheres-pássaros
As sereias foram concebidas como criaturas semelhantes à harpia, em parte pássaro e em parte bruxa. Enquanto cantavam, pareciam lindas donzelas – mas os que sucumbiam ao seu canto logo descobriam sua verdadeira natureza.

Perto da ilha das sereias há mais dois perigos: o redemoinho Caribde e Cila, um voraz monstro marinho. Quando o navio tomou um curso muito próximo de Cila, o monstro arrebatou seis marinheiros dele – um para cada uma de suas seis cabeças.

Frustradas
Acredita-se que, rejeitadas por suas presas, furiosas e frustradas, as sereias se afogaram. O corpo de uma, Partênope, foi dar numa praia de Nápoles, cidade que originalmente adotou seu nome.

Marinheiros em perigo
Aqui, as sereias estão representadas como donzelas sedutoras, metade mulher e metade peixe, que cantam os prazeres da vida submarina, atraindo os marinheiros para um naufrágio.

Ulisses e sua tripulação tinham acabado de voltar do mundo subterrâneo, onde ele sacrificara um carneiro e uma ovelha às almas dos mortos. Debatendo-se como morcegos, as almas se atiraram em direção ao sangue, mas Ulisses as conteve até que o vidente Tirésias lhe dissesse como chegar em casa.

beleza enganosa

o canto da sereia

Acompanhantes de uma deusa

Segundo uma lenda, as sereias eram originalmente acompanhantes de Perséfone antes de ela ser raptada por Hades (ver pp. 28-29). *Por não terem conseguido salvá-la, a deusa as transformou em criaturas grotescas. O canto das sereias fala, falsamente, dos prazeres do mundo subterrâneo. Elas também alegam possuir o poder da profecia.*

Dido e Eneias

Eneias, príncipe troiano, era filho de Vênus (Afrodite) com um mortal chamado Anquises. Afrodite disse a Anquises que seu filho fundaria uma grande dinastia. De fato, os romanos consideram Eneias o fundador da sua raça. A *Eneida*, de Virgílio, narra como ele escapou ao saque de Troia levando o pai nas costas e como, depois de uma longa jornada, durante a qual o pai morreu, ele chegou à Itália e fundou um povoado no local onde hoje se situa Roma. A parte mais famosa da história é a que conta seu amor por Dido, rainha de Cartago. Depois de um naufrágio provocado por Juno (Hera), que não queria que ele cumprisse seu destino, Eneias e seus homens foram levados à corte de Dido, onde os dois se apaixonaram. Eneias ficou em Cartago como seu consorte, até que Júpiter (Zeus) enviou Mercúrio (Hermes) para lhe dizer que devia seguir viagem. Quando Dido descobriu que ele pretendia deixá-la, mandou construir uma pira funerária e, assim que o navio se preparou para partir, subiu ao alto da pira e se matou com a espada de Eneias.

DIDO E ENEIAS FOGEM DA TORMENTA
Johann Heinrich Tischbein (1722-1789)
Essa pintura mostra Dido e Eneias prestes a entrar numa gruta para se abrigar de uma tempestade que se formou durante uma caçada. Lá dentro, eles confessaram seu amor, e Enéas tornou-se consorte de Dido.

Fazendo de Eneias seu consorte, Dido tornou-se refém na guerra entre Juno e Vênus. Juno odiava os troianos (*ver p. 62*) e afundou propositalmente os navios de Eneias em Cartago, sua própria cidade, além de encorajar a união com Dido para evitar que ele fundasse Roma. Vênus não confiava em Juno e queria que o filho cumprisse seu destino. Desconhecendo os planos de Juno e temendo a casa de Cartago, conseguiu que Cupido (Eros) fizesse Dido se apaixonar loucamente por Eneias a ponto de esquecer sua lealdade a Juno.

Caverna escura
A luz brilha dentro da caverna, oferecendo abrigo contra a tempestade. Foi aqui que Juno, deusa do casamento, a quem Dido tinha oferecido um sacrifício, uni-a a Eneias. Ao fazer isso, pretendia manter Eneias em sua cidade preferida, Cartago, em vez de deixá-lo fundar Roma, uma cidade que poderia destruir Cartago.

Dido, rainha de Cartago
Dido usa um vestido amarelo. Quando recebera Eneias e seus homens em Cartago, ele lhe dera um vestido em sinal de gratidão. Ele tinha uma barra bordada com acantos amarelos e pertencera a Helena de Troia.

Irmã devotada
Ana, irmã de Dido, encorajou seu amor por Eneias. Quando Dido construiu a pira, ela a ajudou, pensando que a irmã pretendia praticar um ritual mágico do amor para trazer Eneias de volta ou para livrar-se da sua maldição.

Eneias
Eneias segue Dido, acompanhado do Cupido. Assim como ela, Eneias já fora casado, mas sua mulher, Creusa, morrera na viagem. Ele tinha um filho, Ascânio, que na *Eneida* de Virgílio já é quase um adulto.

Consumida pelo amor
O primeiro marido de Dido, Siqueu, que ela amou profundamente, foi assassinado pelo próprio irmão, e Dido jurou nunca mais se casar. Mas, depois que Cupido incendiou seu coração de paixão por Eneias, ela se consumiu de desejo por ele.

Eneias no mundo dos mortos

Depois de deixar Dido, Eneias quis rever seu pai, Anquises, e procurou a sibila de Cumae. Ela o aconselhou a arrancar um ramo de ouro da caverna sagrada e oferecê-lo a Proserpina (Perséfone), que o guiaria ao mundo dos mortos. Quando chegou lá, ele viu Dido, que não quis ouvir seus lamentos, e encontrou o pai. Mas, quando Eneias quis abraçá-lo, só encontrou ar. Ele também viu almas bebendo a água do esquecimento para esquecer sua vida passada e nascer de novo. Anquises lhe mostrou um desfile de almas que iriam renascer como grandes homens de Roma, entre eles Rômulo e imperadores romanos.

Navios naufragados
Eneias e seus homens foram desviados para Cartago porque Juno soubera que, se eles fundassem uma nova cidade, sua amada Cartago seria destruída. Fazendo-os naufragar ali e unindo Eneias a Dido, a deusa esperava evitar essa destruição.

Tempestade divina
Quando Eneias e Dido saíram para caçar, foram surpreendidos por uma tormenta. Não foi uma tempestade natural, mas uma tormenta enviada por Juno para separá-los de seus companheiros e obrigá-los a buscar refúgio na caverna.

Rei ciumento
Esta figura pode ser Acates, escudeiro e fiel companheiro de Eneias. Mas sua expressão fechada sugere se tratar de Jarbas, rei da Líbia. Jarbas estava apaixonado por Dido, mas ela o rejeitara. Quando ficou sabendo que ela amava Eneias, teve ciúmes e pediu a Júpiter que pusesse fim à união.

Ninfas
O céu foi testemunha do "casamento" de Dido e Eneias dentro da caverna. Relâmpagos faiscaram e ninfas lamentaram no alto das montanhas, porque sabiam que aquele ato levaria Dido à morte.

A fundação de Roma

Rômulo e seu irmão gêmeo Remo eram descendentes de Eneias, filhos de Réa Sílvia, uma vestal, e Marte (Ares), deus da guerra. Quando eles nasceram, o maldoso tio de sua mãe, Amúlio (que tinha deposto o pai deles), matou-a e atirou os meninos no rio Tibre. Por sorte, eles chegaram a uma margem do rio, onde foram alimentados por uma loba até serem encontrados por Fáustolo, um dos pastores do antigo rei. Quando os meninos cresceram, Fáustolo lhes contou sua história e eles mataram Amúlio e recuperaram o trono do pai. Então, decidiram construir uma cidade no Tibre. Cada um subiu ao topo de uma colina, esperando que os deuses lhes enviassem sinais de qual deles devia governá-la. Como Rômulo avistou 12 abutres e Remo apenas seis, foi escolhido e começou a abrir uma vala para marcar os limites da cidade. Quando Remo, enciumado, zombou do irmão e transpôs a vala (o que era um sacrilégio), Rômulo o matou. Para povoar a cidade, Rômulo transformou-a num santuário e ela logo se encheu de malfeitores, que roubaram as mulheres da vizinha tribo dos sabinos. Assim que Roma se estabeleceu, Marte levou Rômulo em sua carruagem e fez dele um deus.

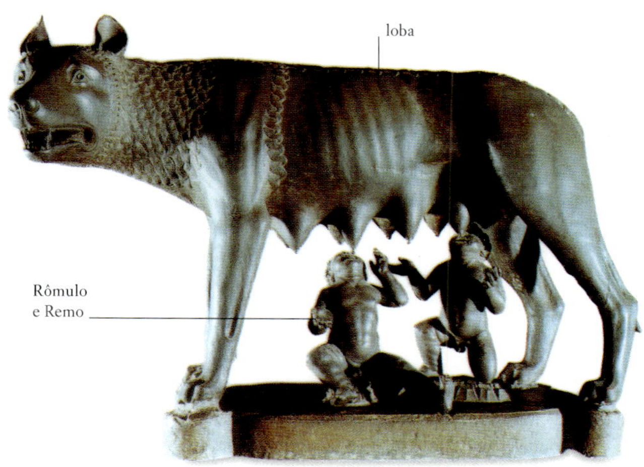

Essa estátua de bronze estava no monte Capitolino, em Roma, onde Rômulo avistara os 12 abutres e marcara os limites da cidade. Mostra Rômulo e Remo sendo alimentados pela loba. Acredita-se que os lobos fossem ligados ao deus da guerra, que pode ter enviado a loba para salvar as crianças. A estátua da loba data do século V a.C., mas as crianças foram acrescentadas depois.

Dido se matou de dor, lamentando que Eneias não lhe tivesse deixado um filho para amar em seu lugar. Mas mesmo na morte ela sofreu durante muitas horas antes que Íris, mensageira de Juno, cortasse um cacho de seus cabelos para libertar sua alma do corpo.

Os deuses nórdicos

Odin, pai de todos os deuses nórdicos, e seus irmãos, Vili e Ve, criaram o mundo a partir do corpo da primeira criatura viva, um gigante congelado chamado Ymir, que eles mataram. Ymir nascera do encontro entre as centelhas de Muspell, a terra quente do sul, e o gelo derretido de Niflheim, a terra fria do norte. Quando Odin e seus irmãos mataram o gigante, seu sangue afogou todos os gigantes gelados, exceto Bergelmir e sua mulher, que mais tarde geraram outra raça de gigantes, eternos opositores dos deuses nórdicos (*ver página ao lado*). Dos ossos de Ymir os irmãos criaram as montanhas; de seu crânio, a cúpula do céu; e de seu sangue, os oceanos. Depois, colocaram as estrelas, o sol e a lua no céu. Um dia, quando caminhavam pela praia, encontraram dois troncos de árvore – um freixo e um olmo. Com eles criaram o primeiro homem e a primeira mulher, Ask e Embla. Odin soprou o espírito da vida neles, Vili deu-lhes pensamentos e sentimentos, e Ve lhes deu a visão e a audição. Eles receberam o reino de Midgard – a Terra do Meio –, onde foram viver (*ver pp. 70-71*).
Já os deuses viviam no reino de Asgard. Havia duas raças de deuses, os aesires e os vanires, que lutaram entre si até que acertaram uma trégua. Dos três deuses representados nesta tapeçaria, o deus da batalha, Odin, e seu filho guerreiro, Thor, eram aesires, e Freyr, deus da fertilidade, era um dos vanires. Freyr foi viver com os aesires para selar a trégua.

Um relato do século XI sobre o templo pagão de Uppsala nos conta que Odin, Thor e Freyr eram os três deuses mais importantes, venerados na forma de estátuas, às quais eram oferecidos sacrifícios de cães, cavalos e homens. Sabe-se muito menos sobre as deusas vikings do que sobre os deuses, embora o historiador Snorri Sturluson alegue que elas eram igualmente sagradas e poderosas.

A árvore do mundo
Odin certa vez dependurou-se na árvore da vida, Yggdrasil, e lá ficou por nove dias e nove noites, perfurado por uma lança. O sacrifício era um ritual mágico com que Odin pretendia obter o conhecimento oculto. No nono dia, viu runas mágicas à sua frente. Quando conseguiu erguê-las, elas o libertaram e o encheram de poder.

Um olho só
Odin tem apenas um olho porque atirou o outro numa fonte em troca de um gole de sabedoria. A fonte da sabedoria borbulhava sob a segunda raiz da árvore do mundo, Yggdrasil (*ver pp. 70-71*).

Odin, senhor dos exércitos
Odin tinha muitos nomes e muitos disfarces, porém é mais mencionado como deus da batalha. Aqui ele carrega um machado, mas costumava usar a lança Gungnir, que inspirou um de seus apelidos: "o que brande a lança". Odin inspirava o êxtase guerreiro e recebia os mortos em batalha em seu paraíso, o Valhala.

As valquírias

As valquírias eram mulheres sobrenaturais que tinham várias funções: moravam com Odin no salão dourado do Valhala, onde serviam cerveja às almas dos guerreiros mortos; também percorriam os campos de batalha, munidas de armadura e lança, distribuindo vitórias e derrotas. Duas valquírias, Gunn e Rota, escolhiam os homens que deviam morrer, acompanhadas por Skuld (a necessidade), a mais nova das Nornas, uma das três Parcas que controlavam o destino dos homens. As valquírias talvez tenham tido uma ligação especial com os guerreiros conhecidos como *berserks*, que, inspirados na fúria de Odin em batalha, se livravam da armadura para lutar com força sobrenatural. Os *berserks* desejavam morrer em combate, pois quando isso ocorria seu lugar estava garantido no Valhala, onde passariam o tempo lutando e bebendo. O Valhala era imaginado como um grande salão dourado, protegido por um teto de escudos e rodeado de lanças, com 540 portas, pelas quais cada um dos 800 guerreiros sairia em marcha, rumo ao combate final, em Ragnarok.

A Cavalgada das Valquírias, *obra de Arthur Rackham*

Os primitivos povos germânicos cultuavam Odin como Wotan ou Woden, origem da palavra inglesa *Wednesday*, quarta-feira. Sua mulher, Frigg, deu origem a *Friday*, sexta-feira. Thor originou *Thursday*, quinta-feira, e Tiw ou Tiwaz, outro deus germânico da guerra, deu origem a *Tuesday*, terça-feira. Tiw sobreviveu como Tyr na mitologia nórdica, mas a maioria de seus atributos parecem ter sido transferidos para Odin.

Espiga de milho
Freyr segura uma espiga de milho, símbolo de seu papel como deus controlador da chuva e do sol. Ele é também deus da fertilidade, e alguns rituais de casamento parecem ter feito parte de seu culto. Sua irmã, Freya, que era provavelmente a deusa da fertilidade, passou a ser considerada deusa da batalha, dos amores e da profecia.

Loki e o gigante

Depois da guerra entre aesires e vanires, Asgard perdeu sua muralha defensiva. Um dia, um homem apareceu montado a cavalo e se ofereceu para reconstruir a muralha, fazendo-a ainda mais forte que antes. Mas seu preço pelo trabalho era o sol, a lua e a deusa Freya como esposa. Aconselhados pelo deus trapaceiro Loki, os deuses concordaram, com a condição de que o trabalho fosse feito em seis meses – o que julgavam impossível. Mas o homem e seu cavalo, Svaldifari, trabalharam tão depressa que três dias antes do prazo a muralha estava quase pronta. Os deuses estavam apavorados. Então Loki, que podia mudar de forma, se disfarçou de égua e atraiu Svaldifari para longe, impedindo-o de concluir a tarefa a tempo. O homem ficou tão furioso que começou a inchar e revelou ser um gigante das rochas, uma raça que odiava os deuses. Thor o matou com um golpe de martelo. Meses depois, Loki voltou conduzindo um estranho potro, filho que tivera com Svaldifari. Era Sleipnir, o corcel de oito patas de Odin, que conseguia vencer qualquer um e levar seu cavaleiro ao Hel, a terra dos mortos.

TAPEÇARIA VIKING
Essa imagem mostra um detalhe de um tapeçaria viking *datada do século II. Mostra os deuses aesires Odin e Thor ao lado de Freyr, um dos vanires. Ela costumava estar pendurada em uma igreja em Hälsingland.*

Ask, o primeiro homem
Ask e sua mulher, Embla, foram o primeiro homem e a primeira mulher. Criados por Odin de troncos encontrados na praia, são considerados os ancestrais da humanidade.

Os corvos amigos de Odin
Odin costuma ser representado com seus dois corvos, Huginn e Muninn (Pensamento e Memória), nos ombros. Todos os dias eles partem da sua cadeira em Asgard e sobrevoam os mundos.

Thor, deus do trovão
Thor, deus do trovão, era o filho mais velho de Odin; sua mãe era a terra. Ele era muito forte e famoso por seu enorme apetite. Em uma batalha na terra dos gigantes, bebeu tanta água do mar de um só gole que criou as marés. Thor viajava num carro puxado por dois bodes.

Freyr, deus da fertilidade
Freyr, deus da fertilidade, era originalmente um dos vanires que se juntou aos aesires, o grupo guerreiro de Odin. Freyr e sua irmã, Freya, eram filhos de Njord, deus do mar.

Thor, deus do trovão
Esta estatueta de bronze representa Thor, deus do trovão, cuja arma era o martelo Mjölnir, um presente do deus Loki (ver p. 71)*, que enganara os anões para consegui-lo. Ele sempre voltava à mão de quem o lançava.*

O martelo de Thor, Mjölnir, ajudou os aesires a proteger Asgard dos gigantes. Um dia, um gigante o roubou e disse que só o devolveria se a deusa Freya se casasse com ele. Então Thor e Loki se vestiram como Freya e sua criada. Quando o Mjölnir foi colocado no colo de Thor para abençoar a união, ele se livrou do disfarce e matou todos os gigantes.

O MITO DA ÁRVORE DO MUNDO

SEGUNDO O POEMA NÓRDICO *A Balada de Grimnir*, "De todas as árvores, Yggdrasil é a melhor". Yggdrasil é um imenso freixo que se ergue no centro do cosmo, protegendo e nutrindo os mundos. Diz a lenda que os deuses saíam todos os dias de Yggdrasil para cuidar dos destinos da humanidade, e foi em Yggdrasil que o deus supremo, Odin, se sacrificou voluntariamente, sofrendo dependurado nela durante nove dias e noites antes de apanhar as runas do poder. Yggdrasil sustentava nove mundos, dispostos em três camadas. No topo ficava Asgard, reino dos aesires, ou deuses guerreiros; Vanaheim, reino dos vanires, ou deuses da fertilidade; e Aflheim, reino dos elfos da luz. No meio, ligados a Asgard pela ponte do arco-íris Bifrost, ficava Midgard (Terra do Meio), reino dos mortais, assim como Jotunheim, terra dos gigantes, Nidavellir, terra dos anões, e Svartalfheim, terra dos elfos escuros. Embaixo ficava Niflheim, reino dos mortos, e sua cidadela, o Hel. O nono mundo é às vezes identificado com o Hel e outras vezes com o fogo primitivo de Muspell, que irá devorar toda a criação no fim dos tempos. Yggdrasil sobreviverá e poupará, na floresta de Hoddmimir, o homem e a mulher que repovoarão o mundo. Os galhos de Yggdrasil se espalharam por todo o mundo e alcançaram o céu.

A Batalha de Ragnarok

Ragnarok, às vezes chamado de Crepúsculo dos Deuses, é o cataclismo final que destruirá este mundo e os deuses. Depois de três invernos terríveis, virá uma guerra universal, e o deus Loki – agora inimigo dos aesires – e seu filho, Fenrir, o lobo, se livrarão de seus grilhões. Então, Loki conduzirá um exército de mortos à batalha final, na qual Fenrir engolirá o sol e matará Odin. Thor destruirá a Serpente do Mundo, mas morrerá de seu veneno; e os deuses perecerão. Finalmente, Surt, guardião do fogo de Muspell desde o início dos tempos, os libertará e consumirá o mundo em chamas. Quando este mundo estiver destruído, um novo mundo surgirá. Apenas os filhos de Odin, Vidar e Vali, e os filhos de Thor, Modi e Magni, sobreviverão, e os deuses Balder e Hod renascerão. Eles se sentarão na nova terra e falarão do mundo que acabou; no gramado, eles encontrarão as peças de xadrez de ouro dos deuses. Duas pessoas, Lif e Lifthrasir, sobreviverão nos ramos da Árvore do Mundo e repovoarão a terra.

Esta pedra viking em Kirk Andreas, na ilha de Man, mostra Fenrir engolindo Odin, que tem um de seus corvos sobre o ombro.

A ÁRVORE DO MUNDO
Este manuscrito mostra Yggdrasil, a árvore do cosmo, que sustentava os nove mundos nórdicos. Cervos e bodes se aninham em seus galhos, seu tronco apodrece e o dragão Nidhogg rói suas raízes, causando-lhe grande dor. Mas a árvore é salva da destruição pelas três Nornas – Destino, Ser e Necessidade –, que regam a árvore todos os dias com a água do poço do destino.

Águia
Uma águia gigantesca está pousada no topo de Yggdrasil, com um falcão entre seus olhos. O bater de asas da águia provoca os ventos que sopram no mundo abaixo.

Árvore do sacrifício
Yggdrasil significa literalmente "cavalo terrível" ou "cavalo de Odin", porque se dizia que, quando Odin ficou dependurado na árvore para obter o conhecimento das runas mágicas, ele estava montado nela. Da mesma forma, os poetas nórdicos se referem à árvore da força como um cavalo.

FENRIR, O LOBO
Fenrir, o lobo, era filho de Loki, o deus trapaceiro. Foi levado a Asgard, mas cresceu tão feroz que só o deus Tyr ousava alimentá-lo. Aqui ele aparece amordaçado e amarrado pelos deuses. Ele se deixou prender com duas correntes, chamadas Laeding e Dromi, após o desafio de que não seria capaz de escapar. Ele escapou com facilidade. Então os deuses o amarraram com uma corrente mágica e ele não conseguiu fugir. E assim Fenrir ficará até a batalha final de Ragnarok (ver acima).

Rio de baba
A baba da boca de Fenrir forma o rio da Esperança.

Mordaça
Fenrir uivava tão terrivelmente após saber que ficaria preso que um dos deuses atravessou seus maxilares com uma espada, como uma mordaça para impedi-lo de uivar.

Corrente mágica
Fenrir é amarrado com uma corrente inquebrável chamada Gleipnir. Ela fora feita pelos elfos escuros com o som do passo do gato, barba de mulher, raízes de montanha, tendão de urso, fôlego de peixe e saliva de pássaro. Era tão macia e suave quanto seda.

Árvore protetora
Yggdrasil abriga os nove mundos. No fim dos tempos, durante a batalha de Ragnarok, ela dará abrigo ao homem e à mulher, Lif e Lifthrasir, que se alimentarão do doce orvalho da manhã e serão a fonte da nova vida na era que virá.

Fruto especial
Cozido, o fruto da Yggdrasil garantia um parto seguro. As gotas de orvalho da árvore eram tão doces que as abelhas faziam mel com elas.

Quatro cervos
Quatro cervos – Dain, Dvalin, Duneyr e Durathror – viviam no tronco de Yggdrasil, alimentando-se dos brotos verdes.

Esquilo mensageiro
O esquilo Ratatosk percorria a árvore de cima a baixo, levando os insultos do dragão que habitava as raízes para a águia lá no topo.

Três raízes
Yggdrasil tinha três raízes. Sob a primeira ficava o poço do destino, guardado pelas três Nornas que controlavam a vida das pessoas. Sob a segunda ficava o poço da sabedoria, guardado pela cabeça de Mimir, um aesir morto pelos deuses vanires, mas cuja cabeça Odin preservara com ervas e feitiços. Sob a terceira raiz ficava o poço do veneno, do qual fluíam os rios do Hel. Foi no poço da sabedoria que o deus Heimdall deixou sua grande corneta até precisar dela a fim de convocar a criação para a batalha final de Ragnarok (*ver acima*).

O dragão das raízes
Sob as raízes de Yggdrasil, em Niflheim, vivia o dragão Nidhogg, que se fartava de cadáveres. Ele também roía as raízes da árvore do mundo, na esperança de destruí-la, e estava em constante guerra com a águia do topo.

Folhas trêmulas
Quando Ragnarok estiver próximo, a árvore do mundo começará a balançar e a tremer.

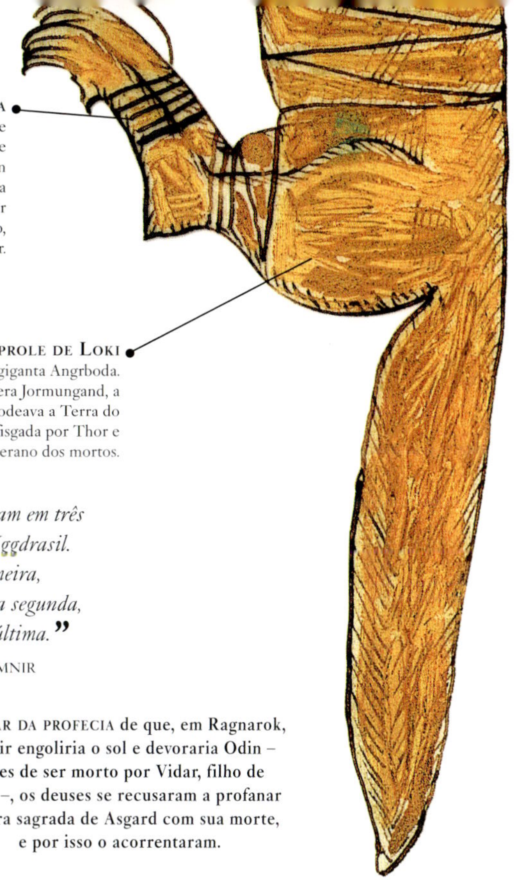

Corrente estranha
Fenrir suspeitou da nova corrente e concordou em ser amarrado se um dos deuses pusesse a mão em sua boca. Tyr enfiou a mão direita na boca da fera e, quando Fenrir percebeu que tinha sido enganado, decepou a mão de Tyr.

A prole de Loki
Fenrir era filho de Loki e da giganta Angrboda. Seu irmão por parte de pai era Jormungand, a Serpente do Mundo, que rodeava a Terra do Meio, e já foi fisgada por Thor e Hel, soberano dos mortos.

“Três raízes se espalham em três direções sob o freixo Yggdrasil. Hel fica sob a primeira, os gigantes gelados sob a segunda, a humanidade sob a última.”

A Balada de Grimnir

Apesar da profecia de que, em Ragnarok, Fenrir engoliria o sol e devoraria Odin – antes de ser morto por Vidar, filho de Odin –, os deuses se recusaram a profanar a terra sagrada de Asgard com sua morte, e por isso o acorrentaram.

Loki, o deus trapaceiro

Capaz do bem e do mal, Loki é uma figura ambígua, que em registros posteriores é identificado com a imagem do diabo cristão. Embora tenha sido criado como filho adotivo de Odin, era na verdade um gigante. Foi aceito entre os deuses por causa de sua inteligência, mas talvez tenha sido sua condição de “estrangeiro” a raiz de sua posterior amargura e seu desejo de vingança. Ele pregava peças nos deuses, roubando ou ocultando tesouros, como as maçãs de juventude (fazendo com que os deuses envelhecessem) e o precioso colar de Freya, Brisingamen – mas sempre escapava. Entretanto, tornou-se cada vez mais maligno depois de ter causado a morte de Balder, filho de Odin, o mais belo dos deuses. Por isso, foi preso a uma rocha com as vísceras de um de seus filhos, e uma cobra pinga veneno em seu rosto, que sua mulher apanha em uma taça. Esse movimento da serpente faz toda a terra tremer. E ele não escapará enquanto Ragnarok não chegar (*ver acima*).

Esta pedra do século XII mostra Loki atado à rocha por ter matado Balder.

SIGURD, O MATADOR DO DRAGÃO

SIGURD, FILHO DO HERÓI SIGMUND e protegido do deus nórdico Odin, foi criado como órfão. Jovem valente, ele matou o dragão Fafnir por ordem de Regin, o Ferreiro, e levou seu tesouro. Mas o tesouro tinha sido contaminado por um anel amaldiçoado (*ver quadro abaixo*), e o desastre sobreveio. Sigurd se casou com Gudrun, filha de Gjuki, rei dos nibelungos, e concordou em ajudar o irmão da esposa, Gunnar, a raptar Brunhilda, uma valquíria que vivia por trás de uma muralha de fogo. Disfarçado de Gunnar, ele a raptou, deu a ela o fatídico anel, e Gunnar a desposou. Mas a mulher de Sigurd, Gudrun, vendo que Brunhilda usava o anel, não resistiu a revelar-lhe a verdadeira história. Furiosa, Brunhilda exigiu que Gunnar e seu irmão, Hogni, matassem Sigurd. Em seguida ela se matou e foi queimada na pira funerária de Sigurd. Depois, Gudrun casou-se com Atli, irmão de Brunhilda, e matou Gunnar e Hogni, vingando a morte de Sigurd. Mas depois Gudrun matou os filhos que tivera com Atli, transformou seus crânios em taças e serviu ao marido seu sangue como vinho e seus corações como carne. Então, ateou fogo em seu palácio, matando todo mundo que lá estava.

Sigurd
Sigurd é o maior herói germânico, personagem da Saga dos Volsungos, *da* Canção dos Nibelungos *e de muitos poemas Edda, como* Reginsmal *e* Fafnismal.

OS FEITOS HERÓICOS DE BEOWULF

Durante 12 anos, todas as noites, o palácio de Hrothgar, rei dos dinamarqueses, foi visitado por um monstro dos pântanos chamado Grendel, que atacava e matava os homens do rei. Até que um herói dos godos, Beowulf, lutou com ele e arrancou-lhe uma pata, fazendo a criatura sair uivando noite afora até morrer. Na noite seguinte houve grandes festas, mas, quando todos dormiam, a mãe de Grendel foi até o palácio para vingar a morte do filho. Na manhã seguinte, Beowulf a seguiu até o lago onde ela vivia, mergulhou na água turva e a matou com uma grande espada que encontrara no fundo do lago, tão pesada que só um herói poderia empunhá-la. Ao ver as águas tingidas de sangue, os seguidores de Beowulf o julgaram morto – mas ele veio à tona, trazendo a cabeça de Grendel e de sua mãe. Beowulf tornou-se um grande rei dos godos e morreu velho, lutando com outro monstro – um dragão cuspidor de fogo que há séculos guardava seu tesouro em um antigo aterro funerário.

No fundo do lago, Beowulf luta com a mãe de Grendel, que o atacara pela morte do filho.

MORIBUNDO, O DRAGÃO PERGUNTA A SIGURD quem ele era. Temendo dar poder a tal criatura revelando-lhe seu nome, Sigurd disse que se chamava "Nobre Animal" e que não tinha pai nem mãe. "Ando só por este mundo."

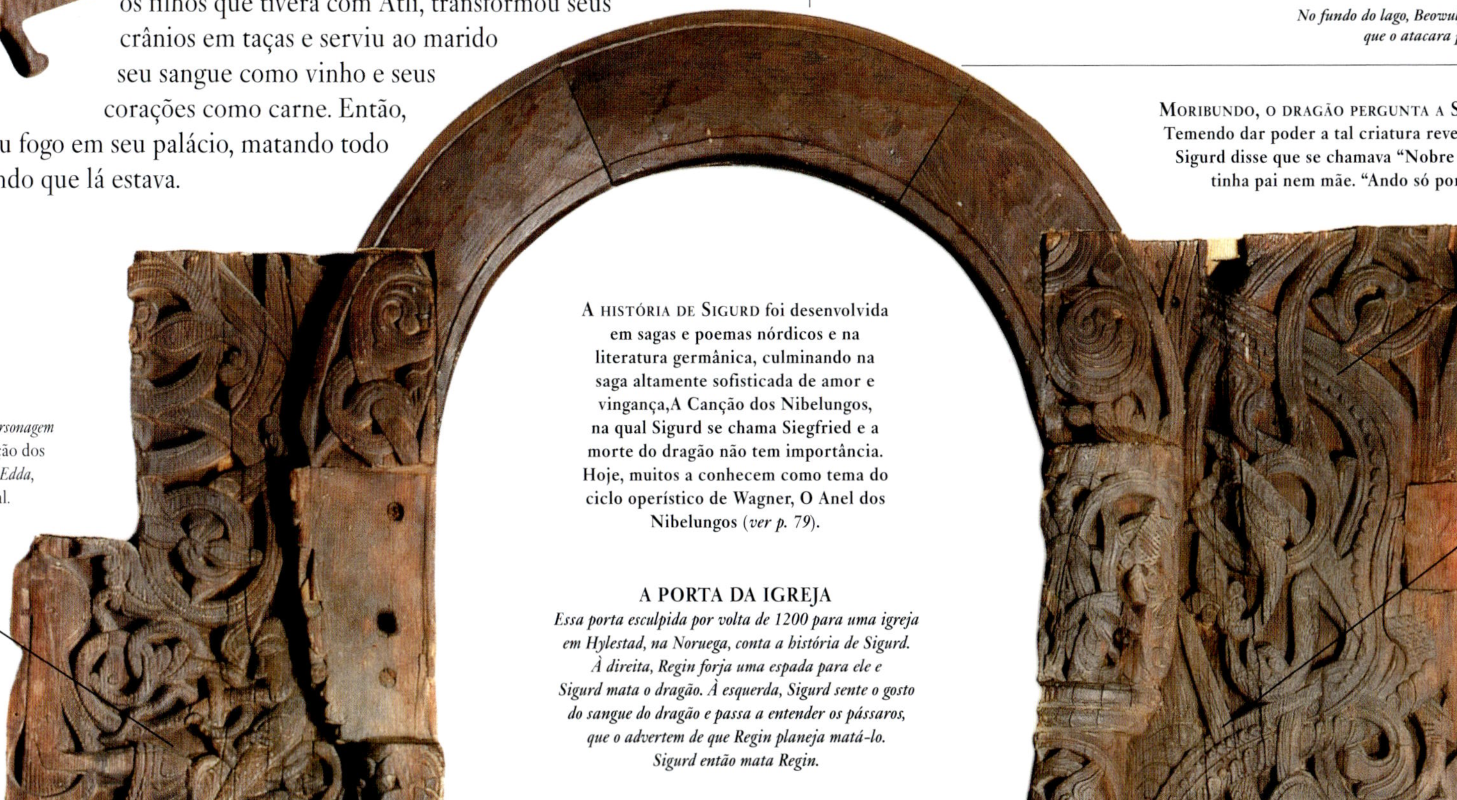

A HISTÓRIA DE SIGURD foi desenvolvida em sagas e poemas nórdicos e na literatura germânica, culminando na saga altamente sofisticada de amor e vingança, A Canção dos Nibelungos, na qual Sigurd se chama Siegfried e a morte do dragão não tem importância. Hoje, muitos a conhecem como tema do ciclo operístico de Wagner, O Anel dos Nibelungos (*ver p. 79*).

A PORTA DA IGREJA
Essa porta esculpida por volta de 1200 para uma igreja em Hylestad, na Noruega, conta a história de Sigurd. À direita, Regin forja uma espada para ele e Sigurd mata o dragão. À esquerda, Sigurd sente o gosto do sangue do dragão e passa a entender os pássaros, que o advertem de que Regin planeja matá-lo. Sigurd então mata Regin.

CUNHADO
Mais adiante na história, o cunhado de Sigurd tenta escapar de um covil de cobras tocando a lira para encantar as serpentes.

DRAGÃO MORIBUNDO
Antes de morrer, Fafnir aconselhou Sigurd a não levar o tesouro, que só lhe traria desgraça. Mas Sigurd o tomou a fim de receber Gudrun, filha de Gjuki, rei dos nibelungos, como sua noiva.

SIGURD MATA FAFNIR
Agachado no poço, Sigurd golpeia para cima, atravessando o corpo do dragão. Quando Sigurd mata Fafnir, é inundado pelo sangue do dragão, que o torna invulnerável, exceto por uma minúscula área nas costas, em cuja pele uma folha ficara grudada.

Sigurd mata Regin
Sigurd amava Regin e confiava nele. No entanto, avisado pelos pássaros da sua perfídia, sente-se traído e ataca Regin com a espada que este forjara.

Irmão enganado
Regin teve a sua parte do resgate de Otter roubada por seu irmão Fafnir, que tomara tudo para si. Ele foge de Fafnir, que possuía um elmo de terror e se transforma num dragão, para poder conservar e proteger seu tesouro.

O cavalo de Sigurd
O cavalo de Sigurd, Grani, que só o dono podia montar, descendia do cavalo de Odin, Sleipnir (*ver p. 68*). Aqui se vê Grani carregado com o tesouro do dragão – inclusive o amaldiçoado anel de Andvari.

Pássaros na árvore
Estes pássaros que cantam na árvore avisaram Sigurd de que Regin pretendia enganá-lo.

Cozinhando o coração
Quando cozinhava o coração do dragão Fafnir, Sigurd acidentalmente queimou o polegar. Quando o pôs na boca, descobriu que tinha adquirido os poderes do dragão e era capaz de entender a linguagem dos pássaros.

Depois que Sigurd matou Fafnir, Regin lhe contou que o dragão era seu irmão e que, portanto, Sigurd tinha para com ele uma dívida de sangue. Entretanto, se Sigurd arrancasse o coração de Fafnir, o cozinhasse e o oferecesse a ele, a dívida estaria perdoada.

O resgate de Otter

Certo dia, os deuses Odin, Loki e Honir visitaram a Terra do Meio. Vendo que uma lontra estava prestes a comer um salmão, Loki atirou nela uma pedra e a matou. Chegando a uma casa, os deuses ofereceram a carne em troca de um quarto onde passar a noite. Mas o sorriso de seu anfitrião, Hreidmar, logo feneceu, pois a lontra era seu próprio filho, Otter (nome que significa "lontra"). Dotado de poderes mágicos, Hreidmar, com a ajuda de seus outros filhos, Fafnir e Regin, amarrou os deuses a ameaçou matá-los. Então Odin se ofereceu para pagar um resgate, e Hreidmar exigiu ouro suficiente para cobrir completamente a pele da lontra. Loki foi libertado para buscar o ouro. Ajudado por Aegir e Ran, deuses do mar, apanhou o anel de Andvari, que estava disfarçado como um peixe, e obrigou-o a lhe entregar seu tesouro. Loki não lhe permitiu preservar nem o anel mágico, que lhe possibilitaria reconstruir sua fortuna. Então Andvari amaldiçoou o anel, que traria desgraça a quem o possuísse. Quando voltou, Loki tinha quase o suficiente para pagar o resgate – uma pequena porção continuou escondida. Esperto, ele tirou o anel de Andvari e acrescentou-o à pilha de ouro, passando para ela a maldição do anel.

O matador do dragão
Quando Fafnir voltou, Sigurd o matou com a espada e, encharcando-se do sangue do dragão, tornou-se invulnerável. É possível que, originalmente, Sigmund, pai de Sigurd, fosse o matador do dragão. Beowulf, *um poema anglo-saxão do século VIII* (ver acima) *conta que foi ele quem matou o dragão e conquistou o tesouro.*

Língua envenenada
Quando o dragão voltou, cuspiu veneno sobre Sigurd.

Armadilha de dragão
Sigurd e Regin foram à quente Gnita, onde o dragão vivia, e escavaram uma trincheira, na qual Sigurd se escondeu.

Testando a espada
Para testar a lâmina da espada, Sigurd a enfiou na bigorna de Regin, que se partiu em duas. A espada era tão afiada que, quando Sigurd a mergulhou em água corrente, ela partiu um tufo de lã que boiava.

Regin, ferreiro do rei
Regin era ferreiro na corte do rei Hjalprek de Jutland, pai adotivo do jovem herói dos volsungos, Sigurd. O cruel Regin tomou Sigurd sob sua proteção. Foi ele que falou ao jovem sobre o tesouro de Fafnir e se ofereceu para fazer-lhe uma espada com a qual poderia matar o dragão e tomar o ouro.

A espada de Sigurd foi refeita com os fragmentos de Gram, espada que pertencera a seu pai, o herói Sigmund. Era um presente de Odin, deus da batalha, que a levara pessoalmente ao palácio de Sigmund e a cravara numa árvore. Só Sigmund fora forte o suficiente para arrancá-la dali. Quando ele morreu, Odin partiu a espada.

LOHENGRIN

O Cavaleiro do Cisne
Lohengrin, o Cavaleiro do Cisne, é visto aqui como a imagem do "perfeito e gentil cavaleiro". Depois que aparece a Elsa em sonho, ela se convence de que ele é seu futuro marido e salvador.

LOHENGRIN, O CAVALEIRO DO CISNE, é um herói mitológico da Europa medieval, mais tarde assimilado pelas lendas do rei Artur como filho do cavaleiro do Santo Graal Parsifal (Percival, *ver p. 80*). Segundo *Lohengrin*, poema épico do século XIII, e fontes correlatas, quando o duque de Brabante morreu, aconselhou sua única filha, Elsa, a casar-se com seu cavaleiro Frederico de Telramund. Mas Elsa rejeita Frederico, que vai queixar-se ao imperador, Henrique, o Caçador, acusando-a de não cumprir sua promessa e de matar o pai. Diante dessas acusações, e sem ninguém para defendê-la, Elsa implora ajuda, o que faz soar o sino do cálice sagrado no reino de Montsalvat, indicando que alguém precisava de auxílio. Lohengrin vai em seu socorro, ajudado por um cisne mágico. Ele derrota Frederico num duelo, provando assim a inocência de Elsa. Frederico é condenado à morte. Então Lohengrin casa-se com Elsa e torna-se duque de Brabante, mas com a condição de que ela jamais lhe pergunte seu nome nem de onde viera. Mas o inevitável acontece, e Elsa é abandonada, de coração partido.

SIEGFRIED E O TESOURO DOS NIBELUNGOS

Siegfried (originalmente Sigurd, – *ver pp. 72-73*) é a figura central do épico germânico *A Canção dos Nibelungos* (c. 1203) e da ópera *O Anel dos Nibelungos*, de Wagner. Ele conquista o amaldiçoado tesouro dos nibelungos e corteja Cremilda, irmã de Gunther, rei dos burgúndios. Gunther lhe concede a mão da irmã com a condição de que ele o ajude a conquistar a rainha das amazonas, Brunhilda. Siegfried submete Brunhilda, que julga estar sendo dominada por Gunther usando seu manto de invisibilidade. Os dois casamentos se realizam, mas as rainhas brigam e o truque vem à luz. Jurando vingança, Brunhilda pede ajuda a Hagen, um dos vassalos de Gunther, que descobriu que o invulnerável Siegfried tinha um ponto vulnerável nas costas (*ver p. 72*). Hagen pede a Cremilda que marque esse ponto em seu manto como proteção, e assim o mata. Desolada, Cremilda se mata na pira funerária de Siegfried. Hagen rouba o tesouro dos nibelungos e o esconde no Reno. Mais tarde, Cremilda se casa com Etzel (ou Atli), rei dos hunos. Juntos, matam Gunther e Hagen. Mas mesmo no momento da morte Hagen se recusa a revelar onde escondera o tesouro.

Ato II da ópera **Siegfried**, *de Aubrey Beardsley (1872-1898)*

"*Lohengrin tornou-se um homem forte e valente que medo jamais conheceu. Quando chegou à idade de ser iniciado nas artes da cavalaria, distinguiu-se no serviço do Santo Graal.*"

PARZIVAL, C. 1200, DE WOLFRAM VON ESCHENBACH

LOHENGRIN
Esta ilustração mostra o fim do primeiro ato da ópera de Wagner, **Lohengrin**. *Neste momento, Lohengrin, um misterioso recém-chegado, já venceu Frederico, livrando Elsa das terríveis acusações que pesavam sobre ela.*

A PROIBIÇÃO QUE LOHENGRIN impõe a Elsa de jamais querer conhecer seu nome e seu passado lembra a de Cupido a Psiquê de jamais olhá-lo no rosto (*ver p. 34*). Esse tabu, comum nas lendas europeias, é encontrado em histórias que contam o casamento com donzelas disfarçadas de cisnes, às quais o mito de Lohengrin pode estar associado.

O SANTO GRAAL
Este cálice sagrado, objeto da busca e da lenda (*ver pp. 80-81*), paira como uma bênção quando Lohengrin defende a honra de Elsa. A lenda do Cavaleiro do Cisne foi incorporada pela primeira vez às lendas do rei Artur no *Parzival* de Wolfram von Eschenbach (c. 1200). Nessa obra "Loherangrin" é filho do Senhor do Graal, Parzival, e de sua mulher, Condwiramurs. Ele tem um irmão gêmeo, Kardeiz, que herda os tronos terrenos de Parzival, enquanto Lohengrin herda os domínios espirituais.

O elmo do cisne
O elmo de Lohengrin, com asas de cisne, indica que ele é um cavaleiro, tanto neste mundo quanto no mundo espiritual.

Quando Lohengrin chega a Antuérpia levado pelo cisne, diz a Elsa que, quando se casarem, ela jamais deve perguntar seu nome. Ela promete – mas depois de anos, durante os quais eles tiveram vários filhos, a curiosidade a vence. No *Lohengrin* original, ela é incitada pela duquesa de Cleves a revelar o nome do marido. Na ópera de Wagner, quem faz isso é Ortrud, mulher de Frederico. Por decreto do próprio Graal, quando os cavaleiros partissem do reino, deviam fazê-lo anonimamente, e se sua identidade fosse revelada, deviam voltar. Por isso Lohengrin devia "voltar à guarda do Graal", deixando a Elsa apenas sua espada, sua corneta e o anel como herança para os filhos.

Ortrud
Ortrud, mulher de Frederico de Telramund, é uma invenção de Wagner e não aparece nas fontes originais. Antítese da pura Elsa, é ela que incita Frederico a denunciar a jovem. Na versão wagneriana da história, Frederico é guardião de Elsa e a acusação é de ter matado o irmão, Gottfried, verdadeiro herdeiro de Brabante, que tinha desaparecido. Na verdade, Gottfried tinha sido transformado num cisne pela magia de Ortrud. No fim da ópera, Lohengrin o liberta da maldição.

Duelo
A ideia de que a culpa ou a inocência podiam ser provadas em um duelo entre dois cavaleiros é comum no romance medieval. Tal combate não era apenas uma prova de força ou habilidade, porque, como nesse caso, as forças divinas podiam ajudar os justos.

Dragão
Estátuas de dois santos observam o duelo entre Lohengrin e Frederico. A imagem de São Jorge matando o dragão pode ser uma referência ao passado heroico de Frederico. Mas agora, frustrado pela voluntariosa Elsa, o sentimento de rejeição dele já se transformou em ressentimento. A princípio, ele era o marido ideal, tendo provado seu valor ao matar um dragão em Estocolmo, na Suécia.

Henrique, o Caçador
O imperador Henrique, o Caçador, é uma figura histórica, primeiro rei não carolíngio do Império Germânico (916-36). Sua mulher, Matilda, descendia de Widekund, governador pagão que liderou a resistência saxônia a Carlos Magno. Embora depois de morta tenha sido venerada como santa cristã, foi temida por seus supostos poderes sobrenaturais.

Frederico
Aqui, o acusador de Elsa, Frederico, é dominado por Lohengrin. Usando a cortesia de um cavaleiro, Lohengrin não o mata, mas o imperador ordena que ele seja decapitado. Na ópera de Wagner, Lohengrin mata Frederico em um combate posterior.

A fada Melusina

A lenda de Melusina repete a de Lohengrin. Melusina era filha de Elinus, rei da Escócia, e da fada Pressina. Quando cresceu, Melusina ficou sabendo que o pai assistira a seu nascimento, contrariando a vontade da mãe, que por isso o aprisionara numa montanha. A mãe a culpara e a condenara a se transformar numa serpente todos os sábados. Um dia, quando passeava pela floresta, Raymond de Poitiers, conde de Lusignan, viu-a banhar-se. Apaixonou-se por ela e a pediu em casamento. Ela aceitou, com a condição de que ele nunca a visitasse aos sábados. Mas os irmãos de Raymond o convenceram de que nesse dia ela recebia um amante. Finalmente, ele a espionou, viu a serpente e ela desapareceu para sempre.

Elsa, herdeira de Brabante
Como herdeira do ducado de Brabante, Elsa era a princesa do Sacro Império Romano. No ano 1204 (época em que Wolfram Eschenbach provavelmente trabalhava no seu Parzival*), Henrique de Brabante, que não teve filhos, foi autorizado pelo imperador Felipe a nomear sua filha Maria sua herdeira, o que dá autoridade ao uso que Eschenbach faz da lenda de Lohengrin.*

A HISTÓRIA DE VÄINÄMÖINEN

VÄINÄMÖINEN, HERÓI DO *KALEVALA*, épico finlandês, foi o primeiro homem sobre a terra. Era cantor e poeta dotado de poderes mágicos. Grande xamã, foi o principal profeta e vidente do povo finlandês, aquele que arou a terra, plantou cevada e passava os dias entoando cantos sobre a criação. Até que um dia um jovem rival, Joukahainen, o desafiou para uma competição de canto. Irritado com a insolência do rapaz, Väinämöinen o afundou num pântano e, apesar de suas súplicas, disse que só o libertaria se ele prometesse conceder-lhe a mão de sua irmã, Aino. Väinämöinen exultou, mas Aino ficou tão desgostosa que se afogou no mar (*ver abaixo*). Ele então saiu em busca de outra esposa. No caminho, seu cavalo foi atingido por uma flecha, um ato de vingança por Joukahainen, atirando Väinämöinen no oceano. Ele foi salvo por uma águia, que o levou para a Terra do Norte, lar de sua inimiga, Louhi, a feiticeira. Väinämöinen só seria libertado se entregasse a Louhi o *sampo*, um misterioso objeto mágico (*ver página ao lado*). Depois de muitas batalhas, tarefas impossíveis e aventuras, Väinämöinen navegou em direção ao sol poente e nunca mais foi visto pelos mortais.

Um velho homem
Väinämöinen, o poeta eterno, passou 700 anos no ventre da mãe e por isso já estava velho quando nasceu.

"O velho Väinämöinen estava encantado porque teria a jovem irmã de Joukahainen para cuidar dele na velhice."
KALEVALA: O DESAFIO DE CANTO

"Chegou a hora em que devo partir deste mundo – hora de encontrar a morte... lá embaixo das ondas profundas..."
KALEVALA: A DONZELA AFOGADA

O MITO DE AINO
Akseli Gallen Kallela
(1865-1931)
Esse tríptico mostra um episódio do* Kalevala*, compilado por Elias Lönnrot (1802-1884) em canções folclóricas finlandesas transmitidas oralmente. À esquerda, Väinämöinen encontra Aino, que o rejeita como marido e corre para casa, onde descobre que a mãe apoiara o casamento. À direita, Aino está sentada à beira-mar, nua, antes de se afogar em desespero. No centro, Väinämöinen, que tinha ido pescar, apanha Aino, que se transformara numa sereia. Mas ela foge nadando para longe.

VÄINÄMÖINEN
Väinämöinen, que Aino chama de "trêmulo", aproxima-se quando ela colhe ramos de bétula na floresta. "Para ninguém mais, jovem donzela, a não ser para mim, jovem donzela, uses contas ao redor do pescoço, uma cruz sobre os seios ou fita de seda nos cabelos", ele grita.

AINO
O nome Aino significa "a única" e vem da palavra finlandesa *aiona*, ou seja, "a única da sua espécie". Aqui, ela rejeita Väinämöinen, arranca o colar do pescoço e corre para casa, chorando.

PARA HORROR DE AINO, a mãe aprovava o casamento e não entendia o desespero da filha. Ela deu a Aino as vestes do casamento tecidas pelas filhas da Lua e do Sol.

RAMOS DE BÉTULA
Quando Väinämöinen a abordou, Aino estava colhendo ramos de bétula para a sauna. E foi na sauna que uma lebre deu à mãe de Aino a notícia de sua morte.

"Nem por ti nem por ninguém usarei cruzes sobre meios seios ou seda nos meus cabelos."
KALEVALA: A DONZELA AFOGADA

PEIXES ESTRANHOS
Aino foge quando Väinämöinen se estica para agarrá-la. Zombando dele, ela mergulha nas ondas. Embora a tenha procurado em todas as águas da Finlândia, Väinämöinen jamais a encontrou.

Em um poema antigo sobre o mito, a jovem, chamada Anni, se enforca para não se casar. A morte de Aino por afogamento é mais sutil e menos definitiva. Ela se funde ao mar, cujas águas são comparadas a seu sangue, os peixes à sua carne, os corpos flutuantes a seus ossos e a relva das margens a seus cabelos.

A forja do *sampo, de Akseli Gallen Kalela (1865-1931).*

A pedra mágica da fortuna

Perdido na Terra do Norte, Väinämöinen precisava que a feiticeira Louhi o ajudasse a voltar para casa. Ela concordou em ajudá-lo e em lhe dar sua filha virgem em casamento se ele forjasse para ela o *sampo* mágico, a pedra da fartura, usando uma pena de ganso, leite de uma vaca estéril, um grão de cevada e lã de ovelha. Incapaz de forjá-lo, Väinämöinen pediu ajuda a Ilmarinen, o ferreiro que tinha forjado o céu, prometendo lhe dar em troca a virgem. Ilmarinen precisava construir uma nova forja para fazer o *sampo*, o que levou muito tempo. Quando a forja ficou pronta, a mó gerou grãos, sal e dinheiro. Encantada, Louhi fechou o tesouro com nove chaves e enterrou-o. Mas, apesar de seu feito, Ilmarinen teve de voltar para casa sozinho, porque a jovem se recusou a casar-se com ele. Mais tarde, depois que ela fora cortejada por outros homens, entre eles Väinämöinen e Lemminkäinen, um "devasso" que tinha sido morto e ressuscitado pela mãe, Ilmarinen a desposou. No entanto ela morreu e, quando a tentativa de forjar outra esposa a partir do ouro não deu certo, ele decidiu retomar o *sampo*. Então, navegou para o norte com Väinämöinen e Lemminkäinen, e o roubou. Na volta, foram atacados por Louhi, e o *sampo* se perdeu no mar. E, embora tenha deixado de produzir grãos e dinheiro, o *sampo* continuou moendo sal.

Navegador
Väinämöinen era um bom construtor de barcos e navegador. Embora sua mãe fosse Filha do Ar, ele nascera no mar, e seu nome vinha de *väinä*, "boca do rio".

Triste pescador
Quando soube da morte de Aino, o consolo de Väinämöinen era sair para pescar no mar. Um dia, pescou um "peixe estranho que nunca vira igual!" Quando ia cortá-lo com a faca, ele saltou do bote e revelou-se: era Aino transformada em sereia.

Contemplando a morte
Aino chegou à beira do mar na manhã do terceiro dia. Desolada, desnudou-se e nadou até uma pedra. Ali ficou, sentada, até que "a pedra afundou, e a jovem com ela".

Donzela afogada
Quando se afoga, Aino se transforma numa sereia, "donzela aquática, esposa das ondas, filha incomparável de Ahto". À medida que afunda, ela se identifica com o mar – as águas são seu sangue, e os peixes, sua carne.

O nascimento de Väinämöinen

No começo só havia mar e ar. Cansada de ficar sozinha, Ilmatar, Filha do Ar, se deitou no mar e concebeu um filho. Porém, durante 700 anos, ele não nasceu. Mais tarde, uma ave marinha enviada pelo deus do céu, o Velho, aninhou-se em seu joelho e pôs seis ovos de ouro e um de ferro. Três vingaram e os outros se perderam no mar. A parte de baixo dos ovos se tornou a terra, e a parte de cima, o céu – a gema era o sol, a clara a lua, e a casca sarapintada, as estrelas e as nuvens. Mas ainda assim Ilmatar não deu à luz. Então, ela começou a moldar o mundo, separando terra e mar. Seu filho, Väinämöinen, o primeiro homem, nasceu 30 anos depois. Ele flutuou no mar e chegou à terra após oito anos.

O Senhor dos Animais

O ANTIGO DEUS CELTA CERNUNNOS era o Senhor dos Animais, forma em que aparece em vários relevos, em especial no caldeirão de Gundestrup (*ver abaixo*). Venerado principalmente no centro da França, estava quase sempre acompanhado por serpentes com cabeça de carneiro. Cernunnos usa um colar de chefe da tribo e às vezes aparece com bolsos cheios de moedas. Seu nome significa "o Chifrudo", e ele tem, evidentemente, um papel tão complicado quanto o do deus grego Dioniso (*ver pp. 58-59*).

É predominantemente um deus da fertilidade e da prosperidade, mas também do mundo subterrâneo. Uma moeda encontrada em Hampshire indica, pelo halo solar entre seus chifres, que ele também podia ser o deus do sol. Na Britânia, ele era chamado Belatucadros, "o Brilhante", que os romanos associaram a Marte, deus da guerra. Embora nenhuma história sobre Cernunnos tenha sobrevivido, ele pode ter perdurado na crença popular como Herne, o Caçador, o cavaleiro espectral dotado de chifres em forma de antenas que liderou a Caça Selvagem através do céu.

Delfim

O significado do delfim e de seu cavaleiro nesta cena não é claro, mas pode indicar que Cernunnos dominava os animais marinhos. Um golfinho também aparece em um cetro encontrado em Willingham Fen, na Inglaterra, que pertenceu a um rei desconhecido.

O CALDEIRÃO DE GUNDESTRUP

Esta imagem que mostra uma divindade chifruda cercada de animais selvagens é um painel do caldeirão de Gundestrup, encontrado na Dinamarca, um dos territórios celtas, em 1891. Feito de placas gravadas em ouro e prata fundidas umas às outras, esse cetro data dos séculos I ou II a.C.

TOURO

Touros aparecem muitas vezes associados a Cernunnos, como em um relevo em pedra de Rheims, na França, no qual ele segura uma bolsa da qual as moedas fluem para um touro e um cervo. Muitos mitos irlandeses têm como tema a tentativa de roubo de touros sobrenaturais, notavelmente o *Táin Bó Cúailnge (O Roubo do Gado de Cooley)*, cujo herói é Cuchulain, filho do deus sol Lugh. Os dois touros que se enfrentam na batalha final seriam deuses criadores de porcos – mesmo depois de passar por muitas transformações, eles continuavam raciocinando como humanos.

VEGETAIS

Cernunnos era antes de mais nada um deus da natureza, da fertilidade e da abundância, associado aos frutos, ao milho e aos vegetais, assim como aos animais.

COLAR HIERÁRQUICO

Cernunnos leva um colar ao redor do pescoço e outro na mão. Um chefe de tribo celta usava um colar como sinal de sua condição, e os guerreiros eram recompensados com colares e braceletes. Dio Cassius descreve a rainha britânica Boudicca dizendo que "ela usava um grande colar de ouro torcido". Os guerreiros gauleses iam nus para o campo de batalha, exceto por seus colares e braceletes de ouro ou bronze.

POSTURA DE LÓTUS

A postura de Cernunnos pode indicar uma origem do Oriente Próximo ou apenas refletir a postura habitual dos celtas, que, segundo autores clássicos, sentavam-se no chão. Essa postura é semelhante à da divindade indiana mostrada em um selo de Mohenjo Daro, no Paquistão. Indica que a divindade indiana representa Shiva em seu papel de Senhor dos Animais (*ver pp. 112-13*).

Cernunnos, o deus chifrudo

Os chifres de Cernunnos são iguais aos de um cervo e mostram que o deus era em parte homem e em parte animal; em um relevo britânico suas pernas são representadas como serpentes com cabeça de carneiro. Outra hipótese é que Cernunnos fosse capaz de assumir formas animais.

"*Depois de 6 de fevereiro muita gente viu e ouviu um bando de caçadores em desesperada caçada, montados em cavalos e cervos negros, enquanto seus cães de caça eram pretos como piche, com horríveis olhos esbugalhados. Isso foi o que se viu no parque dos cervos da cidade de Peterborough e em toda a floresta, dali até Stamford. Durante toda a noite, os monges ouviram-nos tocar suas trombetas.*"

A Crônica Anglo-Saxônica, 1127

Os chifres de cervo usados por Cernunnos podem ser a origem dos chifres dos dançarinos da Dança do Chifre, celebrada durante séculos em setembro no vilarejo de Abbots Bromley, em Staffordshire. Um grupo de chifres de rena usados pelos dançarinos foram datados por volta do ano 1000.

A Deusa-Mãe

A mitologia celta está cheia de mulheres fortes, e o culto de uma deusa-mãe parece ter sido a base da cultura celta do período Neolítico. Objeto de muita devoção é Matres, uma deusa-mãe tripla, símbolo da vida e da abundância, mas também da morte e da guerra, quando personificada, por exemplo, na deusa tripla irlandesa Morrigan. Há ainda deusas das mães solteiras e da fertilidade, como a deusa equestre Epona e a "Vênus" celta, modelada em muitas estatuetas de argila. A deusa-mãe em geral faz par com o pai da tribo, como o deus Sucellus, "o Bom Batedor", e sua consorte Nantosuelta, "o Rio Sinuoso", ou, na Irlanda, o casal Dagda e Morrigan. Imagens da deusa-mãe celta ainda podem ser vistas em igrejas cristãs na Grã-Bretanha e na Irlanda, nas estátuas de mulheres em uma pose de convite sexual ou de parto, conhecidas como *sheela-na-gigs*.

Esta figura da fertilidade, conhecida como "Vênus de Willendorf", foi encontrada em Willendorf, na Alemanha, e data do período Neolítico.

"*Ao chamado do cervo os animais vieram, tão numerosos quanto as estrelas no céu... Havia serpentes e leões, e toda sorte de animais. Ele os olhou e ordenou que fossem comer, e eles inclinaram a cabeça e lhe prestaram homenagem como vassalos a seu senhor.*"

Mabinogion, século XIV

Serpente com cabeça de carneiro
Cernunnos aparece muitas vezes ao lado de serpentes, símbolos da morte e da fertilidade. Isso indicaria que o incidente na lenda irlandesa *O Roubo do Gado de Fraich*, na qual o herói, Conall Cernach, enfrenta uma serpente feroz, reflete a memória do deus cujo nome o herói carrega. Os chifres são um curioso acréscimo à figura das serpentes e podem indicar uma íntima ligação com o deus.

Porco selvagem
O porco selvagem tinha um significado religioso para os primitivos celtas. Um deus gaulês chamava-se Moccus, "porco", e um porco selvagem e uma serpente acompanham representações do deus britânico Veteris. Um porco selvagem foi o primeiro convertido de São Ciarán, santo irlandês, seguido de uma raposa, um lobo e um cervo. Isso seria um sinal de que a mitologia antiga estava sendo assimilada pela tradição cristã.

Animais selvagens
Esses dois animais que se enfrentam não são identificados, mas as patas e a juba indicam que podem ser leões. Estranhamente, esses animais aparecem em algumas histórias celtas, como na lenda galesa *A Dama do Lago*, na qual eles são associados a um pastor divino.

O caldeirão de Dagda

Outro importante deus celta era Dis Pater (Pai do Mundo dos Mortos), de quem Júlio César disse: "Todos os gauleses afirmam sua ancestralidade... e que esta é a crença druídica". Esse deus pai de todos, criador e governador do mundo dos mortos, era conhecido como Sucellus na Gália e como Dagda na Irlanda. Dagda era essencialmente um deus tribal, e no *Ciclo de Ulster* os guerreiros irlandeses juram "em nome do deus a quem minha tribo presta juramento". Sua companheira ritual era a tripla deusa da guerra Morrigan, ou Boann, deusa do rio Boyne. Dagda era o chefe da tribo irlandesa ancestral, Tuatha de Danann, "povo da deusa Danu". Eles tinham quatro talismãs mágicos: a pedra de Fal, que gritava sob os pés do legítimo rei; a lança de Lugh, garantia de vitória; a espada de Nuadha, da qual ninguém escapava; e o caldeirão de Dagda, do qual ninguém saía insatisfeito. Esse caldeirão é uma das origens do Santo Graal (*ver pp. 80-81*). No *Ciclo de Mabinogion*, um ciclo mítico galês, ele é um caldeirão de regeneração, devolvendo os guerreiros mortos à vida. Dagda tinha um porrete com a mesma propriedade: uma ponta matava os vivos e a outra ressuscitava os mortos.

O Santo Graal

Depende da fonte — **Dependendo da fonte**, o Santo Graal é o prato que Cristo usou na Última Ceia ou o cálice em que seu sangue foi recolhido durante a Crucificação. De acordo com a tradição, ele teria sido levado para a Inglaterra, com a lança usada para perfurar o corpo de Jesus, e entregue aos cuidados do guardião do Graal, o Rei Pescador. A lenda narra que o ferimento do pai do Rei Pescador, geralmente chamado Rei Mutilado, tornou a terra infértil. Ele só seria curado, e a prosperidade restabelecida, se um cavaleiro de coração puro encontrasse o Graal e fizesse as perguntas certas. A Busca, que se torna um teste da pureza e do valor dos cavaleiros, se inicia quando o rei Artur tem uma visão do Graal e de seus cavaleiros. Embora cristã, essa lenda foi construída a partir da mitologia celta, na qual abundam cornucópias e caldeirões da abundância (inclusive um que restituía a vida) e buscas em que o herói deve se aventurar em outro mundo para receber algum prêmio precioso. Não surpreende, portanto, que existam várias versões da lenda. Mas todas concordam que Artur jamais empreendeu a Busca e que só um cavaleiro (nas últimas versões, Sir Galaad) provou seu valor ao encontrar o precioso objeto.

Frutos da terra
Quando a busca do Graal chegou ao fim, a terra voltou a frutificar.

Sir Perceval, o primeiro herói

Nas últimas versões da lenda, é Sir Galaad que encontra o Graal. Mas o primeiro herói do Graal foi Sir Perceval. Criado pela mãe em Gales, no desconhecimento total do mundo, Perceval é inspirado por um grupo de cavaleiros armados, que ele toma por anjos, a se aventurar em busca de fortuna. Chegando ao castelo que guardava o Graal, não consegue fazer as perguntas vitais sobre ele e a lança. Mais tarde, chega à corte do rei Artur, onde uma velha o amaldiçoa pelo fracasso, que fez a terra tornar-se infértil. Na segunda vez que vai ao castelo do Graal, Perceval faz as perguntas corretas: A quem serve o Graal? Por que a lança goteja sangue? Em uma das mais poéticas narrativas sobre o Graal, *Perlesvaus* ou *O Grande Livro do Graal*, Perceval coloca o Graal num barco mágico e chega à Ilha da Abundância, onde se torna rei. Abaixo da Ilha da Abundância fica a Ilha da Necessidade, cujo povo será alimentado pelo Graal.

Anjos
Quando se aproximaram da capela que guardava o Graal, os cavaleiros viram anjos, sinal de que estavam prestes a ter uma experiência sobrenatural.

Sir Perceval
Sir Perceval foi herói de muitos romances sobre o Graal (*ver acima*), mas, numa versão francesa posterior, *La Queste del Saint Graal*, assim como em *A Morte de Artur*, de Thomas Malory, ele apenas acompanha Sir Galaad, o mais puro dos cavaleiros, quando ele encontra o Graal. Sir Perceval morre logo depois.

Sir Bors
Sir Bors era outro companheiro de Sir Galaad no final da Busca e o único cavaleiro a sobreviver e retornar a Camelot. Era tio de Galaad e anos antes tivera uma visão do Graal quando rezava para que o menino se tornasse um cavaleiro tão bom quanto seu pai, Sir Lancelot.

Sir Galaad
O puro e santo Galaad é o cavaleiro que encontra o Graal, faz as perguntas importantes e livra a terra da miséria. Ele era filho de Sir Lancelot e de Elaine, filha do rei Pelles, o Rei Pescador. Lancelot fora embebedado e levado a acreditar que Elaine era seu verdadeiro amor, a rainha Guinevere (ver p. 85).

Sir Galaad depôs seu elmo e suas armas para venerar o Graal.

Em uma versão da lenda do Graal, o Rei Pescador se chama Bron. Isso o liga a Bran, o Abençoado, lendário rei da Inglaterra no *Mabinogion*, o épico galês. Bran possuía uma cornucópia da fartura e um caldeirão do renascimento. Depois que ele foi ferido com uma lança, sua cabeça foi cortada e enterrada sob a Torre de Londres para proteger a terra; mas o rei Artur a desenterrou a fim de mostrar que a Inglaterra não precisava de outra proteção senão a sua.

A lança sagrada

Um dos anjos aparece segurando uma lança. A lança que goteja sangue é um aspecto das lendas sobre o Graal, identificada com a lança de Longino, o centurião que feriu Jesus na cruz. Mas a ideia talvez derive da lança luminosa do deus solar irlandês Lugh. Galaad usa o sangue que pinga dessa lança para curar o Rei Mutilado, pai do Rei Pescador, cujo ferimento causou a infertilidade da terra.

A Távola Redonda

A Távola Redonda foi um presente que o rei Artur recebeu de seu futuro sogro, o rei Leodegrance, que por sua vez a tinha recebido do pai do rei Artur, o rei Uther Pendragon (*ver p. 84*). Outras fontes afirmam que o próprio Artur a construiu para evitar disputas sobre o lugar dos assentos. A Távola Redonda tinha 150 assentos, e, quando um cavaleiro provasse ser merecedor de se sentar à mesa, encontrava seu nome na cadeira, escrito em letras douradas pelo mago Merlin. Só um assento, a "Cadeira Perigosa", permanecia vazio, aguardando que Sir Perceval ou Sir Galaad (conforme a fonte) viesse reivindicá-lo. Em algumas versões foi o fato de a cadeira ter sido ocupada que lançou maldição sobre a terra, exigindo que o Graal fosse encontrado para endireitar as coisas. Isso lembra uma lenda galesa sobre Pryderi, sobrinho de Bran, que levou desolação a Dyfed ao sentar-se num monte perigoso depois de um banquete.

Esta iluminura do século XV mostra o Graal surgindo a Artur e a seus cavaleiros no dia em que Sir Galaad chega a Camelot e se senta na Cadeira Perigosa.

Filho de Sir Lancelot
Sir Galaad era filho de Sir Lancelot, que chegara muito perto de pôr fim à busca pelo Graal. Mas, embora Sir Lancelot fosse o mais valente e habilidoso cavaleiro do rei Artur, foi considerado indigno do sucesso por causa de seu amor adúltero pela rainha Guinevere (*ver p. 85*). Ao se aproximar da capela do Graal, ele desmaiou e ficou como morto por 24 dias.

A CONQUISTA
Sir Edward Burne-Jones (1833-1898)
Baseado em A Morte de Artur, *de Thomas Malory, essa tapeçaria de 1483 mostra Sir Galaad, Bors e Perceval diante do Santo Graal.*

O fim da Busca
Ajoelhado diante do Graal, Sir Galaad faz as perguntas rituais – O que é o Graal? A quem serve o Graal? – e põe fim à Busca. Os lírios que cercam Sir Galaad indicam sua pureza e santidade.

A capela do Graal
A capela do Graal fica no Castelo de Corbenik, que pertencia ao Rei Pescador, muitas vezes chamado Rei Pelles. O nome "Castelo de Corbenik" pode significar "Castelo do Chifre Abençoado" ou "Castelo da Hóstia Sagrada". Galaad, Perceval e Bors recebem o alimento do Graal das mãos do próprio Cristo.

O Santo Graal
O Santo Graal é descrito como um prato, um cálice e até como uma pedra. Origina-se provavelmente de uma lenda celta sobre uma cornucópia da fartura. Um prato que oferecesse "todo o alimento desejado" era um dos Treze Tesouros da Britânia, e o Santo Graal daria aos cavaleiros do rei Artur tudo o que eles desejassem comer ou beber.

Tristão e Isolda

Tristão era um jovem cavaleiro da comitiva de seu tio, o rei Marcos da Cornualha. Um dia, uma andorinha deixa cair uma mecha de cabelos louros aos pés do rei, e ele declara que deve casar-se com a dona daqueles cabelos. Tristão embarca à procura dela e chega à Irlanda, onde mata um dragão e pede a mão de Isolda, filha do rei, a jovem que buscava. Levando-a de volta ao tio, o destino intervém: acidentalmente, os jovens bebem uma poção do amor destinada a Isolda e ao rei. Apesar disso, Isolda casa-se com o rei Marcos, mantendo Tristão como seu amante. O fim da história varia. Em uma tradição, o rei Marcos mata Tristão, que ao morrer abraça Isolda, matando-a, e os dois são enterrados lado a lado (*ver abaixo*). Em outra versão, Tristão é banido e casa-se com outra Isolda, Isolda das Mãos Brancas. Quando Tristão está morrendo, à espera de que a primeira Isolda venha curá-lo, a esposa lhe diz que o navio enviado para buscá-la navega com velas negras, indicando que ela recusou seu pedido. Com isso, ele morre, desesperançado. Mas Isolda chega, e também morre de tristeza.

Poção do amor
Depois que Tristão recebe a mão de Isolda para o rei Marcos, eles partem para a Cornualha. Na viagem, a criada Brangain se engana e serve a Tristão a poção do amor que a mãe de Isolda preparara para o rei. Sem saber, ele a compartilha com Isolda.

Diarmuid e Gráinne

O amor entre Diarmuid e Gráinne é tema de uma lenda do ciclo irlandês, que conta histórias sobre o herói Finn MacCumhal e seus guerreiros, os fenianos. Ela tem muitos aspectos semelhantes à história de Tristão e Isolda, que os narradores de Gales evidentemente adaptaram para enquadrá-la à lenda de Drust, rei dos pictos. Gráinne, filha do rei da Irlanda, foi prometida a Finn, mas, no casamento, apaixonou-se por seu sobrinho Diarmuid, que tinha uma pinta do amor na testa que o tornava irresistível. Usando de magia, Gráinne prendeu Diarmuid, e os dois fugiram e tornaram-se amantes. Depois de uma longa busca, Finn encontrou Diarmuid morrendo, ferido por um javali. Finn podia salvá-lo, porque tinha comido o salmão do conhecimento e podia tornar qualquer um que bebesse de suas mãos jovem e saudável de novo. Duas vezes ele encheu suas mãos de água e deixou-a escorrer. Na terceira vez, levou-a até Diarmuid, mas era tarde demais: ele estava morto. Ao contrário de Isolda, Gráinne não morreu de amor, mas se reconciliou com Finn.

A HISTÓRIA DE TRISTÃO E ISOLDA
Dante Gabriel Rossetti (1828-1882)
Estes quatro vitrais contam como Tristão derrota Morholt, seu amor por Isolda, sua loucura e sua morte.

Tristão
Quando Tristão chegou à corte do tio, não revelou sua identidade, mas esperou uma oportunidade de provar seu valor. Quando o rei Marcos se recusou a pagar aos irlandeses os tributos habituais, o herói Morholt foi enviado para cobrá-los, mas Tristão lutou com ele e o derrotou.

Morholt
Quando Morholt morreu, sua irmã, mãe de Isolda, encontrou em seu crânio um fragmento da espada de Tristão. Mais tarde Isolda reconheceu Tristão pela espada lascada. Em *Tristan*, obra francesa do século XIII, Tristão ocupa o lugar de Morholt na Távola Redonda.

Rei Marcos
Ao fundo, o artista colocou a figura do rei Marcos sacudindo o pulso fechado para os amantes. Mas ele só descobre a verdade com o casamento. Na noite de núpcias, a criada de Isolda, Brangain, se enfia na cama do rei no lugar da noiva. Mais tarde, Isolda, desesperada para manter o segredo, tentou mandar matar a criada, mas se arrepende quando Brangain ainda assim se recusa a traí-la.

O beijo
Tristão já bebeu a poção do amor e beija a mão de Isolda – seu destino está selado.

A figura que deu origem a Tristão foi Drust, filho de Tallorc, rei dos pictos que viveu no século VIII e cuja história se desenvolveu e resultou nas lendas que conhecemos hoje e que fazem parte da literatura irlandesa, galesa e bretã.

Como o rei Midas (*ver pp. 40-41*), conta-se que o rei Marcos também tinha orelhas de animal. Só seu anão sabia disso, mas, quando a responsabilidade pesou, o anão revelou a verdade a um arbusto de espinheiro: "O rei tem orelhas de cavalo". Marcos significa "cavalo" em todas as línguas celtas.

Tristão disfarçado
Tristão voltou temporariamente à Cornualha disfarçado como o menestrel Tantris. Fingindo-se de louco, conseguiu ver Isolda e lembrá-la de seu amor.

Tristão e Isolda são os amantes arquetípicos do romance medieval. Embora a história esteja entrelaçada à do rei Artur (em algumas histórias Tristão se torna cavaleiro da Távola Redonda), ela é essencialmente de origem celta, e as ações se passam na Cornualha e na Irlanda.

O escárnio da multidão
Os pastores debocham da aparente loucura de Tristão, quando ele toca a sua harpa na floresta, correndo atrás dele e gritando "Olhem o louco!". Esses grupos ameaçadores aparecem muitas vezes nas lendas sobre Tristão, em especial na versão de Beroul, na qual o rei Marcos, depois de condenar Isolda à fogueira, muda a pena e a entrega a um bando de cem leprosos – um fim do qual é salva por Tristão.

Rei ciumento
O rei Marcos acaba de matar Tristão. Marcos é uma figura ambígua na lenda: um marido amoroso, mas ciumento e às vezes vingativo. Na época da versão francesa *Tristan*, a personagem do rei Marcos já estava manchada: agora um vilão e inimigo do rei Artur, ele mata Tristão quando este toca harpa para Isolda, e ela também morre.

Amantes por força do destino
Isolda abraça o moribundo Tristão e morre de tristeza. O fato de Tristão e Isolda terem sido condenados à paixão por uma poção mágica é um elemento importante da história. Mesmo depois da morte, a poção conserva seu poder. As árvores que brotaram de seus túmulos se entrelaçaram e, embora o rei Marcos as tenha cortado três vezes, elas voltaram a crescer.

Louco por amor
O amor entre Tristão e Isolda continuou sob influência da poção amorosa, apesar da suspeita e do ciúme do rei Marcos. Em muitas ocasiões, o casal escapa por pouco de ser descoberto. Depois Tristão é banido para a Britânia, onde se casa com Isolda das Mãos Brancas. Mas continua amando Isolda. Então, disfarçado como o menestrel Tantris, volta à Cornualha e, fingindo-se de louco, consegue vê-la de novo. Em algumas versões da lenda ele enlouquece de fato.

Sir Gawain e o Cavaleiro Verde

Gawain e o Cavaleiro Verde é um poema escrito em 1400, que conta como a coragem e a virtude de Sir Gawain foram postas à prova. Num dia de ano-novo, um enorme cavaleiro verde desafia Gawain, um dos cavaleiros do rei Artur, a cortar sua cabeça. Quando Gawain faz isso, o cavaleiro verde calmamente recolhe a cabeça e lhe diz para encontrá-lo na Capela Verde um ano depois a fim de receber o golpe de volta. Após uma longa jornada, Gawain passa três dias no castelo de Sir Bertilak, preparando-se para a sua condenação. Durante esses dias, a mulher de Sir Bertilak tenta seduzi-lo, sem sucesso. Mas consegue fazê-lo aceitar um cordão mágico – presente que ele esconde de seu anfitrião. No dia seguinte, na Capela Verde, o cavaleiro verde lhe desfere um fraco golpe com o machado – um castigo por ter aceitado o cordão. Então o cavaleiro verde revela que é Sir Bertilak, enfeitiçado pela fada Morgana (*ver p. 85*) para testar a honra dos cavaleiros do rei Artur. Convencido de seu erro, Sir Gawain parte, envergonhado, mas desde então os outros cavaleiros da Távola Redonda passam a usar o cordão em sua honra.

Esta iluminura num manuscrito medieval mostra a mulher de Sir Bertilak tentando seduzir Sir Gawain.

A MORTE DO REI ARTUR

A LÁPIDE erguida em memória do rei Artur tinha uma inscrição: *Hic iacet Arthurus, rex quondam rexque futurus*, ou seja, "Aqui jaz Artur, rei atual e futuro". Diz a lenda que Artur e seus cavaleiros dormem sob uma montanha, prontos para despertar e guiar a Inglaterra no momento de maior necessidade.

O REI ARTUR E SEUS CAVALEIROS são modelos da cavalaria medieval – puros de coração e de atos, e defensores dos fracos contra os fortes. Artur vivia em Camelot com sua rainha, Guinevere, cercado por nobres cavaleiros. Mas até eles cometiam erros, e o de Sir Lancelot – apaixonar-se por Guinevere – provocou a queda de Artur. Informado do romance por Sir Agravain, um de seus cavaleiros, Artur condena Guinevere à morte. Lancelot a salva, mas, para fazer isso, mata os irmãos de Agravain, Gareth e Gaheris. Outro irmão, Sir Gawain (*ver p. 83*), insiste para que Artur vá atrás de Lancelot na França. O rei parte, deixando como regente Mordred, seu filho com sua meio-irmã, Morgause. Mas Mordred revela-se um traidor, e Artur tem que voltar para enfrentá-lo na Batalha de Camlann. Ali, Artur o fere, mas Mordred, com força sobre-humana, consegue desferir no rei um golpe mortal. Levado do campo de batalha, e sabendo qual seria seu destino, Artur pede a Sir Bedivere que lance Excalibur, sua espada mágica, no lago, onde uma mão surge à superfície e a leva. Quando Artur dá seu último suspiro, uma barca aparece para levá-lo à ilha de Avalon.

Merlin, o Mago
Merlin era mentor de Artur, conhecedor de magia e intérprete de sonhos. Foi ele que fez o pai de Artur, o rei Uther Pendragon, assumir a aparência do duque da Cornualha para deitar-se com sua mulher Igraine. Mas exigiu a criança nascida dessa união como pagamento pela ajuda.

A DAMA DO LAGO
Nimue, a Dama do Lago, conversa com Merlin. Foi por causa dela que ele não pôde prestar ajuda a Artur. Atraído por seu encanto e beleza, Merlin lhe revelou seus segredos de magia, que ela usou para aprisioná-lo numa rocha (ou num espinheiro).

O REI ARTUR, FERIDO PELO FILHO
Foi Mordred, filho de Artur com sua meio-irmã Morgause, que desferiu o golpe fatal no rei. Instigado por Merlin, Artur tentara matar Mordred no dia de seu nascimento – colocando num barco à deriva todas as crianças nascidas naquele dia de maio. Quando o barco naufragou, apenas Mordred se salvou, porque nem o rei Artur podia escapar ao seu destino.

DRAGÃO
O dragão no peito de Artur é a insígnia de sua família, os Pendragon.

A ESPADA NA PEDRA

Artur cresceu como filho de Sir Hector, um cavaleiro a cuja família Merlin o entregara ainda bebê. Anos depois, o rei Uther Pendragon morre sem deixar herdeiro e o reino cai em desordem. Logo depois, Merlin crava uma espada numa pedra em uma igreja de Londres, com a seguinte inscrição: "Aquele que arrancar esta espada da pedra será o legítimo rei da Inglaterra". Todos os cavaleiros ingleses tentam remover a espada e fracassam, inclusive o irmão de Artur, Sir Kay, que tinha perdido a sua espada numa viagem e pedido a Artur que encontrasse outra. Artur consegue removê-la e, quando aparece com a espada mágica, Kay finge reconhecê-la e reivindica seu direito ao trono. Mas, desconfiado, Sir Hector descobre a verdade. Artur se torna rei, e Sir Kay seu oficial.

A barca fantástica
Barcas fantásticas costumam surgir para transportar os cavaleiros do rei Artur, especialmente durante a busca do Santo Graal. Esta aparece para conduzir o rei Artur à ilha de Avalon.

O Santo Graal
Embora o rei Artur nunca tenha participado da busca do Santo Graal, o artista o retrata como uma promessa de cura ou de ressurreição.

A ilha de Avalon seria, segundo alguns, Glastonbury. Mas era provavelmente uma ilha celta dos abençoados, como a terra da juventude, Tir na n'Og. Em *The Passing of Arthur*, de Tennyson, a ilha fica no oeste, na direção do sol poente.

O choro das rainhas
O deus moribundo está cercado pelas três rainhas que o acompanharam à ilha de Avalon. Apenas Morgana é nomeada, mas todas elas deviam viver tanto no reino das fadas quanto no mundo dos homens.

A MORTE DE ARTUR, James Archer (1824-1904)
Essa pintura mostra o último momento de Artur antes de ser levado à ilha de Avalon. Baseia-se no poema The Passing of Arthur, *de Tennyson. As quatro mulheres, comandadas pela fada Morgana, meio-irmã de Artur, velam por ele. O quadro também inclui outros importantes elementos da vida de Artur, como Merlin e o Santo Graal.*

Lancelot e Guinevere

Este detalhe de um manuscrito francês, **L'ystoire Lancelot du Lac,** *mostra Lancelot e Guinevere e data de c. 1470.*

O amor proibido de Lancelot e Guinevere é um dos temas mais fortes da literatura arturiana. Cavaleiro honesto e íntegro, Lancelot se envergonha de seu amor, contra o qual luta, a ponto de enlouquecer. Mas está predestinado a esse amor e incapaz de resistir a ele. Por causa dele, Lancelot não pode aproximar-se do Santo Graal (*ver p. 80*). Depois que ele salva Guinevere, os cavaleiros se dividem em facções guerreiras, o que dá a Mordred a oportunidade de trair e matar seu pai. Após a da Batalha de Camlann, Lancelot volta à Inglaterra e vê Guinevere mais uma vez. Ela lhe conta que está decidida a entrar para um convento, "porque, por causa de nosso amor, meu nobre senhor foi morto" (*Le Morte d'Arthur*, Thomas Malory). Lancelot ingressa num mosteiro, de onde só sai quando tem uma visão de Guinevere morrendo. Abraçando a vida religiosa, ele finalmente se redime.

A fada Morgana
A fada Morgana era filha de Igraine da Cornualha e, portanto, meio-irmã de Artur. Morgana é representada como inimiga implacável dele, mas também como uma das três rainhas que o conduziram a Avalon, o reino das fadas. Sua irmã Morgause casou-se com o rei Lot de Orkney e com ele teve quatro filhos, todos cavaleiros da Távola Redonda: Gawain, Agravain, Gaheris e Gareth. Quando Artur foi coroado rei, Lot lhe declarou guerra e Morgause o seduziu. Dessa união nasceu Mordred.

livro de feitiços

Exu, o trapaceiro

Exu é o deus travesso do povo iorubá, da África ocidental. Ele atua como mensageiro e mediador entre os deuses e os homens. Desempenha um importante papel na adivinhação, "base da cultura iorubá", um ritual que concilia e equilibra as forças conflitantes do mundo. Cheio de contradições humanas e amante de uma travessura, Exu tem mais importância no mito iorubá que o próprio deus supremo, Olodumaré, ou o criador, Obatalá, que, com os outros orixás, ou deuses benevolentes, criaram a terra e os seres humanos. Os orixás, como Xangô, deus do trovão (*ver abaixo*), Ogum, deus do ferro e da guerra, e Ifá, deus da adivinhação, sofrem oposição dos *ajoguns*, ou deuses maléficos, como Iku (morte) e Arun (doença). Na batalha cósmica infinita entre o bem e o mal, um dos papéis de Exu é enganar os *ajoguns*. Assim como o deus nórdico Loki (*ver p. 69*), Exu está ligado aos orixás e aos *ajoguns* e, também como Loki, é às vezes identificado com o demônio cristão. A fúria dos *ajoguns* pode ser aplacada com um sacrifício a Exu, cujo papel pode ser mais bem descrito como o de deus do destino.

A humanidade posta à prova
Exu testa os seres humanos para descobrir sua verdadeira natureza. Se eles resistem à tentação, são recompensados; se cedem a ela, são punidos.

Raio
Este ornamento representa o raio, presente que Exu recebeu de Xangô, deus do trovão.

Transformação
Exu pode assumir 256 formas diferentes, e sua característica mais constante é a mutabilidade. Ele pode aparecer como um gigante ou um anão, um moleque travesso ou um velho sábio, e sabe falar todas as línguas.

ESTATUETA DE EXU
Essa escultura de madeira de Exu faz parte da paramentação de um sacerdote dele e deve ser usada sobre o ombro. Mostra Exu vestido como sacerdote, com uma estatueta de si mesmo sobre o ombro. A natureza contraditória de Exu aparece nas duas caras da escultura, a segunda das quais localizada na ponta do ornamento de cabeça em forma de falo (ver acima). Uma face olha para o mundo espiritual, enquanto a outra olha para o mundo dos homens. Além disso, cada lado da estatueta é diferente.

machado de duas cabeças – símbolo do trovão

Xangô, deus do trovão

Xangô foi o quarto rei de Oyo e só mais tarde tornou-se deus do trovão e dos raios. Seu reinado na terra terminou quando ele foi banido de Oyo pelo poder superior do herói Gbonka. Envergonhado, Xangô se enforcou na floresta, mas não morreu e voltou a seu lugar no céu. Dali ele vigia a humanidade e continua enviando tempestades. Xangô teve três esposas: Oya, Oxum e Obá. Oya é a deusa do rio Níger, no qual mergulhou quando a vida terrena de Xangô chegou ao fim. Xangô é muitas vezes representado com cabeça e chifres de carneiro. Diz-se que o trovão é o som do berro do carneiro. Como castiga os culpados atingindo-os com seus raios, Xangô é considerado um deus da justiça. O machado de duas cabeças, como é visto aqui, simboliza o raio. Ele significa "Minha força corta dos dois lados", ou seja, que ninguém está além do alcance de sua autoridade. Os devotos de Xangô carregam um bastão que representa o machado do deus quando dançam ao som do tambor – que teria sido inventado por ele para aterrorizar seus inimigos. Um deus muito poderoso, Xangô, no entanto, é subordinado à autoridade de Exu.

Um bastão de Xangô.

"Exu atira uma pedra hoje e mata um pássaro ontem."
Poema iorubá

Acredita-se que Exu assombra as portas e as encruzilhadas, onde pode desviar os humanos do curso planejado.

“Exu transforma o certo no errado, e o errado no certo.”

Poema iorubá

A lebre, ardilosa trapaceira

Na África, há muitas histórias sobre animais trapaceiros. Um deles é a lebre. Uma história conta que a lebre devia dinheiro ao elefante e ao crocodilo. Para acalmá-los, prometeu pagar-lhes com juros – para isso, bastava que puxassem um cipó a fim de encontrar um baú do tesouro. Sem perceber, os dois se envolveram num cabo de guerra, porque não sabiam que o outro estava na ponta oposta da corda. Naturalmente, enquanto isso a lebre escapava. Em apenas uma história, das muitas que revelam seu caráter astucioso, a lebre é enganada. É a história da lebre e da tartaruga, na qual a tartaruga, em vez de disputar a corrida, espalha membros de sua família pelo percurso e fica à espera da lebre na linha de chegada.

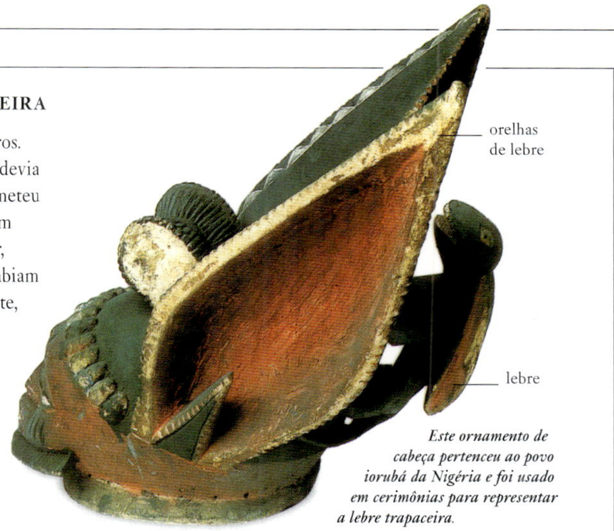

Este ornamento de cabeça pertenceu ao povo iorubá da Nigéria e foi usado em cerimônias para representar a lebre trapaceira.

Dois lados, um homem
O ornamento de cabeça de Exu tem lados diferentes, o que indica sua mutabilidade. Segundo uma história, Exu pôs fim à amizade entre dois homens ao usar um chapéu branco de um lado e preto do outro. Os amigos brigaram de maneira irreconciliável sobre a cor do chapéu.

Os olhos de Exu
Quando Exu fica zangado, interioriza suas emoções e chora lágrimas de sangue, ou bate numa pedra até fazê-la sangrar.

Cabaças medicinais
As cabaças que aparecem no ornamento de cabeça de Exu mostram que ele tinha poderes mágicos.

A figura de Exu
Exu carrega uma estatueta de si mesmo, como seus sacerdotes fariam. Sua capacidade de trazer risco e acidente à vida significa que ele é muito respeitado. Ele é conhecido por só ajudar aqueles que lhe oferecem sacrifício, um ritual presidido por um sacerdote.

Os poderes curativos de Exu deram a Xangô a capacidade de lançar raios. Um dia, Xangô, querendo ainda mais poder, pediu a Exu que lhe produzisse um remédio que o ajudasse a aterrorizar seus inimigos. Depois que Xangô ofereceu um sacrifício a Exu, sua mulher, Oya, foi buscar o remédio. Mas o invólucro era tão pequeno que ela duvidou do poder do remédio e experimentou-o. Quando chegou em casa, cumprimentou Xangô e labaredas saíram de sua boca. Furioso, Xangô tentou matá-la, mas ela se escondeu. Quando sua raiva esfriou, ele a perdoou e experimentou o remédio. Foram tantas as chamas que saltaram de sua boca que incendiaram toda a cidade de Oyo.

“Morte, doença, ruína, paralisia, perturbação, maldição, prisão, aflição. São todos meninos de recados de Exu.”

Ditado iorubá

“Exu só ajuda quem lhe oferece sacrifícios.”

Ditado iorubá

Anansi, a aranha

A aranha Anansi é uma figura maliciosa da tribo axânti, da África ocidental. Na tribo *zande*, ela é conhecida como Ture. Em um dos mitos mais conhecidos, Anansi pede ao deus do céu, Onyankopon (também chamado Nyame), que lhe venda as histórias que o tornaram famoso. “O que a faz pensar que pode comprar minhas histórias?”, pergunta o deus. “Já recusei vendê-las aos grandes e poderosos, e você não é ninguém importante.” Como Anansi insiste num preço, Onyankopon lhe diz que traga a serpente Onini, o leopardo Osebo, Mmoboro, o enxame de vespas, e Mmoatia, o espírito – criaturas que considera impossíveis de apanhar. Mas, com a ajuda de seu consorte, Anansi apanha todos eles, e sua mãe de quebra! O deus do céu fica tão impressionado que dá a Anansi suas histórias com sua bênção. Desde então, elas têm sido chamadas de “histórias de aranhas” e ainda hoje são contadas nas Antilhas e em Gana.

aranha orbitela

A SERPENTE CÓSMICA

O POVO AFRICANO FON CONTA COMO A SERPENTE CÓSMICA, Aido-Wedo, nasceu no princípio dos tempos pelas mãos do Criador, um deus andrógino de duas caras: Mawu, fêmea, a lua; e Liza, macho, o sol. Aido-Wedo ajudou na criação carregando o Criador na boca enquanto o mundo era formado. Mas, quando o trabalho terminou, o Criador viu que a terra tinha muito peso a carregar – árvores demais, montanhas demais, elefantes demais, tudo. Então pediu à serpente que se enrolasse num círculo e se enfiasse debaixo da terra como uma espécie de almofada. Como Aido-Wedo não gostava de calor, o Criador fez o oceano para ela. Mas a terra a incomoda e, quando ela se move para encontrar conforto, provoca terremotos. Aido-Wedo se alimenta de barras de ferro forjadas por macacos vermelhos que vivem debaixo do mar. Quando o ferro se esgotar, a fome a fará comer a própria cauda. Então a terra, com toda a sua carga, perderá o equilíbrio e cairá no mar.
Uma segunda Aido-Wedo, a serpente do arco-íris, vive no céu e envia para a terra os raios dos deuses.

GU, O DEUS DO FERRO

Gu, o deus do ferro, é um dos 14 filhos de Mawu e Lisa. Os primeiros três são: Da Zodji, chefe do panteão da terra; So, chefe do panteão do trovão; e Agbe, chefe do panteão do mar. Outras figuras importantes são Agè, deus da caça, Djo, deus do ar, e Legbá , o deus travesso e mediador, equivalente fon de Exu (*ver pp. 86-87*). Gu é o deus do ferro e, portanto, também da guerra, das armas e dos instrumentos. Como deus da guerra, é às vezes conhecido como Ebo. Conta-se que Gu é feito de ferro, ou que tem um corpo de pedra e uma cabeça que parece uma espada de ferro.
A cabeça moldada como uma espada está ligada a um mito no qual Mawu pede a Lisa que use Gu como ferramenta para abrir clareiras na floresta e ensinar os homens a construir abrigos e cavar a terra. Desde então, o alfanje que Mawu e Lisa deram à humanidade foi chamado de *Ali-su-gbo-gu-kle*, ou seja, " Gu abre a estrada que está fechada". Mas, além de estar personificado no primeiro alfanje, Gu é considerado uma divindade importante. Como deus dos ferreiros, ele próprio seria um ferreiro, sempre trabalhando em sua forja. Por essa razão seus santuários nunca têm teto, porque, se tivessem, ele se queimaria.

Escultura de ferro do deus Gu.

CABAÇA DE MADEIRA PINTADA
Essa cabaça de madeira pintada da África ocidental mostra o mundo, um homem, uma mulher e uma serpente. O povo fon acredita que o primeiro homem e a primeira mulher vieram ao mundo na companhia de Aido-Wedo, a serpente cósmica. Aido-Wedo também teria ajudado o Criador a moldar o mundo como uma grande cabaça. Na mitologia fon, o pai do Criador, Nana-Buluku, é reverenciado como o criador do mundo, que Mawu então moldou e povoou. Mas, como muitos deuses supremos africanos, Nana-Buluku é pouco lembrado hoje, e o nome Mawu passou a significar "deus" na língua fon.

DEPOIS QUE O MUNDO FOI FEITO, o Criador teria moldado as primeiras pessoas de barro e água. Ele preparou a mistura como se preparasse os materiais para a construção de uma casa.

AIDO-WEDO pode ser a personificação da força criativa – uma força que ainda pode ser vista no arco-íris, na água, no fluxo das marés e na dança das estrelas.

AIDO-WEDO
O nome Aido-Wedo significa "Você foi criado antes da terra e do céu", ou "Você é a terra e o céu". Do mar, Aido-Wedo suporta a terra e tudo o que nela existe. Aido-Wedo, a serpente do arco-íris no céu, envia raios para a terra. O eco do trovão seria o som do rebote da cauda de Aido-Wedo depois de arremessar o raio. As duas Aido-Wedo são às vezes consideradas gêmeas.

CABEÇA DE SERPENTE
Aido-Wedo carregou o Criador na boca enquanto o mundo era moldado. Por isso o mundo é curvo e gira. O Criador comprimiu a terra e criou o mundo na forma de uma cabaça, e Aido-Wedo depois se enrolou ao redor dele. Conta-se que existem 3.500 caudas de serpente acima da terra, e 3.500 abaixo dela.

As primeiras pessoas
Embora se diga que Mawu criou a humanidade, a tradição afirma que o primeiro homem e a primeira mulher desceram do céu, trazendo com eles uma longa vara e uma cabaça. Chovia no dia de sua chegada, e continuou chovendo por 17 dias, durante os quais eles não falaram, apenas clamaram pelo deus que os enviara à terra: "Segbo, Segbo, Segbo…!" Segbo é outro nome de Mawu.

Horizonte inalcançável
A linha onde o mar e o céu se encontram no horizonte é vista como um lugar ideal, inacessível aos humanos. Ela é simbolizada pela junção das partes superior e inferior em que se divide uma cabaça.

O mundo é uma cabaça
O mundo seria redondo como uma cabaça, que, quando cheia, pode ser usada como vaso de água ou transformada num chocalho. Os templos fons contêm cabaças esculpidas e decoradas que guardam pequenas oferendas aos deuses.

O culto dos deuses
O primeiro homem e a primeira mulher, às vezes chamados Adanhu e Yewa, estabeleceram o culto dos deuses do céu, Mawu e Lisa, e dos deuses menores, seus filhos, como Gu, deus do ferro, e Agè, deus da caça.

Aido-Wedo
Este baixo-relevo encontrado no palácio do rei Ghezo de Daomé mostra Aido-Wedo com a cauda na boca (ver acima). *Aido-Wedo é também conhecida como Da Aido-Wedo. "Da" significa "cobra", mas, junto de Aido-Wedo, é a qualidade vivificante de tudo o que é flexível, sinuoso e úmido, como o arco-íris, a neblina, o cordão umbilical, os nervos. "Da" também significa saúde, boa sorte e todas as coisas desejáveis que tendem a escapar do nosso alcance.*

Conta-se que Aido-Wedo existiu antes de qualquer filho de Mawu, "criada por quem quer que tenha criado o mundo". A afirmação de que Aido-Wedo "chegou ao mundo com o primeiro homem e a primeira mulher" pode ser uma alusão à qualidade fálica da serpente ou à força vital que o povo fon atribui às serpentes. Em algumas histórias, a serpente ensina ao primeiro homem e à primeira mulher o mistério da procriação.

As origens da morte

Muitas culturas africanas têm um mito que explica a origem da morte. Os zulus contam que o Criador enviou o camaleão Unwabu para dizer à humanidade que ela não morreria, e Intulo, o lagarto, para dizer que ela morreria. O camaleão vagou pelo caminho, mas o lagarto correu na direção certa, de modo que sua mensagem chegou primeiro. A versão hotentote conta que a lua enviou um inseto para dizer aos homens: "Como eu morro, e morrendo vivo, assim será com vocês". No caminho, o inseto encontrou a lebre. Ouvindo a ordem, a lebre disse que, sendo uma corredora mais veloz, levaria a mensagem. Quando chegou à terra, disse aos homens que a mensagem da lua era: "Como eu morro, e morrendo pereço, vocês devem morrer". Quando a lebre voltou e contou à lua o que dissera, a lua ficou furiosa e lhe deu um soco no nariz. Desde então, o nariz da lebre tem uma fenda; mas as pessoas ainda acreditam no que a lebre lhes disse.

Erzulie Fréda
Erzulie Fréda é um dos aspectos de Erzulie (ou Ezulie), a deusa do amor. Ela é casada com Agwé, mas também namora Dambalá Wedo, deus do trovão, Ogum, deus da guerra e do ferro, e Guedé Nimbo, o coveiro.

Os deuses do vodu

Os deuses do vodu no Haiti (e seus correspondentes no candomblé do Brasil e na *santería* de Cuba) derivam de mitologias da África ocidental, mas também sofreram influência da escravidão e do catolicismo no Novo Mundo. Na língua africana fon, a palavra "vodu" significa "deus"; "loá", que significa "espírito", é uma palavra congolesa. O vodu é uma religião com muitos loás, que se dedicam a servir os humanos desde que sejam bem recebidos e bem alimentados. Mas existe pouca mitologia no sentido formal de uma narrativa da criação ou dos feitos heroicos dos deuses. Isso ocorre porque os deuses são atores na vida de seus fiéis – chegando mesmo a possuí-los durante os ritos do vodu. Portanto, o caráter e os atributos dos deuses como seres viventes são considerados mais importantes que suas histórias. Uma prova disso é a história de um bando de guedés que ocupou o palácio presidencial (*ver à direita*), mostrando que os deuses do vodu podem ser forças políticas capazes de influir no presente e no futuro do Haiti.

Guedé, deus da morte e da vida

Guedé, senhor do mundo dos mortos, também é senhor da vida, fortemente ligado à atividade erótica e à proteção das crianças. Ele é um glutão, que adora comer e beber. Enche a boca de comida e arremata com grandes goles de aguardente. No entanto, também é elegante e sofisticado. Não tolera questionamentos à sua autoridade. No começo do século XX, uma multidão de guedés (sacerdotes possuídos por seu espírito) marchou para o palácio do presidente Borno em Porto Príncipe cantando "Papa Guedé é um bom companheiro". Todos estavam vestidos com as melhores roupas de Guedé: fraque, cartola, óculos escuros, um cigarro ou charuto e uma bengala nas mãos. Quando chegaram, exigiram dinheiro, e o presidente, que sabia que nenhum homem é mais forte que a morte, atendeu ao pedido. Guedé usa óculos escuros porque passa muito tempo no mundo subterrâneo e seus olhos são sensíveis ao sol. Com o olho esquerdo, ele vigia o universo; com o direito, vigia a comida.

Os altares a Baron Samedi, como este, sempre têm uma cruz, pelo menos um crânio, um chapéu, óculos escuros e rum.

Todos os deuses do vodu são identificados com santos católicos: Erzulie com a Virgem Maria, Legbá com São Pedro e com Lázaro, Ogum com São Tiago, Dambalá Wedo com São Patrício, Azacca com Santo Isidoro, Baron Samedi com Santo Expedito, e assim por diante.

Os deuses do vodu se debruçam sobre o destino do Haiti
Cameau Rameau
Essa pintura reflete a crença de que os deuses estão envolvidos na política da ilha, ajudando a eleger ou a depor presidentes. Mostra as principais divindades do rada *vodu (uma das formas mais leves do vodu) reunidas para discutir o futuro do Haiti.*

Ogum
Ogum, deus da guerra e do fogo, padroeiro dos ferreiros, monta um cavalo branco. Em sua função de chefe militar, ele adquiriu muitas habilidades políticas. A conferência dos deuses sobre o futuro do Haiti não pode começar sem ele.

Fiéis
Os fiéis seguidores de Ogum esperam ser possuídos por um loá num ritual. O loá ocupa o lugar da alma do fiel, ou *gros-bon-ange* (grande-bom-anjo), que sobreviverá à morte e se tornará um dos *Invisibles*, os espíritos.

Nascido nas montanhas
O culto do *vodu petro*, que nasceu da raiva da escravatura, surgiu nas montanhas do Haiti, entre escravos fugidos conhecidos como *maroons*. Em 1791, uma cerimônia *petro*, presidida pelo sacerdote Boukman Dutty, desencadeou uma rebelião pela independência.

Túmulo
A cruz sobre este túmulo é o símbolo do Baron Samedi e da encruzilhada da morte. Sobre a lápide vê-se uma oferenda de rum a Guedé.

Serpente
A serpente enrolada na bengala de Legbá, símbolo de sua velhice, representa Dambalá e Aido-Wedo (*ver p. 88*), a serpente macho e a serpente fêmea do arco-íris, que abraçam a terra, cruzam o céu e vivem debaixo da terra.

Azacca
Azacca (ou Azaka), que está vestido como um camponês e carrega uma bolsa de palha, é o padroeiro da agricultura. É mais provável que se origine da cultura do milho das populações indígenas do Haiti do que de tribos africanas. Azacca seria o irmão mais novo de Guedé (*ver acima*), mas, enquanto Guedé é sofisticado e cosmopolita, Azacca é simples e ingênuo.

Erzulie Fréda
Erzulie Fréda aqui é identificada com Nossa Senhora das Dores. Ela chora a perda de sua única filha com Ogum, uma menina chamada Úrsula, que se afogou.

Criança
Essa criança no colo de Erzulie provavelmente representa os gêmeos da mitologia vodu, os *marassa*. São importantes na crença e nos rituais do vodu, e sua festa, antes realizada na época da colheita, foi assimilada ao Natal, por associação com o Menino Jesus.

Erzulie Danto
Erzulie é vista aqui em seu aspecto mais feliz, como Nossa Senhora das Graças, às vezes chamada La Sirène (a sereia). Ela assume essa forma quando é consorte de Agwé no mar. Ela também pode aparecer como uma velha, Gran Erzulie, e, quando em dor e desespero, como Erzulie Ge-Rouge.

Baron Samedi
Guedé, deus da morte, aparece aqui em seu papel mais autoritário de Baron Samedi. Ele deve ser informado de tudo o que acontece na vida. Garboso e muitas vezes irresponsável, Baron Samedi leva uma caveira no chapéu, caso alguém, divertido ou ofendido com seus atos, se esqueça que sua força vital vem do seu domínio da morte.

A mitologia do vodu deriva principalmente do povo fon da Nigéria (*ver pp. 88-89*). Legbá, Aido-Wedo, Agwé e Gu conservam características dos fons, embora Gu tenha tomado o nome do deus da guerra nagô, Ogum. Os rituais mais rudes do *vodu petro*, forjados na adversidade no Novo Mundo, têm raízes no Congo.

Bengala
A bengala de Guedé é tanto um símbolo fálico, apropriado a um deus de atos obscenos, quanto uma balança em que o senhor dos mortos pode pesar as almas.

Jarra dos espíritos
A jarra provavelmente contém aguardente ou a bebida preferida de Guedé, rum com infusão de especiarias, que só ele aguenta beber.

Galo
O galo preto, um animal de sacrifício, aguarda para ser degolado em honra de Guedé.

Papa Legbá
Papa Legbá, deus das encruzilhadas, está representado como um velho fraco, embora seja venerado como senhor da vida. Uma oração infantil pede a Legbá: "Abra a estrada para mim… e não permita que os maus espíritos barrem meu caminho". Legbá caminha por todos os mundos, e todas as preces devem passar por ele.

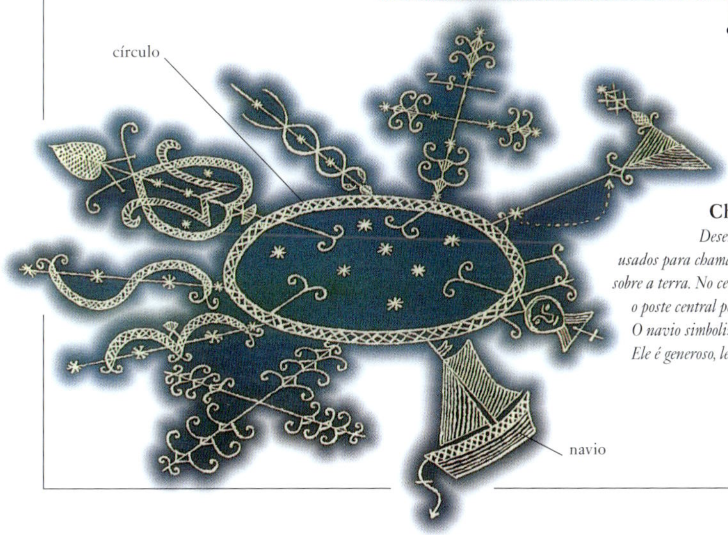

Chamando os deuses
Desenhos conhecidos como vevers *são usados para chamar os deuses e são traçados com farinha sobre a terra. No centro do círculo estaria o* poteau-mitan, *o poste central pelo qual os deuses entram na cerimônia. O navio simboliza Agwé deus do mar e marido de Erzulie. Ele é generoso, leal e forte.*

Deus Pai e o general Morte

Uma lenda haitiana conta que Deus Pai e o general Morte caminhavam juntos um dia, quando o general apontou para duas casas: uma da qual tinha levado uma alma no dia anterior, e outra cuja alma levaria no dia seguinte. "Você sempre tira, enquanto eu sempre dou", disse o Deus Pai. "É por isso que as pessoas preferem a mim." Mas o general Morte não concordou. Então decidiram, cada um por sua vez, visitar o homem cuja alma o general levaria no dia seguinte. Quando Deus Pai pediu ao homem um copo de água, ele lhe recusou. "Tenho que caminhar quilômetros para pegar água", disse o homem. "Mas sou o Deus Pai", disse o deus. "Não tenho água para você, mas daria um copo ao general Morte." "Por quê?", perguntou o deus. "Porque, ao contrário de você, que não me dá água enquanto outros estão nadando, o general Morte não tem favoritos. Todos são iguais para ele." De fato, quando o general Morte fez o pedido, o homem lhe deu de beber água fresca e limpa. O general Morte ficou tão satisfeito que no dia seguinte não parou na casa do homem.

Os cantos da montanha

UM DIA, um jovem índio navajo chamado Filho da Montanha foi capturado por guerreiros *ute*. Trancado numa cabana à beira de uma ravina, ele pediu ao Deus Falante, avô dos deuses, deus do amanhecer e do céu oriental, que o salvasse. Então o Deus Falante apareceu pela chaminé da cabana na forma de um relâmpago, provocando a fuga dos guerreiros. A caminho de casa, o jovem encontrou animais e pessoas, inclusive a Pessoa Sagrada, que o fez tão belo quanto ela e lhe ensinou os segredos xamanistas da cerimônia dos Cantos da Montanha. Esta pintura de areia faz parte dessas cerimônias e está ligada à noite que o jovem passou numa caverna com quatro ursos. Os ursos desenrolaram esta imagem para ele em uma nuvem. Ela mostra a Pessoa Sagrada das plantas cultivadas. Quando o jovem viu os ursos, eles estavam descansando ao pé do fogo, nas mesmas posições que a Pessoa Sagrada ocupa na figura. Mais tarde, quando voltou para casa, o jovem odiou o seu cheiro. Então, depois de ensinar à sua família os segredos do Canto da Montanha, voltou a viver com a Pessoa Sagrada.

A Mulher Mutante

A Mulher Mutante é a mais importante deusa dos navajos. Filha do Rapaz da Longa Vida e da Moça da Felicidade, ela foi gerada pelo Deus Falante a partir de uma imagem turquesa e criada pelo Primeiro Homem e pela Primeira Mulher. Ela está fundamentalmente ligada à criação e se identifica com a essência da vida, envelhecendo e rejuvenescendo num ciclo infinito de regeneração. Sua irmã é a Mulher da Concha Branca. A Mulher Mutante casou-se (mas não vive) com o Deus Sol, que carrega o sol nas costas e o pendura na parede oeste de sua cabana todas as noites. Seus filhos, os heróis gêmeos Matador de Monstros e Filho da Água, ajudados pela Mulher Aranha, localizaram o pai, que os ajudou a tornar a terra mais segura ao destruir os monstros que a dominavam. Mas, apesar de terem matado muitas criaturas do mal, nunca conseguiram matar a Velhice, o Frio e a Fome.

Pessoa Sagrada
Cada figura representa a Pessoa Sagrada das plantas cultivadas. Cada uma tem uma cor diferente para representar cada planta, mas todas usam uma pluma de águia na cabeça e brincos, pulseiras e braceletes de turquesa e coral, que simbolizam a Mulher Mutante e a Mulher da Concha Branca (ver acima). *O desenho em ziguezague nos braços e pernas do deus simboliza os raios contra as nuvens escuras de chuva (com cores trocadas no deus norte por razões estéticas).*

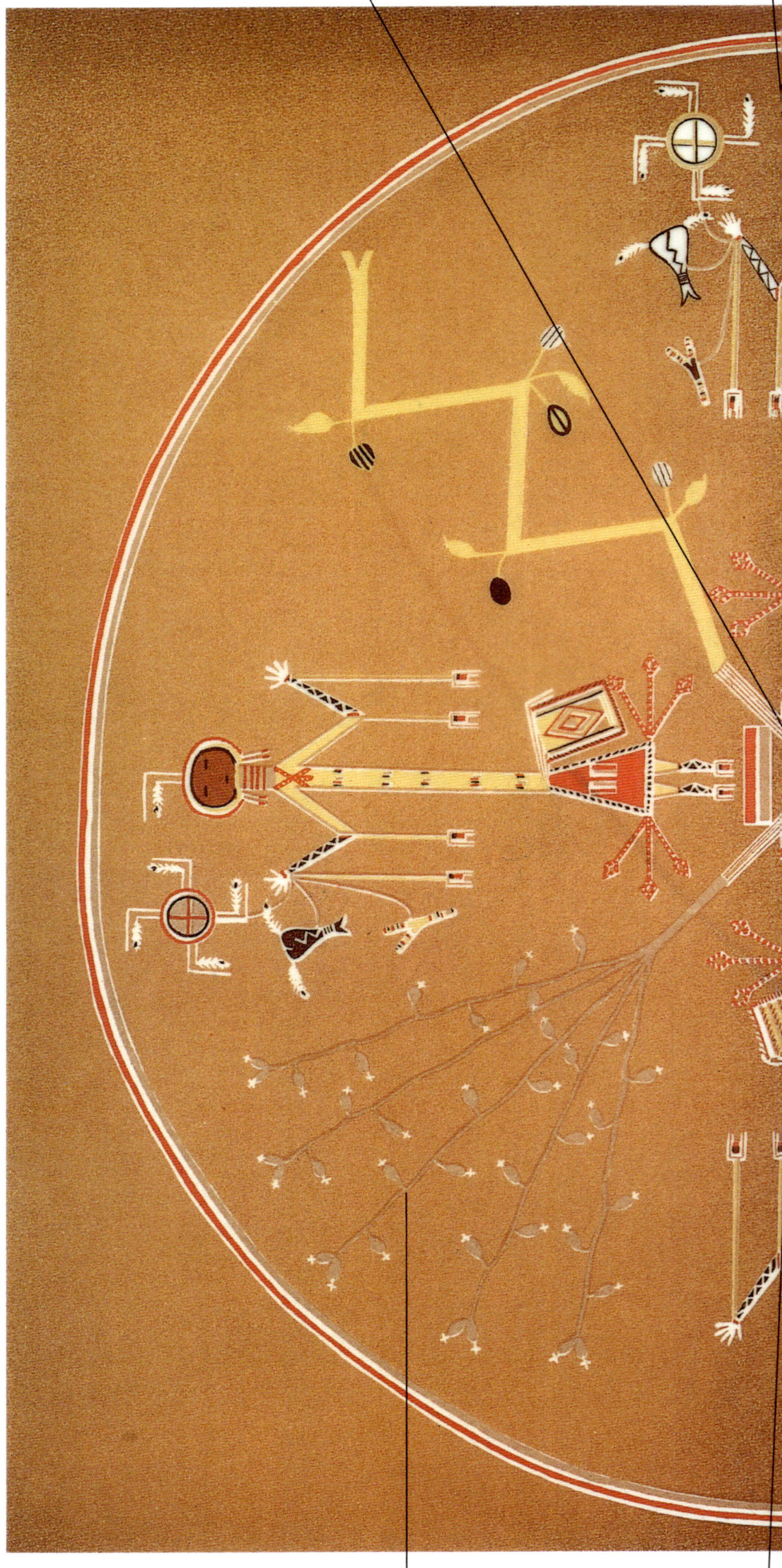

Vasilha de água
O centro da figura é ocupado por uma vasilha de água, borrifada com carvão vegetal e cercada por símbolos dos raios solares.

Saia de raios
Cada Pessoa Sagrada usa uma saia de raios vermelhos. Os Cantos da Montanha evocam figuras como o Rapaz do Dia e a Moça do Dia ao traçar a bela jornada da casa do amanhecer à casa da luz da tarde.

Plantas cultivadas
Cada planta está ligada à Pessoa Sagrada à sua esquerda. Partindo do nordeste, no sentido horário, são elas: tabaco, milho, pé de feijão e abóbora. Sua cor reflete o corpo da Pessoa Sagrada, e suas raízes estão na água sagrada no centro.

Jangada de raios de sol
Cada Pessoa Sagrada está de pé sobre uma jangada de raios de sol. Elas estão colocadas nos quatro pontos cardeais, que são fundamentais nos rituais de quase todas as culturas nativas americanas.

NA HISTÓRIA, OS URSOS estão deitados ao redor de uma fogueira que arde sem nenhuma madeira – as chamas brotam de seixos coloridos. Os ursos ensinaram o Filho da Montanha a fazer um kethawn – bastão cerimonial usado nos sacrifícios aos deuses ursos.

DEUSA DO ARCO-ÍRIS
O Deus Falante transpôs um desfiladeiro soprando um arco-íris que levou o Filho da Montanha à caverna dos ursos. Este representa a Mulher do Arco-Íris, deusa do arco-íris.

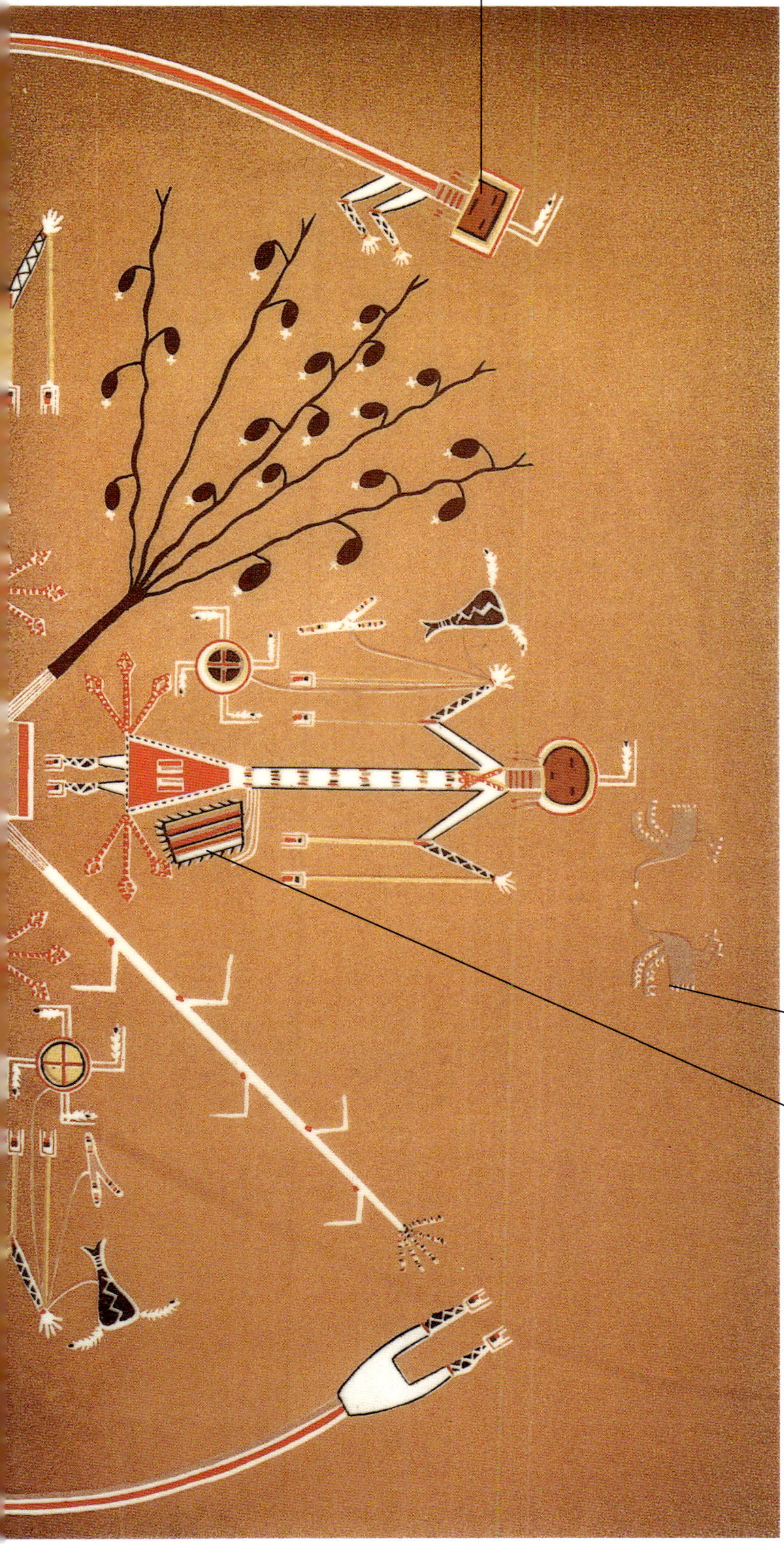

Manta tecida pelos navajos.

A MULHER ARANHA

A Mulher Aranha é uma importante figura das mitologias do sudoeste americano e desempenha vários papéis, entre eles o de assistente da criação. No mito navajo, ela é uma velha prestativa. Ajuda os heróis gêmeos, Matador de Monstros e Filho da Água, e foi ela que ensinou os navajos a tecer. É por isso que os navajos nunca matam aranha, que também ajudam os humanos apanhando insetos, moscas e mosquitos. Uma criança que mate uma aranha terá a segunda dentição torta, porque a Mulher Aranha tem dentes pontiagudos e inclinados para dentro, para evitar que a presa escape. Para estimular as moças navajas a tecer, teias de aranha são esfregadas em seus braços. E quando uma navaja usa o conhecimento da Mulher Aranha para tecer um tapete, deve fazer uma fenda no final, para que sua alma possa voltar a ela.

OS CANTOS DA MONTANHA são uma das muitas cerimônias navajas que expressam os mitos por meio de cantos, danças, orações, rituais e pinturas de areia, geralmente com propósito de cura. A pintura é criada e destruída como parte do ritual, e a areia é transferida para o corpo da pessoa que foi objeto da cerimônia. Esta pintura de areia é uma das primeiras a ser registrada num suporte fixo, com a aprovação do cantor; alguns alegam que fazer um registro permanente é desvirtuar seu significado.

PÁSSAROS DO AMANHECER
Esses pássaros azuis são considerados pelos navajos mensageiros da aurora e estão ligados ao Deus Falante, deus do amanhecer e do céu oriental, que produz um som característico, "hu'hu'hu'hu", quando se aproxima.

BOLSA
Cada deus carrega uma bolsa coberta de espinhos de ouriço. Essas bolsas eram preciosas para os navajos, porque, com elas, eles negociavam com outras tribos, como os *ute*. Quando o Filho da Montanha fugiu, o Deus Falante o instruiu a levar com ele duas bolsas cheias de bordados, assim como de tabaco, que mais tarde ele ofereceu aos ursos.

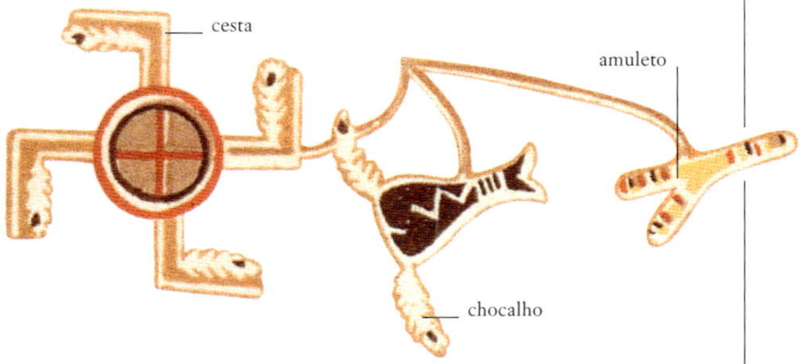

Objetos sagrados
Cada deus carrega três objetos sagrados: um amuleto, um chocalho e uma cesta. Chocalhos como este, pintados de preto com desenhos em branco para simbolizar as nuvens negras de chuva e os raios, são usados pelo xamã na cerimônia dos Cantos da Montanha. A cesta, feita na forma do antigo símbolo solar da suástica, é decorada com plumas de águia dispostas no sentido anti-horário.

QUANDO O FILHO DA MONTANHA deixou sua casa para viver com a Pessoa Sagrada, disse ao irmão: "Você nunca mais me verá – mas quando as chuvas chegarem e o trovão ressoar, você dirá: 'Eis a voz de meu irmão mais velho'."

PINTURA DE AREIA NAVAJA
Esta imagem é uma representação da pintura que o Filho da Montanha viu na casa dos ursos. Pinturas de areia como esta são sagradas. Seu nome em navajo significa "lugar onde os deuses vêm e vão".

O HOMEM SOLITÁRIO

NO PRINCÍPIO, diz o mito da criação dos *mandans*, nativos norte-americanos, a terra era coberta de água e reinava a escuridão. Então, o Primeiro Criador e o Homem Solitário, caminhando sobre as águas, viram uma carqueja e lhe perguntaram o que ela comia. Ela lhes entregou um grão de areia. O Primeiro Criador e o Homem Solitário pegaram a areia e com ela fizeram a terra. O Primeiro Criador fez as montanhas e os animais que viviam nelas, e o Homem Solitário fez a terra plana. Os dois acharam que sua criação era a melhor, mas concordaram que o tempo diria. Então o Homem Solitário criou as pessoas e decidiu viver com elas para protegê-las e guiá-las. Então, transformou-se num sabugo de milho, e uma jovem *mandan* o comeu e tornou-se sua mãe. O Homem Solitário cresceu puro e bom, e viajava numa canoa mágica com 12 homens, realizando milagres. Quando chegou sua hora de partir, ele disse ao povo que colocasse um tronco de cedro pintado de vermelho no centro da aldeia, queimasse incenso e lhe oferecesse um sacrifício. Ele disse: "Este é o meu corpo, que deixo com vocês como proteção contra todo mal". Disse ao povo que construísse uma barricada ao redor do cedro – se as águas voltassem a subir, não ultrapassariam o primeiro obstáculo e depois baixariam.

Sacrifícios
Os mandans ofereciam tecidos caros em sacrifício ao Grande Espírito. Quatro deles ficavam pendurados em postes diante da cabana do curandeiro. Eles talvez representassem os espíritos dos quatro pontos cardeais.

CABANA DE CURA
A cabana de cura era sagrada e usada apenas durante a cerimônia do Okeepa. Era a maior cabana da aldeia.

PARTE DA CERIMÔNIA DO OKEEPA era a iniciação dos menino no mundo adulto. Enquanto o povo dançava, os iniciados eran mantidos dentro da cabana de cura sem comer nem dormir. No quarto dia, passavam por torturas físicas.

A DANÇA DO BÚFALO
George Catlin (1794-1872)
Esta pintura mostra os índios mandans, *que viviam no alto rio Missouri, realizando a cerimônia anual do Okeepa. Segundo o mito* mandan, *ela celebrava a descida das águas depois do dilúvio. O Homem Solitário foi o único sobrevivente e ancorou sua Grande Canoa em uma alta montanha a oeste, onde ele ainda vive. Os* mandans *acreditam que, se a cerimônia não for realizada, as águas voltarão a destruir a raça humana.*

DANÇARINOS DO BÚFALO
Oito dançarinos vestidos com pele de búfalo dançavam do lado de fora da cabana de cura durante o Okeepa, para que não faltassem búfalos no próximo ano.

RAMOS DE SALGUEIRO
Cada dançarino carregava ramos de salgueiro nas costas, representando o ramo de salgueiro que o Homem Solitário recebeu de uma pomba assim que as águas baixaram. A cerimônia acontecia quando as folhas brotavam nos salgueiros ao longo das margens do rio.

RAIOS DA MANHÃ
Quatro dançarinos acompanham os quatro pares de dançarinos do búfalo, vestindo tanga e cocar de penas de águia. Dois deles, pintados de vermelho com listras brancas, eram chamados de Raios da Manhã.

TAMBORES EM FORMA DE TARTARUGA
Quatro tambores sagrados em forma de tartaruga soavam durante a dança, tocados por quatro anciãos, que representam as quatro tartarugas que sustentam a terra.

O corpo do Espírito Mau é coberto de graxa preta. No Okeepa, a mulher atira barro amarelo sobre ele, que se gruda ao corpo.

A vara do Espírito Mau foi quebrada pela mulher.

O Espírito Mau
O-ke-hée-de (a coruja do Espírito Mau) surgiu no quarto dia para interromper a dança, provocando susto e medo. O curandeiro o pacificou com o cachimbo sagrado – mas acabou derrotado por uma das mulheres. A mulher então assumiu a liderança da celebração naquela noite. Conta-se que ela detinha o poder da criação e da vida e morte, e era a mãe dos búfalos.

QUASE TODOS OS ASPECTOS DO OKEEPA incorporavam a crença *mandan*: de que eles viviam no centro do mundo. O nome que eles mesmos se deram era simplesmente "*numakaki*", ou seja, "povo". Na *Bel-lohk-na-pick*, a Dança do Búfalo, oito dançarinos do búfalo, divididos em dois pares, dançavam no norte, no leste, no sul e no oeste.

A Grande Canoa
Este objeto em forma de barril feito de tábuas ficava no centro da aldeia. Era o santuário que continha o tronco de cedro que o Homem Solitário deixara em seu lugar. Na cerimônia do Okeepa, ele representava a arca do dilúvio do mito *mandan*, que nos anos 1830 incorporou vários elementos do dilúvio bíblico.

Cabanas de taipa
Os *mandans* viviam em cabanas de taipa e cobertas com barro e cascalho. A cobertura ficava tão dura que os moradores – 20 ou 30 por cabana – podiam se sentar no telhado.

Clamando ao Grande Espírito
Durante a dança, o curandeiro se inclina sobre a Grande Canoa, com o cachimbo sagrado nas mãos, clamando ao Grande Espírito que ajude o povo no ano seguinte.

Ursos-pardos
Dois homens vestidos como ursos-pardos sentavam-se ao lado da Grande Canoa, ameaçando devorar qualquer um que se aproximasse e geralmente tumultuando a cerimônia. As mulheres lhes levavam pratos de carne para acalmá-los.

Noite
Dois dos quatro dançarinos pintados de carvão e graxa e cobertos de pontos brancos eram chamados de Noite.

O Okeepa era uma cerimônia anual que durava quatro dias. Começava quando o Homem Solitário entrava na aldeia e fumava um cachimbo para a iniciação dos meninos, pedindo ao Grande Espírito que lhes desse força para suportar as provas. Fora da cabana, a dança do búfalo era realizada a fim de pedir ao Grande Espírito que nunca faltassem búfalos para a alimentação da tribo. A cerimônia foi realizada pela última vez em 1836-37, pouco antes que uma epidemia de varíola dizimasse quase toda a tribo.

A lenda de Madoc

Os ecos do cristianismo na mitologia e na cultura *mandans*, assim como a semelhança entre a canoa dos *mandans* e o barco de palha dos galeses, surpreendeu George Catlin, que viveu entre os *mandans*. Ele levantou a hipótese de que eles descendessem de uma expedição perdida de galeses sob o comando de Madoc, um príncipe que em 1170 navegou do norte do País de Gales à América e ali fundou uma colônia. Entretanto, a lenda de Madoc parece ter sido uma invenção dos Tudor para anular as reivindicações espanholas às Américas. No entanto, fez com que 15 línguas nativas americanas fossem identificadas como “galesas”, das quais a *mandan* foi a mais conhecida. De fato, a lenda começou a infiltrar a crença de que uns poucos sobreviventes *mandans* teriam afirmado que o Homem Solitário era um homem branco que conduziu os *mandans* pelas grandes águas em sua Grande Canoa e os desembarcou no golfo do México.

Cada dançarino adulto cantava o seu próprio “canto de cura” – um poema pessoal e sagrado. As palavras eram simples e diretas. Uma canção recolhida por Frances Densmore numa tribo mandan pode ser traduzida inteiramente por “a terra sempre resiste”.

Antílopes
Os meninos *mandans* eram pintados de amarelo para representar os antílopes na dança. Caçavam e eram caçados por homens vestidos de águias, lobos, cisnes, cascavéis, abutres e castores.

O mito das tartarugas

Os quatro tambores sagrados dos *mandans* eram feitos de peles de búfalo costuradas na forma de uma grande tartaruga. Eram cheios de água, que, segundo se dizia, fora recolhida nos quatro cantos da terra quando o dilúvio cedeu. Os mandans acreditavam que o mundo se apoiava sobre quatro tartarugas, que provocaram uma chuva de dez dias, fazendo as águas cobrirem a terra. Não se sabe se esse dilúvio aconteceu antes ou depois que o Primeiro Criador e o Homem Solitário criaram a terra. Originalmente, o mito do dilúvio dos *mandans* ocorria depois da emergência do mundo e não envolvia o Homem Solitário, cuja lenda parece ter sido influenciada pela história de Noé e de Cristo. Mitos de grandes inundações são comuns entre os povos nativos americanos, assim como a ideia de que o mundo se sustenta sobre uma ou quatro tartarugas.

Este escudo **cheyenne** *mostra a tartaruga na função que a carqueja representa no mito* **mandan** *da criação.*

Mitos do Círculo Ártico

O clima inóspito do Ártico produziu uma mitologia igualmente rude, na qual figuras como Sedna, senhora dos animais marinhos (*ver abaixo*), é personagem de histórias de violência. Esta pintura em pele de foca representa esse mundo turbulento no qual espíritos e humanos partilham o mesmo ar, e existe a sensação de que qualquer criatura pode se transformar em outra. Limitar o mundo todo em uma pele de foca provoca a sensação de confinamento e, ao mesmo tempo, a sensação contrária de espaço e liberdade ilimitados. Tal contradição se encontra no mito dos inuítes, no qual dois pares saíram para descobrir a extensão total do mundo. Pegaram seus trenós e partiram em direções opostas, viajando durante anos pelo gelo. Finalmente, envelhecidos, completaram a volta ao mundo e retornaram ao ponto de partida. "O mundo é grande!", disse o primeiro homem. "Maior do que pensávamos!", disse o segundo. E, com isso, morreram.

Iglu
Os inuítes aparecem construindo um iglu com blocos de gelo. O mito dos inuítes, que deram volta ao mundo (ver acima), prova que o mundo é redondo, como um iglu. Os vizinhos chukchis vivem em tendas.

O cosmos ártico
Segundo se acredita, esta pele de foca foi pintada no século XIX pelos chukchis. Entretanto, sua representação do cosmos ártico inclui outros grupos com os quais os chukchis têm afinidades culturais e linguísticas: os koryaks, seus vizinhos siberianos, e os inuítes, que no estreito de Bering são chamados de yup'iks.

Floresta infinita
Segundo os *chukchis*, do outro lado do mar existe uma floresta infinita. Os espíritos dessa floresta vêm negociar com os humanos, mas, como são apenas sombras, sua presença só é percebida pelas peles de raposa e castor que carregam. Eles gostam de receber tabaco em troca das peles.

A moça que se casou com uma baleia
Uma jovem *chukchi* se casou com uma baleia que a levou para longe. Mas seu irmão a seguiu, convenceu-a a cantar para o marido dormir e a tomou de volta. A baleia foi atrás deles, mas, quando chegou à praia, foi morta por uma lança. Mas a moça deu à luz uma pequena baleia. Primeiro, manteve o filhote numa vasilha de água, depois num lago e finalmente libertou-o no mar. Lá, ele chefiou outras baleias, até que foi morto por um estrangeiro.

A noiva gaivota
Um jovem *chukchi* roubou as roupas deixadas na praia por uma gaivota que se banhava e desposou-a. Tiveram dois filhos, mas a gaivota ansiava pela liberdade. Quando um bando de gaivotas passou voando, elas arrancaram suas asas e as prenderam na mulher e nas crianças, que voaram para longe. Mas o marido viajou ao país dos pássaros e retomou a esposa. Untou-a com sangue de carneiro (o mais importante rito de casamento dos *chukchis*), e ela deixou de ser um pássaro e tornou-se verdadeiramente humana.

Sedna, deusa do mar dos inuítes

Sedna foi uma jovem inuíte que enfrentou a ira do pai ao recusar todos os seus pretendentes humanos, casar-se com um cão e gerar cachorrinhos. Horrorizado, o pai a atirou no mar e cortou seus dedos quando ela tentou voltar ao bote. Sedna afundou no mar, onde se tornou um poderoso espírito, e seus dedos cortados se transformaram nas primeiras focas. Como senhora do mar, Sedna é fundamental para a sobrevivência humana. Mas o tratamento violento do pai a tornou caprichosa, de modo que, se não for constantemente aplacada, ela prende os animais e a humanidade padece de fome. Quando isso acontece, um xamã deve fazer uma viagem assustadora à casa dela, enfrentar seus terríveis guardiões e implorar seu favor. Como todos os pecados da humanidade caem no oceano e se acumulam em seus cabelos na forma de gordura e sujeira, ele precisa limpar os cabelos de Sedna e arranjá-los em duas grossas tranças, porque, não tendo dedos, ela não pode fazer isso sozinha. Então, agradecida, a deusa liberta os animais e a humanidade volta a comer.

Sedna, *Germaine Arnaktauyok*
Sedna afunda no oceano, e seus dedos se tornam as primeiras focas.

Arqueiro
Os *chukchis* dizem que o Cinturão de Órion é a coluna arqueada do arqueiro Rulte'nnin, que ficou corcunda depois de uma surra da mulher.

Corvo
O corvo é considerado pelos *chukchis*, *koryaks* e inuítes como o criador da vida e portador da luz para o mundo.

A criação *chukchi*

No começo não havia ninguém – apenas o Criador, um velho, e Tangen, um menino. Eles lutaram até se cansar e então Tangen disse: "Vamos criar as pessoas". "Muito bem", disse o Criador. Eles, encheram as mãos de terra, sopraram nelas e criaram as pessoas de cabelos de relva. Mas, como elas não sabiam falar, Tangen escreveu durante dois anos e lhes deu os escritos – mas elas continuaram sem falar, e o Criador riu. Tangen escreveu durante três anos, e mais três, mas elas não conseguiram falar. Então o Criador se transformou num corvo e grasnou para as pessoas, "*Kyra, Kyra*", e elas grasnaram de volta, "*Kyra, Kyra*". Agora elas sabiam falar. Ainda na forma de corvo, o Criador procurou o Ser Divino no céu, que enviou um cordeiro para alimentar o povo. Antes que o Ser Divino pusesse o sol no céu, o corvo roubou o sol e colocou-o na boca. Continuou negando que tivesse feito isso, dizendo com voz abafada: "Reviste-me". Quando os mensageiros de Tangen o revistaram, fizeram-lhe tantas cócegas que ele teve de rir. Com isso, o sol escapou de sua boca para o céu e iluminou o mundo.

A mulher do sol
Uma mulher *chukchi* casou-se com o sol, mas um escaravelho preto a convenceu a trocar de roupa com ele, fazendo o sol pensar que ele era sua mulher e levá-lo para casa. A verdadeira esposa deu à luz um filho, que saiu em busca do pai. O sol matou o escaravelho e levou de volta a verdadeira esposa. Quando ela sentiu saudades de casa, ele estendeu um raio até a terra para que eles pudessem descer e visitar o pai dela. Como o sol é feminino para os inuítes, seu mito conta que ela foi raptada pelo irmão da lua.

O corvo que criou o mundo
Um mito *chukchi* conta que um corvo criou a terra com suas fezes e sua urina. Ele cortou árvores e, dos pedaços, criou os animais terrestres e marinhos.

Sedna
Sedna, senhora dos animais marinhos dos inuítes (cuja história também é conhecida dos *chukchis*), é representada com os cabelos emaranhados e segurando seus dois filhotes. O senhor dos animais terrestres é Igaluk, o homem-lua.

A mulher da lua
A mulher da lua aparece com metade da face preta de fuligem. Há muitas versões de sua história: os *chukchis* contam que a lua a salvou de um marido violento; em outra versão, ela foi abandonada para morrer de fome. Arrastando-se em busca de comida, ela chegou à casa da lua e tornou-se sua esposa. Depois que quebrou um tabu, foi mandada de volta à terra.

Caçadores de focas
Dois primos *chukchis* moravam à beira-mar. Quando um deles perdeu suas habilidades de caçador, o outro deixou-o em uma ilha para morrer. Três dias depois, o solitário ouviu uma voz dizendo-lhe para tomar coragem e viu uma baleia encalhada na praia – alimento para um ano. Um ano depois, o primo mau voltou, chamando: "Primo, você está aí?", mas não houve resposta. Vendo os ossos da baleia, o primo mau saiu da canoa para olhar. O outro saltou dentro da canoa e remou para longe. Quando voltou, um ano depois, e viu o esqueleto do primo, chutou o crânio dele e disse: "Você teve o que mereceu".

Espíritos da praia
Auas são pequenos espíritos femininos que vivem perto da praia. Usam um capuz pontudo de pele na cabeça e são luminosas, alegres e prestativas com os homens. Elas são da altura de um braço de homem.

Viajantes de caiaque
Tanto o mito chukchi *quanto o inuíte contam que a terra só tinha uma entrada, situada em uma alta montanha. As pessoas vinham ao mundo por essa abertura. Mais tarde, viajantes em um caiaque encontraram a entrada, mas o precipício se fechou e quebrou uma ponta do caiaque – e é por isso que hoje os caiaques só têm uma ponta.*

Lendas de Quetzalcoatl

Quetzalcoatl foi um dos mais importantes deuses astecas – um deus criador, que deu o milho aos homens e lhes ensinou as muitas artes e ciências, entre elas a de medir o tempo. Também deus do ar, ele atuava como um abridor de estradas para os deuses da chuva, doadores da vida. Com esse disfarce, no qual é chamado de Ehecatl (que significa "vento"), ele desceu a Mictlan, o mundo subterrâneo, para roubar os ossos da humanidade, de seu pai Mictlantecuhtli, deus dos mortos (*ver abaixo*). Entretanto, na fuga ele deixou cair os ossos, que foram bicados por uma codorna. Assim, quando Quetzalcoatl espalhou seu próprio sangue sobre eles a fim de criar os humanos, a nova raça tinha homens de diferentes tamanhos, condenados a morrer de novo. O grande rival de Quetzalcoatl era seu irmão Tezcatlipoca, deus da guerra, que conseguiu se livrar de Quetzalcoatl levando-o a beber pulque e, bêbado, dormir com sua irmã, Quetzalpetlatl. Envergonhado, Quetzalcoatl navegou para o leste em uma jangada de serpentes, prometendo voltar. Em 1519, quando o espanhol Hernando Cortés aportou no México vindo do leste, os astecas acreditaram que era Quetzalcoatl que voltava.

Deusas astecas

Os astecas veneravam algumas deusas importantes. Coyolxauhqui desempenha um papel ativo na mitologia asteca como a irmã mais velha e má de Huitzilopochtli, o deus supremo, associado ao sol e ao fogo. Quando Coyolxauhqui descobriu que sua mãe, Coatlicue, estava grávida, atacou-a num surto de ciúme com a ajuda de seus 400 irmãos. Nos estertores da morte, Coatlicue deu à luz Huitzilopochtli, o deus supremo, que nasceu totalmente armado e desmembrou sua traiçoeira irmã. Essa batalha primal forneceu o modelo mítico para o sacrifício humano dos astecas. Outras deusas, como Xochiquetzal, deusa do amor, sempre representada na flor de sua juventude e beleza, eram menos ferozes. Embora Xochiquetzal também seja associada à gravidez e ao parto, ela partilhava essa função com Chalchiuhtlicue, deusa dos lagos e dos rios, quase sempre representada com duas crianças nascendo numa corrente de debaixo de sua saia de jade. Outras deusas importantes são Chicomecoatl, deusa do milho, e Tlatzeotl, deusa da purificação e da cura.

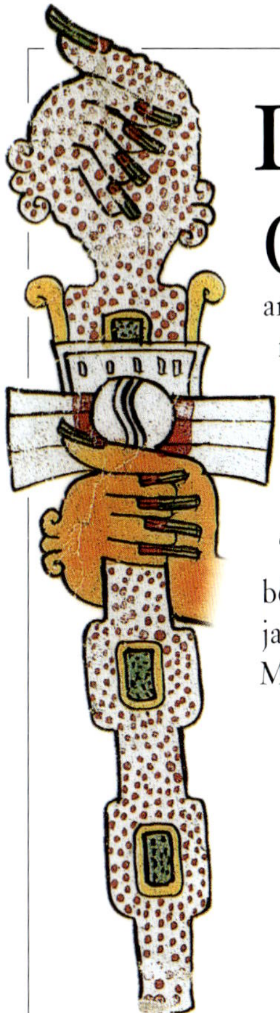

Bastão ritual
O bastão ritual com sinos é feito de osso e chamado chicahuaztli.

Glifos
Os glifos dos dois lados da imagem são um calendário do ano ritual de 260 dias, o *tonalpohualli*, ou "livro dos dias", que se dividia em 20 períodos de 13 dias. Esse calendário ritual mostra como os astecas entendiam o complexo inter-relacionamento entre o mundo dos homens e o mundo dos deuses. Era concomitante com o calendário anual de 365 dias (sem o ajuste dos anos bissextos). Os dois calendários coincidiam a cada 52 anos, o que era motivo de júbilo.

Chapéu cônico
O chapéu cônico de Quetzalcoatl, o *copilli*, é uma de suas características mais evidentes. Seu templo, no lugar sagrado de Tenochtlican, tinha um telhado cônico, reminiscência de seu ornamento de cabeça. Uma das razões pelas quais Cortés foi confundido com Quetzalcoatl foi o chapéu de copa alta que ele usava.

Deus e rei
Em alguns documentos Quetzalcoatl é descrito apenas como um deus, mas outros o veem como uma encarnação humana e rei da lendária cidade de Tula. Todos os reis astecas o tinham como modelo.

Símbolo do vento
Este é o símbolo do dia do vento e lembra Quetzalcoatl em seu papel de deus do vento.

Deus dos mortos
Mictlantecuhtli, que aparece aqui como um esqueleto, está coberto de sangue e usa um colar com um olho. A cada 260 dias, um homem era sacrificado no templo de Tlalxicco, "o umbigo do mundo". A vítima então podia ser devorada pelos sacerdotes num ato de comunhão.

Quetzalcoatl é conhecido como a Serpente Emplumada, porque é metade cascavel e metade pássaro. *Quetzal* significa "pássaro do paraíso", e coatl, "serpente". Quetzalcoatl é associado ao sol.

Deus do vento
Quetzalcoatl é visto aqui como Ehecatl, deus do vento. Usa um peitoral em forma de concha, chamado "joia do vento", e uma máscara de pássaro vermelha (baseada no bico de um pato) com ferozes incisivos. Os astecas acreditavam que o sol se movia ao sopro de Quetzalcoatl.

Pontos de sangue Os astecas acreditavam ter uma dívida para com os deuses, que tinham extraído o próprio sangue para criar a nova raça humana. E retribuíam os deuses com seu sangue.

Morte Este é o símbolo do dia da Morte e evoca Mictantlecuhth, deus da morte.

Crânio Os deuses são sustentados por um crânio esquemático que pode simbolizar a terra.

Vítima de sacrifício Este hieróglifo, *chalchiuitl*, era usado para marcar uma vítima ou um local de sacrifício.

Cervo O cervo é o terceiro período de 13 dias do calendário asteca. Começando pelo crocodilo, lia-se na seguinte ordem: crocodilo, jaguar (lado oposto), cervo, flor, junco, morte, chuva, relva, serpente, rocha, macaco, lagarto, movimento, cão, casa, abutre, água, vento, águia, coelho.

Discos dos dias Esses 12 pontos representam o período do dia 2 ao dia 13 de cada "mês". O crocodilo à direita é o primeiro dia do primeiro "mês; o primeiro ponto é o segundo dia, o segundo ponto o terceiro dia, e assim por diante. A primeira imagem do lado esquerdo é o primeiro dia do "mês" seguinte, e os pontos correm da esquerda para a direita até chegar ao cervo, e daí da direita para a esquerda até a flor, e assim por diante, até chegar ao coelho, no canto superior esquerdo.

"Quetzalcoatl veio ao Reino dos Mortos, ao encontro do Senhor e da Senhora dos Mortos. Ele disse 'Vede por que vim. Estais escondendo os preciosos ossos. Vim para buscá-los'."

Lenda dos sóis

O LIVRO DOS SEGREDOS DOS ASTECAS
Essa ilustração de um manuscrito asteca, hoje conhecido como Codex Borgia, *mostra Quetzalcoatl como Ehecatl, deus do vento, e como Mictlantecuhtli, deus dos mortos, colocados um de costas para o outro sobre um crânio voltado para cima. O manuscrito era usado provavelmente por um sacerdote asteca para prever o futuro; muitas páginas, inclusive esta, contêm calendários.*

Essa representação dos dois deuses opostos mostra-os como dois aspectos do mesmo ser. A dualidade dos opostos (vida e morte, dia e noite) é fundamental no pensamento religioso mesoamericano. O céu superior era governado por Ometeotl, deus da dualidade, que era macho e fêmea. Em sua descida ao Mictlan, Quetzalcoatl foi acompanhado por seu "duplo", o deus coiote Xolotl, que significa "gêmeo".

O chapéu de Quetzalcoatl
Em seu papel de deus do vento, Ehecatl, Quetzalcoatl às vezes usa um chapéu com o desenho de uma pele de jaguar ou, como aqui, dividido em duas partes, uma vermelha e outra preta, com um olho no meio; as penas da parte traseira também têm outro par de olhos. Acredita-se que o desenho da escada represente o movimento do vento. Na faixa do chapéu estão os instrumentos de sangria – uma faca de osso e um espinho de agave.

Tlaloc, deus da chuva

Tlaloc era o deus asteca da chuva e do relâmpago. É reconhecido pelos "olhos arregalados" e dentes de jaguar. A origem desse jaguar está na civilização olmeca, cujo deus da chuva era representado como meio homem e meio jaguar. Alguns estudiosos acreditam que o mito de criação olmeca falava da cópula entre uma mulher e um jaguar, fazendo dos olmecas "o povo do jaguar". Tlaloc era chamado "o provedor", porque a chuva fazia crescer o milho. Era o governador do clima e dos espíritos da montanha.

Nessa pedra entalhada, Tlaloc aparece virando um de seus nove baldes de chuva.

Os heróis gêmeos

Os heróis gêmeos, Hunahpu e Xbalanque, eram deuses maias venerados na América Central por terem livrado o mundo de gigantes terrestres e outros monstros. Na história abaixo, eles salvam seu pai e seu tio do Xibalba, o mundo subterrâneo. Anos antes de seu nascimento, seu pai, Hun Hunahpu, e seu tio, Vucub Hunahpu, foram desafiados pelos senhores do Xibalba, o deus da Morte Única e o deus das Sete Mortes, numa partida de *tlachtli*, jogo de bola ritual dos maias. Mas foram enganados, sacrificados e enterrados sob o campo. Quando os gêmeos cresceram e ficaram sabendo do destino do pai, enfrentaram muitos perigos para chegar às profundezas do Xibalba e se vingar. Quando lá chegaram, derrotaram os senhores do Xibalba no *tlachtli*, mas acabaram na Casa das Lanças, onde foram apunhalados por demônios. Fugiram, mas foram então trancados nas casas do Frio, dos Jaguares, do Fogo e dos Morcegos. Por terem sobrevivido a todas elas, os gêmeos se vangloriaram de ser imortais e, para prová-lo, foram sacrificados e tiveram os ossos triturados como farinha. Quando voltaram à vida, os inimigos ficaram tão impressionados que quiseram experimentar a morte e o renascimento. Então os gêmeos os mataram, mas não os ressuscitaram. Em seu lugar, trouxeram de volta o pai e o tio e foram para casa.

Jaguar-Lótus

O Jaguar-Lótus ocupa dois cantos do templo; os outros dois (um é escondido) mostram os monstros Xocfish. O Jaguar-Lótus é uma das formas do deus Jaguar do submundo, que representa o sol no mundo dos mortos.

OS HERÓIS GÊMEOS

Esta imagem foi extraída de um vaso e mostra os heróis gêmeos disfarçados na presença do deus da Morte Única, senhor supremo do mundo subterrâneo. Essa história é contada no Popol Vuh, *ou "Livro do Conselho", um registro da mitologia maia.*

Machado
Hunahpu aparece sacrificando um homem para provar seus poderes. Ele empunha o machado sacrificial de Chac-Xib-Chac, deus ligado à dança da morte.

Vítima de sacrifício
O papel do homem como vítima do sacrifício se revela no *akbal*, "escuridão", sinais em suas costas e sua perna.

Hunahpu
Hunahpu usa uma saia de pele de jaguar e a faixa de cabeça do deus Bobo. Os reis maias usavam os ornamentos de jade desse deus; um bobo da corte era o disfarce perfeito para Hunahpu, já que ele fazia truques de mágica para divertir os deuses do Xibalba.

Serpente
Uma serpente brota da vítima em direção a Xbalanque. Ela é um símbolo do renascimento, gerada pelo sangramento. As visões de serpentes geralmente surgem de uma oferenda sangrenta, cuspindo deuses e ancestrais.

Xbalanque
Como o irmão, Xbalanque também está disfarçado, mas sua identidade é revelada pela pata de jaguar no nariz de sua máscara. Xbalanque costumava ter algum sinal de jaguar no rosto, nos braços e nas pernas.

Os heróis gêmeos primeiro sacrificaram um cão e o reviveram, depois um homem e, finalmente, Xbalanque sacrificou Hunahpu e o ressuscitou. Morte Única e Sete Mortes imploraram para ter a mesma experiência, mas, depois de matá-los, os gêmeos não os ressuscitaram e humilharam os outros senhores do Xibalba, restringindo seu poder.

Os principais deuses dos incas do Peru

Os incas do Peru veneravam Inti, o sol, como seu ancestral. Sua mulher e irmã era Mama Kilya, a lua. Os principais deuses, Pachacamac, deus do fogo e da terra, e Viracocha, deus da água e da chuva, eram considerados seus filhos. Viracocha, cuja mulher e irmã era a mãe do mar, Mama Cocha, também era considerado um deus criador. O primeiro mundo que ele criou era um mundo escuro, povoado por gigantes de pedra. Mas, devido à sua desobediência, ele os puniu com uma grande inundação. Depois ele criou os humanos do barro e iluminou o mundo, enviando o sol, a lua e as estrelas de sua casa no lago Titicaca para os céus. Depois de ensinar os homens a viver no mundo, ele navegou para longe como Quetzalcoatl *(ver p. 98)*.

A HISTÓRIA DA MULHER-COBRA

Esta cobra celeste de duas cabeças do Peru lembra as cobras de cabeça humana que eram servas de Pillan, deus do trovão dos ameríndios do Chile. Espíritos celestes como esse podiam ser invocados por um xamã em um ritual mágico, de iniciação ou de cura. Não se conhece a mitologia exata deste tecido, mas pode representar um mito dos *sharanahua* do Peru sobre a Mulher-Cobra, que foi atraída para fora de seu lago por um homem que queria seduzi-la. Mas quando ele a agarrou, ela ficou enorme e atingiu o céu. Depois encolheu ao seu tamanho original, se enrolou ao redor dele e o arrastou para a sua casa debaixo da água. O homem achou sua nova esposa muito bela, mas, quando bebeu o *shori*, uma bebida alucinógena, viu-a em sua verdadeira forma e se apavorou. Embora a Mulher-Cobra o tenha acalmado, ele estava infeliz, e o irmão dela se apiedou dele e levou-o para casa.

Este tecido encontrado num antigo túmulo peruano mostra uma cobra celeste de duas cabeças.

CORUJA-ARARA
A coruja-arara, mensageira do Xibalba, pousa sobre o chapéu do deus da Morte Única. As corujas mensageiras eram guias ao mundo subterrâneo.

TESTA PONTIAGUDA
Na cultura maia, uma testa comprida e pontiaguda era considerada sinal de beleza. A cabeça dos bebês era amarrada para que o crânio atingisse essa forma.

DEUSAS CARECAS
O deus da Morte Única é servido por cinco deusas carecas, representadas como mulheres nobres e belas. Esta está derramando líquido em uma vasilha – provavelmente pulque, uma bebia alcoólica.

O HERÓI
Os gêmeos aparecem mascarados e disfarçados, tendo ressuscitado depois de terem sido sacrificados pelo deus da Morte Única e pelo deus das Sete Mortes.

CHAMANDO A ATENÇÃO
Uma das deusas cutuca o pé da outra a fim de chamar sua atenção para o sacrifício que está sendo realizado pelos heróis gêmeos. Na terra dos mortos, o poder de ressurreição dos gêmeos deve ter parecido milagroso.

DEUS DA MORTE ÚNICA
O senhor supremo do Xibalba, o deus da Morte Única, senta-se num trono em um templo subterrâneo, cercado por deusas. Aqui ele aparece atando os punhos de uma delas, que está ajoelhada à sua frente. Duas outras sentam-se de pernas cruzadas a seus pés, enquanto uma quarta lhe prepara uma bebida e uma quinta se inclina sobre sua almofada.

O MUNDO DOS MORTOS, Xibalba, era um inferno terrível, cujo nome significa literalmente "lugar de terror". Só os que morriam de morte violenta iam para o céu; todos os outros eram enviados ao Xibalba, que ficava a oeste e era acessado por uma caverna.

O coelho escrevente

Um coelho escrevente anota em um código atado com couro de jaguar. Um coelho ajudou os gêmeos no início do jogo – Hunahpu teve e cabeça decepada por um morcego, e os deuses do mundo subterrâneo decidiram usá-la como bola. Para que Hunahpu recolocasse a cabeça no lugar, o coelho fingiu ser uma bola e saiu correndo à frente dos deuses da morte.

A arte maia às vezes mostra um coelho roubando as riquezas do deus da Morte Única. Os escribas maias eram em geral os macacos gêmeos, Hun Batz e Hun Chuen, meio-irmãos dos heróis gêmeos.

O Tempo do Sonho

O Tempo do Sonho da mitologia aborígene australiana costuma ser chamado de *Altjeringa*. É o tempo da criação do mundo, que entretanto não se situa no passado, mas num presente eterno, que pode ser acessado num ritual. Histórias do Tempo do Sonho contam os feitos de seres ancestrais, dos quais todas as ações futuras serão meras cópias. Os traços do tempo dos ancestrais estão codificados em canções e inscritos em pinturas, que formam um mapa mitológico da paisagem australiana – uma rede de memórias sagradas cujo núcleo fica em Uluru (rocha de Ayers). Os ancestrais do Tempo do Sonho eram seres que dormiam no mundo primordial e que depois despertaram e criaram os homens e uma paisagem onde eles podiam viver. A pintura abaixo conta a história do Sonho do País do Fogo, um mito que pertence ao povo *warlpiri*, do centro da Austrália. Nele, dois ancestrais do clã Jangala são perseguidos por seu poderoso pai xamã porque acidentalmente mataram e lhe ofereceram um canguru que era sagrado para ele. Por vingança, o xamã envia um fogo mágico atrás deles, que os persegue onde quer que eles vão e os queima da cabeça aos pés.

Lagarto-Monitor

Muitos mitos falam de animais que viviam no Tempo dos Sonhos, dos quais um dos mais importantes é o lagarto-monitor, que, entre outras coisas, era o inventor da canoa. O povo do rio Murrumbidgee conta que os animais decidiram casar entre si, e os lagartos-monitores machos deviam se casar com gralhas ou marrecas. Por alguma razão, esses lagartos, que eram vegetarianos, começaram a comer a carne de seus próprios filhotes e de ouriços bebês – uma dieta que os tornou preguiçosos e desonestos. Certo ano houve uma seca que afetou todos os animais, menos os lagartos-monitores, que tinham um suprimento extra de água. As novas esposas imploraram a eles que partilhassem sua água com as emas e os ouriços, que estavam morrendo de sede, mas eles se recusaram. Então a mulher do lagarto-monitor chefe encontrou o reservatório secreto e, com a ajuda dos espíritos das moitas, a fez fluir para o rio Murray em uma torrente que separou os lagartos-monitores de suas esposas. Desde então, as marrecas se recusam a se casar com os lagartos-monitores.

O sonho do lagarto-monitor, *de Kaapa Tjampitjinpa (c. 1920-1989).*

Lanças
O homem velho, assim como seus filhos, tinha suas lanças sempre preparadas. O objeto oval à esquerda é a atiradeira de lanças.

O homem-lagarto da língua azul
Este é o homem velho, o lagarto da língua azul, que fingia ser cego para que os filhos caçassem para ele. Mas, quando os filhos deixaram o acampamento, teve que encontrar armas e caçar sua própria carne, que não dividia com eles.

Fogueira
Duas fogueiras marcavam o acampamento que pertencia aos dois irmãos Jangala e a seu velho pai. Os irmãos saíam para caçar, deixando o pai no calor do fogo.

Maldição
Esta marca preta é a maldição criada pelo velho para perseguir e matar seus filhos.

O SONHO DO PAÍS DO FOGO
Dolly Nampijinpa Daniels e Uni Nampijinpa Martin
A história do Sonho do País do Fogo é um importante mito do povo **warlpiri**. *Esta versão foi extraída do relato oral de Uni Nampijinpa em 1990. A palavra* **warlpiri** *para "sonho" é* **jukurrpa**.

Dois filhos
Os dois filhos do velho, os irmãos Jangala, são descritos como belos jovens que enfrentaram dor e dificuldades para cuidar do pai. Eles lhe davam o melhor que havia para comer, como a cauda do canguru.

Pegadas da caçada dos filhos
As pegadas dos filhos durante a caçada levam a Kirrkirrmanu, onde eles mataram o canguru sagrado.

Local da morte
Este é Ngarra, um lago salgado, onde os irmãos pararam, exaustos, para continuar. É um lugar sagrado, que só homens podem visitar. As duas linhas verticais abaixo dele são os corpos dos dois irmãos.

Pegadas de ema
Estes traços representam as pegadas de uma ema com a perna quebrada. Outro mito *warlpiri* conta que uma ema viajava pelo País do Fogo alimentando-se de arbustos e pondo ovos. Esta paisagem sagrada lembra suas pegadas.

Os acampamentos dos filhos
Estes círculos marcam os locais onde os filhos acamparam. As pegadas em forma de ferradura indicam os filhos. À noite, quando eles dormiam, o fogo morria, e só voltava a se acender quando eles despertavam.

A fuga dos filhos
Estas pegadas mostram a trilha percorrida pelos filhos fugindo do fogo. Queimados dos pés à cabeça, eles estavam em agonia e quase mortos.

Fronteira
Esta é a fronteira com o território do povo *pitjatjantjara*. A parte da história que narra o que aconteceu quando o fogo levou os irmãos Jangala além da fronteira pertence aos *pitjatjantjaras*.

Bunjil, o supremo criador

Bunjil, a águia, é o supremo deus criador dos povos *koori* de Victoria. Tinha duas esposas e um filho, Binbeal, o arco-íris. Bunjil criou as montanhas e os rios (inclusive a baía de Port Phillip), a flora e a fauna, e ensinou a humanidade a viver. Depois pediu a Bellin-Bellin, o corvo, seu rival, para abrir sua bolsa e deixar sair o vento. Quando Bellin-Bellin fez isso, um tufão arrancou as árvores da terra. Bunjil pediu mais vento, e Bellin-Bellin abriu a bolsa uma vez mais, até que Bunjil e sua família voaram para o mundo do céu. Os *kooris* acreditavam que o céu era sustentado por quatro colunas. Logo depois da chegada do primeiro homem branco, correu a notícia de que a coluna que sustentava o céu oriental estava apodrecendo. Logo depois o céu caiu.

As pegadas do velho
As pegadas do velho durante a caçada levam a Ngama, a Caverna da Cobra. E foi da Cobra do Arco-Íris (ver p. 105) que o velho extraiu seus poderes mágicos.

O poder sobre o fogo é um atributo dos xamãs aborígenes, ou "homens de alto grau". Entre o povo de língua *kattan*, que ocupava a margem norte de Port Stephens, a cerimônia de iniciação envolvia um processo de morte e renascimento, durante o qual o iniciado era atirado numa fogueira e depois erguido sobre ela até se queimar.

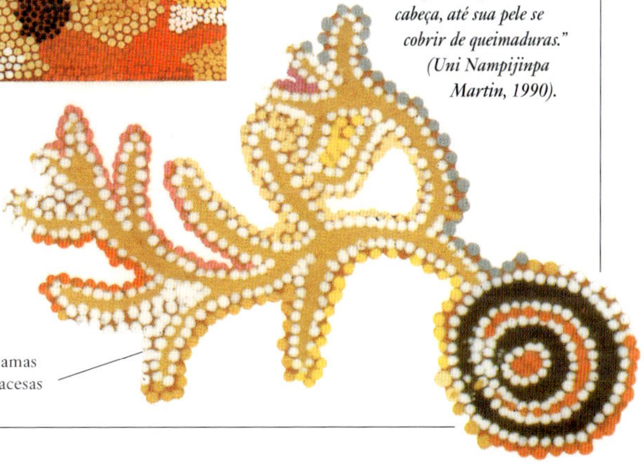

O fogo contínuo
Os Jangalas são perseguidos por um fogo "sempre presente, sempre presente… Por mais que eles tentem apagá-lo… ele devora seus pés, seus joelhos, sua cabeça, até sua pele se cobrir de queimaduras." (Uni Nampijinpa Martin, 1990).

A morte de Lumaluma

Lumaluma era uma baleia que saiu do mar em forma humana em Cape Stewart, perto de Milingimbi, na costa central de Arnhem Land, na Austrália. Em terra firme, ele adquiriu duas mulheres e partiu para o oeste, levando importantes rituais religiosos – *mareiin, ubar* e *lorgun* – como presentes para a humanidade. Mas Lumaluma era guloso e abusou de sua sagrada função: sempre que via um alimento delicioso, como mel silvestre ou suculentas batatas-doces, o declarava sagrado, ou seja, *mareiin*, e que portanto só ele podia comer. Mas ao mesmo tempo ele demonstrava os rituais, batendo seus bastões e dizendo: "Tudo isto é bom". Um dia chegou a um lugar onde o povo tinha montado acampamento e ouviu árvores sendo derrubadas. Vendo as fogueiras acesas e a comida preparada, correu em direção a eles e declarou a comida sagrada. Comeu toda a comida, deixando apenas migalhas para o povo do acampamento. Isso aconteceu muitas vezes, até que, finalmente, ele passou a comer os corpos de crianças mortas. Foi a afronta final e o povo de Arnhem Land pegou suas lanças e atiradeiras e matou Lumaluma e suas mulheres.

Lumaluma
Furioso e vendo esgotada sua paciência, o povo de Arnhem Land matou Lumaluma com suas lanças. Depois de matá-lo, amarrou o corpo com uma corrente para mantê-lo encostado ao tronco de uma árvore na praia.

Cabanas rituais
Lumaluma está cercado pelos ramos de uma cabana que foi construída sobre seu corpo. Essas cabanas eram erguidas em terreno sagrado como parte de rituais ensinados por Lumaluma.

Desenhos sagrados
O corpo de Lumaluma está coberto de desenhos que ele cortou na pele antes de morrer para demonstrar a cerimônia *mareiin*. As linhas cruzadas de cor ocre contam histórias sagradas do país ancestral de cada homem. Outros elementos dos ensinamentos de Lumaluma eram danças e cantos sagrados usados em cerimônias religiosas.

Lumaluma moribundo
Quando os homens começaram a lancetá-lo, Lumaluma lhes pediu que fossem mais devagar, para que ele tivesse tempo de lhes ensinar como se transformarem na cerimônia *mareiin* quando chegassem a seu lugar sagrado.

As esposas
Quando Lumaluma saiu do mar, roubou duas esposas no momento em que os maridos estavam fora pescando. Essas mulheres viajaram com ele e o acompanharam na morte. Seus esqueletos descansam perto do dele. Como Lumaluma, elas continuaram ensinando os rituais das cerimônias religiosas femininas enquanto eram assassinadas.

Caixão de madeira
O caixão de madeira mostra uma cobra-d'água de um lado e um lagarto-monitor do outro (oculto da vista). Acima há um longo peixe esculpido por membros do clã Yiridja. Esses desenhos tradicionais também são usados em pinturas corporais, esculturas e pinturas em cortiça.

Metades

Na Arnhem Land, tudo no universo pertencia ao clã Dua ou ao clã Yiridja, as duas metades em que o mundo se dividia no Tempo dos Sonhos. O mito dos Djanggawul – duas irmãs eternamente grávidas e seu irmão – pertence aos Dua, enquanto o de Barama e Laindjung pertence aos Yiridja. Foram esses ancestrais que trouxeram aos clãs seus objetos e desenhos sagrados. Como Lumaluma, eles ensinaram ao povo muitos rituais sagrados.

Contam alguns que Lumaluma andava acompanhado da Cobra do Arco-Íris. Se seus atacantes o tivessem enterrado, ele teria morrido para sempre. Mas, como foi deixado na praia, conseguiu deslizar de volta ao mar e retornar à vida como uma criatura marinha "semelhante à Cobra do Arco-Íris". Mas nunca voltou à terra.

A história de Lumaluma foi contada à antropóloga Catherine H. Berndt em 1950 por *Mangurug*, uma das mulheres mais velhas do povo *gunwinggu* (ou *kunwinjku*), da Arnhem Land ocidental, que considera Lumaluma seu ancestral sagrado. O artista é um homem do clã Born, do povo *gunwinggu*.

A Cobra do Arco-Íris

A Cobra do Arco-Íris, importante figura da mitologia aborígene, teria emergido de um poço durante o Tempo dos Sonhos, época da criação, ao qual ainda hoje se pode ter acesso por meio de rituais religiosos. À medida que ela viajava pela terra, seus movimentos criavam as montanhas, os vales e principalmente os rios da paisagem ancestral, hoje locais sagrados da cultura aborígene. Agora, a imensa cobra se curva acima da terra como o arco-íris e pode ser vista no reflexo da luz na água – no mar à noite, nas poças de água e até nas gotas faiscantes de uma cascata – e em substâncias como o cristal de quartzo e as conchas das pérolas. É da Cobra do Arco-Íris que os xamãs aborígenes, ou "homens de alto grau", obtêm os poderes que manipulam por meio de cristais de quartzo. A Cobra do Arco-Íris tem vários nomes. Para o povo *gunwinggu*, ela é Ngalyod e se apresenta como várias cobras, e não como apenas uma criatura. Uma história conta que os *gunwinggus* mataram uma Ngalyod que tinha engolido toda uma comunidade porque estava irritada com o choro constante de uma criança.

O Sonho da Cobra, ***1989, de Keith Kaapa Tjangala (n. 1962).***

A MORTE DE LUMALUMA,
1988, Djorlom Nalorlman

Este quadro mostra a morte de Lumaluma, importante ancestral, que ensinou rituais religiosos à humanidade. Pintado em cortiça, com pigmentos terrosos sobre um fundo ocre, a imagem mostra o clímax do mito de Lumaluma como um friso para ser lido da direita para a esquerda. No alto, os homens dos clãs Dua e Yiridja (ver abaixo) são vistos embarcando em suas canoas; à esquerda, eles matam Lumaluma; seu esqueleto e os de suas esposas aparecem no canto inferior esquerdo. Vários objetos sagrados estão representados ao lado dos esqueletos.

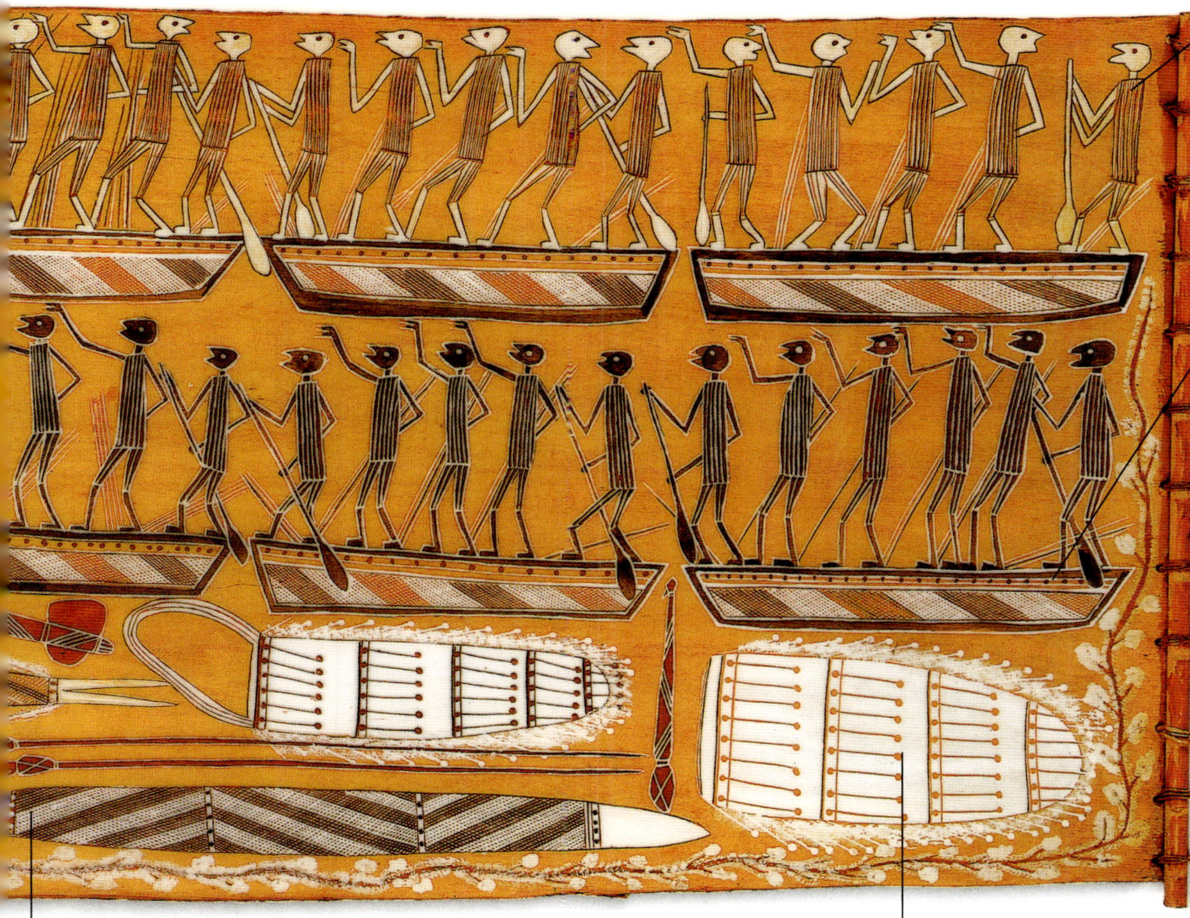

Em busca de retribuição
Homens dos clãs Dua e Yiridja, metade do povo *yolngu*, saíram em busca de Lumaluma. As comunidades aborígenes muitas vezes se dividem em duas partes, e cada uma leva o nome de seu espírito ancestral. Os heróis ancestrais do clã Dua vieram por mar, e os do clã Yiridja, por terra.

Canoas
Alguns dos homens que perseguem Lumaluma estão em canoas, porque ele seria na origem uma criatura marinha, uma baleia. Mesmo quando estava em forma humana, ele podia se transformar numa baleia para pescar. Como outros artefatos aborígenes, as canoas teriam se originado no Tempo dos Sonhos dos ancestrais. A primeira canoa foi construída pelo lagarto-monitor em forma humana.

Objetos sagrados
Quando Lumaluma morreu, os homens juntaram seus bastões, seu cesto e outros objetos sagrados que foram liberados de seu corpo para serem usados nas cerimônias religiosas. Este emblema sagrado foi esculpido por membros do clã Dua para representar um inhame. Também se veem um machado de pedra, uma bolsa do clã Yiridja (com alça), uma bolsa do clã Dua (sem alça) e, entre as bolsas, um *bondok*, ou atiradeira de lanças.

Bolsas
Estas bolsas são cestas feitas de fibras vegetais trançadas e eram usadas para carregar objetos sagrados. O conteúdo da bolsa era secreto, mas ela era usada abertamente e às vezes presa aos dentes durante uma cerimônia. Conta-se que as bolsas representam os ventres das irmãs ancestrais Djanggawul.

> *"Lumaluma continuou vivo por um tempo. Ele era um grande homem, e não morreu depressa. Ele lhes ensinou todos os rituais sagrados. Perguntou a eles: 'Entenderam tudo…? Entenderam todas as informações sagradas que lhes dei? Digam-me!'. E aquelas pessoas, as pessoas verdadeiras, responderam: 'Entendemos tudo'."*
>
> Mangurug, anciã do povo *gunwinggu*

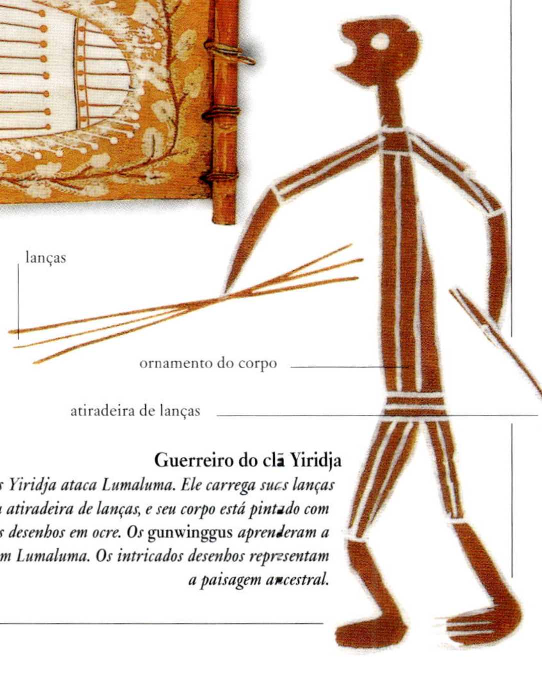

Guerreiro do clã Yiridja
Um guerreiro dos Yiridja ataca Lumaluma. Ele carrega suas lanças e seu **bondok**, ***ou atiradeira de lanças, e seu corpo está pintado com os tradicionais desenhos em ocre. Os gunwinggus aprenderam a pintura corporal com Lumaluma. Os intricados desenhos representam a paisagem ancestral.***

Mauí dos Mil Truques

Na mitologia polinésia, a criação do mundo é atribuída a Rangi, deus do céu, e Papa, mãe da terra, ou ao deus do mar Tangaroa (*ver à direita*). Entretanto, foi o herói Mauí (*mostrado aqui*) que pescou as ilhas da Polinésia do fundo do mar usando um anzol gigante. Sua mãe, Hina, que significa simplesmente "menina" ou "moça" (por confusão considerada sua esposa, irmã ou avó), engravidou por meios misteriosos (provavelmente por ter usado uma tanga masculina) e deu à luz Mauí ainda na forma de feto. Ele se tornou uma figura heroica, inteligente e forte, que mereceu o nome de Mauí dos Mil Truques. Era capaz de fazer qualquer coisa, menos vencer a morte (*ver abaixo*), e melhorou o mundo para a humanidade. Entre outras coisas, levantou o céu, roubou o fogo do mundo subterrâneo para a humanidade e capturou o sol. Achando que ele se movia rápido demais no céu, e querendo atrasá-lo, Mauí laçou-o com uma corda de fibra de coco, mas o sol reduziu a corda a cinzas. Então ele fez outra corda com os cabelos sagrados de sua irmã e aguardou na extremidade leste do mar. Quando amanheceu, ele atirou a corda e capturou o sol. E, por mais que o sol implorasse, Mauí não o soltou enquanto ele não prometeu dar dias mais longos no verão e mais curtos no inverno.

"Da concepção o crescimento,
Do crescimento o pensamento,
Do pensamento a lembrança,
Da lembrança a consciência,
Da consciência o desejo."

Canto mauí da criação

Horrorizado com os primeiros cabelos grisalhos da mãe, Mauí tentou conquistar a morte deitando-se à força sobre a deusa da morte, Hine-nui-te-po, enquanto ela dormia. Mas os pássaros nas árvores, achando aquilo muito engraçado, riram alto e acordaram a deusa, que esmagou Mauí até matá-lo.

Birote no topo
Muitos polinésios chamam Mauí de Mauí-tikitiki-a-Taranga. Conta o mito que sua mãe, aqui chamada Taranga, aninhou o feto no birote no alto da cabeça e o mandou para o mar. Como só homens usam um birote no alto da cabeça, e como outras fontes chamam o pai do herói de Ataraga, permanece o mistério sobre o nascimento de Mauí.

Tatuagens
As tatuagens de Mauí são típicas da cultura polinésia. A versão do mito na ilha de Manihiki diz que seu pai se chamava Manu-ahi-whare e sua mãe, Tongo-i-whare, ambos descendentes do deus Tangaroa da Face Tatuada. Em Raratonga, Mauí é filho de Tangaroa.

Deus nascido na concha
Tangaroa foi o primeiro deus. Ele vivia numa concha arredondada como um ovo. Nada existia; só existiam a concha e o vácuo. Finalmente, Tangaroa quebrou a concha e gritou: "Quem está aí? Mas não havia ninguém.

Criador de tudo
Como Tangaroa nasceu no meio do vazio, fez o mundo a partir de sua concha e de seu próprio corpo. A parte de cima da concha tornou-se o céu; a de baixo, pedra e areia. Sua coluna formou uma cadeia de montanhas; os órgãos internos, as nuvens; da carne, fez a terra. Até as unhas usou para formar os peixes e os seres marinhos. Tangaroa é muitas vezes descrito como o deus do mar.

Pai dos deuses
Tangaroa criou uma família de deuses a partir de si próprio. Aqui, os deuses recém-criados percorrem seu corpo.

Tangaroa gera os deuses
Esta estatueta de madeira de Tangaroa mostra-o gerando os deuses, que engatinham por todo seu corpo. Há uma abertura nas costas da estatueta, e dentro dela há outro grupo de deuses. O ventre de uma mulher era comparado a uma concha de Tangaroa.

Um mito da criação mais comum que a história de Tangaroa conta que o céu, Rangi, e a terra, Papa, dormiram juntos para criar os deuses. Os dois foram então separados por seu filho, irmão de Tangaroa. Na mitologia maori esse filho é chamado Tane (*ver boxe*), embora seu nome varie. Alguns cantos polinésios da criação são abstratos e filosóficos; outros são tão detalhados no relato da criação que chegam a celebrar o nascimento da poeira no ar a partir da união da "coisa pequena" com a "coisa imperceptível".

Tane, o deus da floresta

Tane, o deus da floresta, nasceu da união entre Rangi e Papa, o céu e a terra, assim como seus irmãos Rongo, deus das plantas cultivadas; Tangaroa, deus dos peixes e dos répteis; Haumia, deus das plantas silvestres; Tu, deus da guerra; e Tawhiri, deus da tempestade. Mas Rangi e Papa estavam tão ligados que os deuses não podiam sair do ventre da terra, e Tane teve que separar os pais à força. Embora geralmente fosse um deus pacífico, Tane vivia em constante conflito com seu irmão Tangaroa, porque dera aos homens a madeira e as fibras vegetais para a feitura dos equipamentos de pesca. O nome Tane significa "homem", e a ele é atribuído um papel fundamental na criação dos homens e em sua mortalidade. Conta-se que foi ele que criou sua mulher, Hine-hau-one, a partir da areia e soprou a vida em suas narinas. Mais tarde ele se casou com a filha, Hine-titama, Hina (a Donzela do Amanhecer) que, ao saber que ele era seu pai, fugiu e tornou-se Hine-nui-te-po, a deusa da morte. Antes disso a morte não existia.

Mauí pesca as ilhas

Esta escultura é uma representação do mito em que Mauí pesca as ilhas da Polinésia (aqui mostradas como um peixe). A escultura provavelmente é um pilar que sustenta a estrutura de uma casa. Ela mostra Mauí com três dedos. Conta-se que a primeira escultura dele com três dedos teria sido trazida da casa de Tangaroa no fundo do mar por um ancestral chamado Mutu, ao qual faltava um dedo.

Anzol
O nome do anzol de Mauí, Manai-a-ka-lani, significa "vindo dos céus". O anzol mágico foi presente de sua mãe, Hina, e pertenceu a Kuula, deus da pesca.

Pescando as ilhas
Mauí aparece pescando a Polinésia. Quando puxa a linha, Mauí provoca os irmãos pedindo que eles adivinhem que tipo de peixe ele pescou.

Peixe grande
O peixe que Mauí apanha, na verdade um pedaço de terra do fundo do mar, é descrito como vários tipos de peixe – às vezes como um *ulua* e outras como *haha kahaki*. Seja como for, o peixe era pesado demais para a frágil linha de Mauí, que não poderia tirá-lo totalmente da água. Então, o corpo do peixe se dividiu em vários pedaços, e é por isso que a Polinésia é formada por várias ilhas pequenas.

Olhos vigilantes
Os olhos da escultura representam Koururu, a coruja, que foi sacrificada pelo deus da agricultura, Rongo (no Havaí, Lono), e colocada debaixo da parede mais afastada da sua casa. Hoje os olhos de Koururu mantêm-se vigilantes nas esculturas presentes em muitas casas.

A descoberta da ilha de Páscoa

Misteriosas cabeças de pedra nas encostas da ilha de Páscoa.

Acredita-se que a ilha de Páscoa, a mais isolada das ilhas polinésias, seja o umbigo do mundo. Ela foi descoberta, segundo a crença local, por causa de um sonho. Bem longe, a oeste, um tatuador chamado Haumaka sonhou que viajava pelo mar e chegou a uma terra cheia de praias de areias brancas. Contou a seu mestre Hotu-matua (um dos dois homens que disputavam o trono em sua terra), que enviou seis homens em busca da nova terra. Esses homens se lançaram ao mar, levando fruta-pão, inhame, coco e outras sementes para plantar e, depois de uma longa viagem, chegaram à ilha de Páscoa, uma terra de prados ondulantes como o mar. Exploraram a terra e a consideraram inabitável, porque não havia água potável. Mas, quando voltavam para a praia, avistaram duas canoas – uma pertencente a Hotu-matua e a outra a Tu'u-ko-ihu, o sacerdote. Hotu chegou à terra primeiro, e seu filho, Tu'u ma heke, nasceu na praia. O sacerdote cortou o cordão umbilical da criança com os dentes, pôs o cordão em uma cabaça e a soltou no mar. Então as pessoas chegaram à praia – às centenas – para fundar a nova terra, com Hotu-matua como rei.

O BATIMENTO DO OCEANO

Um dia, os deuses hindus se reuniram no monte Meru, o umbigo do mundo, para discutir como obter o *amrita*, o elixir da imortalidade, que estava escondido no fundo do oceano. Por sugestão do deus Vishnu (*ver pp. 110-11*), eles decidiram tentar agitar o mar, usando Vasuki, a cobra, como corda, e o monte Mandara, colocado sobre uma tartaruga gigante, como pá. Os devas, deuses simpáticos à humanidade, pegaram numa ponta de Vasuki, e os assuras (ou antideuses), na outra. Como cada grupo puxava de um lado, a pá girava e agitava o oceano, que logo ficou leitoso e virou manteiga. Os deuses continuaram batendo e, pouco a pouco, "catorze tesouros" vieram à tona, entre eles o sol, a lua, a mulher de Vishnu, Lakshmi e, finalmente, Dhanvantari, o médico dos deuses, carregando o *amrita*. Devas e assuras pediram aos gritos para experimentá-lo, mas Vishnu os enganou, dando-lhes outra bebida, e apenas Rahu, um demônio monstruoso, deu um gole no elixir. Para impedir que ele alcançasse a imortalidade, Vishnu decepou sua cabeça, que continuou imortal e declarou guerra ao deus da lua, Soma, que engolia e regurgitava sem parar, numa tentativa de encontrar mais do elixir (também chamado soma).

Tesouros do oceano
O oceano ofereceu muitos tesouros, inclusive a árvore sagrada *parijati*, que perfumou todo o mundo com suas flores, e Airavata, o colossal elefante branco (*à esquerda*), montaria do deus Indra.

Oceano cósmico
Segundo o livro sagrado *Rig Veda*, no começo nada existia, apenas "escuridão envolta em escuridão". Esse estado geralmente é descrito como um oceano primal, no qual flutuava o ovo do mundo.

Lakshmi
Sentada ao lado de uma concha, símbolo de Vishnu, Lakshmi já foi retirada do oceano. A mulher à sua frente está puxando Chandra, a lua (também conhecida como Soma).

Devas
Os devas, que puxam pela cauda da serpente Vasuki, são os deuses. Costuma-se dizer que eles são 33. Seu lar é o monte Meru.

Brahma
Brahma, um dos principais deuses, tem quatro cabeças. Antes tinha cinco, mas Shiva cortou uma delas quando Brahma pretendeu ser superior a ele.

Tartaruga
Vishnu tomou a forma da tartaruga Kurma para ajudar os deuses a resgatar os tesouros do oceano. Por isso ele está presente tanto no alto quanto no fundo do monte Mandara, que agita o mar. Brahma também se transformou numa tartaruga para criar o mundo. Kasyapa, o pai dos assuras, também significa "tartaruga". Na mitologia hindu, o mundo descansa sobre uma tartaruga gigante.

Durga e o búfalo

Este marfim indiano mostra Durga matando o búfalo.

Durga, a deusa guerreira, é uma das formas da deusa-mãe hindu Mahadevi. Outra forma é a gentil Parvati, esposa de Shiva (*ver pp. 112-113*). Durga foi criada pelos deuses quando eles foram expulsos pelos assuras de seu lar no monte Meru. Surgindo das chamas da fúria dos deuses, ela entrou na luta montada em um leão e foi matando todos os demônios que encontrava pela frente até chegar ao líder, Mahisha, o demônio búfalo. Depois de uma luta terrível, Durga venceu-o e, com os pés em seu pescoço, obrigou seu espírito a sair pela boca e cortou-lhe a cabeça. Quando ele morreu, todos os deuses e criaturas do mundo gritaram "Vitória!" e um grande lamento se ergueu das hordas demoníacas.

Vishnu
Vishnu, visto aqui dirigindo o batimento do oceano, é reconhecido por suas quatro mãos, que carregam o **kaumodaki**, *o cetro, o* **sudarshana**, *o disco, o* **padma**, *o lótus, e o* **shankha**, *a concha. Sua mulher, Lakshmi, é a deusa da boa sorte. Também conhecida como Padma, o lótus, ela é um dos seres nascidos do batimento do oceano, assim como Chandra, o deus da lua, e Varuni, a deusa do vinho.*

Ciclos da criação

Existem muitos mitos hindus da criação, e os mais antigos envolvem o incesto entre pai e filha, que gera, de uma maneira ou de outra, todos os seres vivos. Um mito posterior conta que o deus Brahma se uniu à sua filha Vak, “o mundo”, para criar o primeiro homem, Manu (*ver p. 110*). A cada *kalpa*, ou 4.320 bilhões de anos humanos, Brahma é responsável pela criação do mundo. Cada *kalpa* representa um dia e uma noite para Brahma: durante o dia ele cria o universo, mas à noite o mundo reverte ao caos. À noite, Vishnu dorme sobre a serpente Ananta no oceano cósmico. Ao amanhecer, brota de seu umbigo um lótus contendo Brahma, que cria o mundo de novo.

Mil bocas
Até a infinita energia dos assuras foi minada pelas chamas que saíram das mil bocas de Vasuki. Cada vez que uma delas boceja, causa um terremoto. No fim do mundo, a serpente vai expelir o veneno que irá incendiar a criação.

Assuras
Os antideuses conhecidos como *assuras* eram inimigos dos deuses, ou devas. Os dois grupos viviam em guerra, mas nenhum deles triunfava. “Assura” originalmente significava “deus”, mas passou a significar “demônio”.

O livro sagrado *Rig Veda* fala do *amrita* (ou soma): “Bebemos o soma, tornamo-nos imortais, penetramos na luz, conhecemos os deuses”. O soma era um alucinógeno produzido a partir de uma planta.

A serpente do mundo
A serpente Vasuki, com a qual os deuses agitaram o oceano, pertence à espécie das nagas. Ela também é conhecida como Shesha e Ananta. Vive no oceano primal, enrolada na terra, e serve de cama para o deus Vishnu.

O sol
Uccaihsravas, o cavalo branco do sol, nasceu do mar de leite.

O médico dos deuses
Dhanvantari, o médico divino e o último a sair do oceano, carregava uma jarra de *amrita*, um dos tesouros que, por alguma razão, não tinham sido automaticamente recriados no início da nova era.

Monte de cabeça para baixo
Os deuses arrancaram o monte Mandara para usá-lo como pá no batimento do oceano. Depois que os devas venceram os assuras em batalha, os deuses repuseram o monte no Himalaia.

Vaca sagrada
Surabhi, a vaca da fartura, mãe de todos os rebanhos, é sagrada para os hindus. Quando Purusha, o primeiro ser, em geral identificado com Brahma, tomou a forma de todos os animais para trazê-los à vida, se transformou primeiro num touro e numa vaca.

Demônios enganados
Os devas convenceram os assuras a ajudá-los no batimento do oceano, prometendo partilhar com eles o elixir da vida – mas isso era um truque, e apenas um assura, Rahu, provou o elixir. Por isso, Vishnu cortou sua cabeça com o disco.

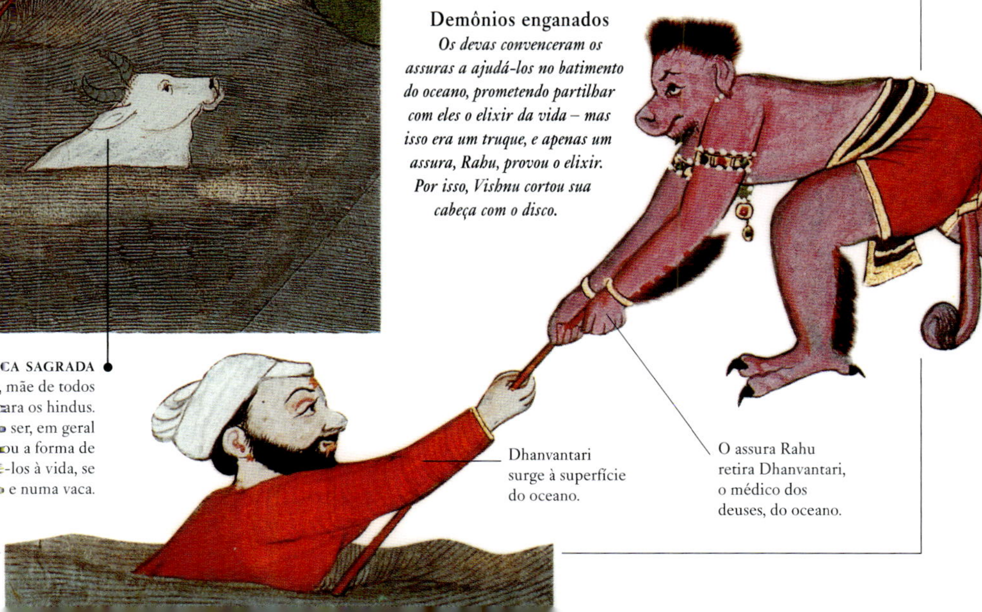

Dhanvantari surge à superfície do oceano.

O assura Rahu retira Dhanvantari, o médico dos deuses, do oceano.

Os avatares de Vishnu

Vishnu é um dos três deuses indianos mais importantes – os outros dois são Brahma e Shiva. Cada um tem uma função: Vishnu é o protetor e restaurador do mundo, Brahma, o criador, e Shiva, o destruidor. Embora Brahma tenha criado o mundo, conta-se que ele e Shiva nasceram de Vishnu: Brahma brotou de seu umbigo, e Shiva, de sua testa. Vishnu também é chamado "o deus das grandes passadas", porque com três passos podia atravessar o mundo. São inúmeras as histórias sobre Vishnu, das quais a mais importante fala de suas encarnações, ou avatares, formas humanas ou animais nas quais ele veio à terra para ajudar a humanidade. Na teoria, existiram nove avatares e o décimo ainda está por vir, embora sejam relatadas outras aparições. Lakshmi, mulher de Vishnu, sempre o acompanha em suas encarnações – por exemplo, como Sita, esposa do príncipe Rama (*ver pp. 114-115*), ou como a amante de Krishna, Radha, e como sua mulher, Rukmini. O fato de Lakshmi ter encarnado duas vezes na história de Krishna e a existência de outros avatares revelam a maneira como os mitos se modificavam, apropriando elementos de diferentes fontes em diferentes épocas, resultando quase sempre em versões diferentes de um mesmo tema.

Vishnu e Lakshmi

Vishnu e Lakshmi aparecem subindo ao seu paraíso de amor montados no pássaro sagrado Garuda, que era ligado ao fogo e ao sol. A devoção conjugal de Vishnu e Lakshmi se estende por todas as encarnações dele. Lakshmi nasceu no batimento do oceano de leite (*ver pp. 108-109*), que lhe oferece uma guirlanda de flores frescas todos os dias. Um de seus nomes, Padma, o lótus, a identifica com a perfeição dessa flor. Quando ela se banha, dois elefantes jogam sobre ela as águas do Ganges, o rio sagrado. Também conhecida por Shri (prosperidade), Lakshmi é a deusa da boa sorte, assim como do crescimento e da fertilidade.

Esta iluminura, de 1770, apresenta Vishnu e Lakshmi sobre Garuda, a montaria de Vishnu.

Matsya, o peixe
O primeiro avatar de Vishnu foi Matsya, o peixe, uma forma que ele assumiu para proteger Manu, o primeiro homem, do dilúvio. Quando Manu encontrou o peixinho, ele lhe disse: "Cuide de mim que eu cuidarei de você". Mas quando o peixe cresceu, Manu o soltou no mar. Então o peixe o avisou de que haveria um dilúvio e lhe disse para construir uma arca. Quando veio o dilúvio, o peixe desenvolveu um chifre, no qual Manu amarrou seu barco, usando Ananta, a serpente do mundo, como corda. Assim o peixe o rebocou para um lugar seguro.

Narasimha, o homem-leão
Houve um tempo em que um rei demoníaco, Hiranya-Kashipu, governava o mundo. Era cruel e mau, e invulnerável aos homens e animais, dentro e fora de casa, de dia ou à noite. Um dia, de brincadeira, Hiranya-Kashipu bateu numa coluna de seu palácio e perguntou se Vishnu estava dentro dela. Para sua surpresa, Vishnu surgiu, rosnando, sob a forma de um homem-leão (seu quarto avatar), que estraçalhou o demônio ao crepúsculo, no pórtico do palácio.

Varaha, o javali
Em sua terceira encarnação como Varaha, o javali, Vishnu salvou o mundo, que tinha sido inundado por um dilúvio e dominado pelo demônio Hiranyaksha. Varaha matou o demônio e levantou a terra de novo com seus caninos.

Kurma, a tartaruga
Kurma, a tartaruga, segundo avatar de Vishnu, sustentou o monte Meru e ajudou os deuses a resgatar os 14 tesouros do mar de leite (*ver pp. 108-109*).

Vamana, o anão
O quinto avatar de Vishnu, Vamana, o anão, nasceu para conter o poder de outro rei demoníaco, Bali. Quando pediu a Bali que lhe desse toda a terra que conseguisse abranger com três passos, o rei riu e lhe concedeu o desejo. E ficou horrorizado quando Vamana atravessou o mundo todo, deixando a Bali apenas o reino de Patala, embaixo da terra.

Rama, o nobre
Como Rama, seu sétimo avatar, Vishnu nasceu para matar o demônio Ravana. O rei Dasharatha rezava por um filho, e Vishnu lhe deu um pote do divino néctar, que devia partilhar com suas três esposas. Nasceram quatro filhos: Rama, que recebeu metade da essência divina; Bharata, que recebeu um quarto; e Lakshmana e Shatrughna, que receberam um oitavo cada. Portanto, os quatro irmãos partilham a divina natureza de Vishnu.

Parashu-Rama e seu machado
Em sua sexta encarnação, Vishnu nasceu na casta dos brâmanes. Nessa época, a casta dos guerreiros dominava o mundo, mas os deuses preferiam que os brâmanes governassem. Então Parashu-Rama (que também era um guerreiro) destruiu os guerreiros com seu machado e matou Kartavirya, seu deus de mil braços.

Krishna
Krishna, o oitavo avatar, é Vishnu em seu papel de amante. Ele amava Radha, e a história do seu amor é um dos temas preferidos da arte e da literatura da Índia. Entretanto, Krishna foi para a guerra, e a conversa filosófica que teve com Arjuna, seu cocheiro, tornou-se o *Bhagadvad Gita*, um dos livros sagrados do hinduísmo.

Kalkin, o cavalo branco
No fim desta era, quando a humanidade estiver totalmente degenerada, Vishnu virá em sua décima encarnação, montando um cavalo branco e brandindo uma espada flamejante para destruir os maus e reconstruir o mundo.

Buda
Buda, o nono avatar , mostrado aqui como um atributo de Vishnu, foi uma figura histórica. Ensinou a humanidade a libertar-se do desejo, da ilusão deste mundo e de suas infinitas encarnações. As encarnações anteriores de Buda são contadas nos **Contos Jataka.**

Krishna e as *gopis*
Krishna aparece tocando sua flauta, acompanhado de Radha, sua gopi preferida, uma das jovens de sua tribo adotiva que estavam apaixonadas por ele. As histórias sobre Krishna são tão disseminadas que, como Rama, ele podia ser considerado um deus, quando na verdade era apenas uma manifestação de Vishnu. Seu nome significa "preto", o que, com sua flauta, pode indicar a origem tribal desse avatar.

OS AVATARES DE VISHNU
Essa pintura do século XVIII proveniente do Rajastão, no norte da Índia, mostra os dez avatares oficiais de Vishnu. No centro ele aparece como Krishna, acompanhado de sua amante, Radha, e de duas vaqueiras. As outras nove encarnações – cinco humanas, quatro animais e uma mista – estão representadas ao redor.

O deus Krishna

Durante sua nona gravidez, a mãe de Krishna, Devaki, foi aprisionada por seu irmão mau, o rei Kamsa, porque uma profecia previra que seu oitavo filho o mataria. Mas Devaki conseguiu enviar o bebê, Krishna, para longe e colocá-lo numa família de vaqueiros. Embora ele fosse evidentemente um deus (a mãe vira o universo em sua boca e, ainda bebê, ele matara a ogra Putana, que o alimentara com leite envenenado), Krishna era brincalhão, e muitas histórias contam que ele roubava manteiga e provocava as meninas. Com Balarama, seu irmão, ele teve muitas aventuras, matando o rei Kamsa e conquistando sua noiva, Rukmini. Embora se diga que Vishnu colocou um cabelo preto e outro branco de sua cabeça no ventre de Devaki para criar os irmãos, Balarama é evidentemente um avatar de Ananta, a serpente do mundo, porque uma serpente saiu de sua boca quando ele morreu. Depois de uma longa vida, Krishna foi morto por um caçador, que por acidente o atingiu na sola do pé, seu único ponto vulnerável.

SHIVA E SUA FAMÍLIA

Criança perigosa
Parvati abraça Skanda, o deus da guerra, que mais tarde restaura a paz no céu e na terra depois de derrotar o demônio Taraka. Ele é identificado com o planeta Marte.

O DEUS SHIVA VIVIA NO MONTE KAILASA com a mulher, a gentil deusa Parvati, e dois filhos, Skanda (ou Kartikeya) e Ganesh. Skanda, o filho mais velho, era antes seis crianças criadas apenas por Shiva, mas um dia Parvati as abraçou com tanta força que elas se fundiram num só corpo com seis cabeças. Skanda, o deus hindu da guerra, tornou-se um jovem belo, o oposto de seu irmão Ganesh, que é gordo, baixinho e tem cabeça de elefante. Assim que teve idade suficiente, Skanda matou o demônio Taraka, que oprimia os deuses. Ganesh, por outro lado, nasceu da sujeira do banho de Parvati. Várias histórias explicam como ele adquiriu a cabeça de elefante: em uma delas, Parvati pede que ele pare de perturbá-la durante o banho, e, quando ele impede Shiva de entrar, o deus queima sua cabeça com seu terceiro olho; em outra, Shiva, que estivera longe, não reconhece o filho e queima sua cabeça pensando que ele está cortejando Parvati; outra ainda conta que o planeta Saturno, que cuidava de Ganesh quando criança, esqueceu a força de seu olhar e queimou sua cabeça por acidente. Em todas as histórias, a cabeça humana de Ganesh é substituída pela de um elefante.

AGNI, DEUS DO FOGO

Agni, deus do fogo e do sacrifício, nasce de novo sempre que o fogo é aceso. Um dos principais deuses védicos, sua importância diminuiu à medida que muitos de seus atributos foram tomados por Shiva ou por Skanda (de quem Agni engravidou por um breve, mas penoso período durante a complicada concepção e gestação de Skanda). Enquanto o fogo de Shiva irá devorar o mundo no dia do juízo final, o de Agni consome e purifica a sujeira e o pecado do mundo. Por essa razão, os hindus queimam o corpo dos mortos. A força purificadora do fogo de Agni lhe foi oferecida pelo sábio Bhrigu. Quando Bhrigu raptou a esposa de outro homem, o marido ofendido perguntou a Agni, que conhecia todas as casas, onde podia encontrá-la. Agni lhe disse, e Bhrigu estava tão furioso que amaldiçoou o deus do fogo, condenando-o a devorar todas as coisas que encontrasse pelo caminho, puras ou impuras. Agni argumentou que, como deus, era obrigado a dizer a verdade, e então Bhrigu lhe deu o poder de purificar tudo o que queimasse. Agni tem duas cabeças, um corpo vermelho como fogo e sete línguas, que lambem a manteiga usada nos sacrifícios.

PAVÃO
O pavão é o veículo de Skanda, o bebê que está no colo de Parvati.

PARVATI, MULHER DE SHIVA
Parvati é filha do Himalaia. Assim como Durga e Lakshmi (*ver p. 108*), ela é um aspecto da grande mãe, a deusa Mahadevi.

NANDI, O TOURO
Nandi, o touro branco de leite de Shiva, é o guardião de todos os quadrúpedes. Rudra, nome de Shiva nos primeiros livros sagrados hindus, era o senhor dos animais.

GANESH
Ganesh, o removedor de obstáculos, deve ser aplacado antes de cada tarefa. Ele é também deus da sabedoria e do aprendizado, e o escrivão do livro sagrado, o *Mahabharata*, usando um de seus caninos como pena.

LUA CRESCENTE
Shiva usa a lua da sabedoria nos cabelos.

TERCEIRO OLHO
O terceiro olho na testa de Shiva queima com o fogo de dez milhões de sóis e pode consumir qualquer criatura. Shiva ficou tão furioso quando Kama, deus do amor, o picou com o desejo por Parvati enquanto ele meditava, que abriu o olho e o reduziu a cinzas. Por isso Kama é *ananga*, "incorpóreo".

SHIVA
Shiva usa uma pele de leopardo (às vezes de tigre) para representar a agressão e a avareza. Vasuki, a cobra (*ver p. 109*), está enrolada em seu pescoço.

O CORCEL DE GANESH
O companheiro e corcel de Ganesh é um rato. Mas Ganesh é preguiçoso, e não viaja quando não é necessário. Certa vez, apostou com Skanda que o primeiro a fazer a volta ao mundo ganharia Siddhi (o sucesso) e Buddhi (a inteligência) por noivas. Homem de ação, Skanda fez uma longa viagem, enquanto Ganesh ficou em casa, lendo. Quando Skanda voltou, Ganesh o esperava para lhe contar todas as maravilhas do mundo, e assim venceu a aposta.

“*Os brâmanes viram Rudra (Shiva) dançando no céu, esse supremo libertador que instantaneamente livra as pessoas da ignorância, e que é gentil e benevolente com seus devotos.*”

Kurma Purana

Surya
Surya é o deus sol, visto cruzando o céu numa carruagem puxada por sete éguas.

Chandra
Chandra, ou Soma, casou-se com 27 irmãs, mas depois preferiu a primeira esposa. Suas esposas se queixaram ao pai, que amaldiçoou Chandra com a lepra. Horrorizadas, elas pediram ao pai que mudasse de ideia, mas ele só podia aliviar o castigo. É por isso que a lua vai ficando cinza e depois recupera sua cor prateada original, num ciclo infinito.

“*Grande deus, senhor supremo, o que estais fazendo aí dentro? Todos nós, os deuses, viemos ao vosso refúgio porque somos torturados por Taraka; protegei-nos.*”

Shiva Purana

O tigre de Shiva
Assim como Rudra, “o rugidor”, Shiva é reverenciado como senhor dos animais. Costuma ser representado usando pele de tigre e é deus da floresta e da caça.

Monte Kailasa
Monte Kailasa significa “Monte de Pedra”. Nele nasce o grande rio Brahmaputra, que atravessa o Tibete antes de virar para o sul e se juntar ao sagrado Ganges em Bengala e Bangladesh.

SHIVA E SUA FAMÍLIA NO MONTE KAILASA

Shiva e sua família aparecem aqui no monte Kailasa, aos pés do qual se reúne uma delegação de deuses e homens santos. Eles podem estar venerando a santa família ou, apesar da presença de Skanda, pedindo a Shiva que os ajude a destruir o demônio Taraka – propósito para o qual Skanda nasceu.

Grupo de adoradores
Rishis, sacerdotes brâmanes, se reúnem no pé do monte Kailasa para ouvir os ensinamentos de Shiva.

Brahma
Brahma, o criador, fez o sol e a lua e os pôs no céu, e depois criou Agni (o fogo), Vayu (o vento) e Varuna (a água).

Vishnu
Vishnu, o preservador, liderou os deuses que foram pedir a Shiva que renunciasse ao amor de Parvati e os ajudou a matar o demônio Taraka; Skanda nasceu para vencer o demônio.

o fiel general macaco

Hanuman, o deus-macaco
Postado ao lado dos outros deuses está Hanuman, o deus-macaco, o general de Rama no Ramayana (ver pp. 114-115). Filho de Vayu, deus do vento, era capaz de mudar de forma e era imensamente forte. É considerado modelo de lealdade.

O Senhor da Dança

Shiva, chamado “o destruidor”, é mostrado como um homem de família; como um santo de cabelos emaranhados e o corpo coberto de cinzas; como Bhuteswara, senhor dos fantasmas, que usa um colar com um crânio; e, como aqui, senhor da *tandava*, a dança universal em que ele dança a criação e destruição do mundo, pisando no anão da ignorância humana. Com a selvagem concentração dessa dança, Shiva revela a verdade cósmica. Ele dança em um círculo de chamas, carregando em uma mão a chama da destruição e na outra o tambor da criação. Os santos homens que o viram dançar o saudaram: “Nós contemplamos a tua dança, origem do mundo, alojada em nossos corações! Por ti a roda de Brahma gira. Tu, único guardião do mundo, estás cheio de Maya. Nós nos refugiamos em ti! Nós te adoramos! És a alma da ioga, o mestre da consciência, que dança a dança divina!”.

Este bronze do século XI mostra Shiva como Senhor da Dança.

RAMA E SITA

O REI DASHARATHA ofereceu um sacrifício especial aos deuses na esperança de que eles lhe dessem filhos. Ao mesmo tempo, os deuses imploravam a Brahma que os ajudasse contra Ravana, o rei demoníaco. Então Brahma pediu ao deus Vishnu que derrotasse o demônio. Vishnu concordou e nasceu, em sua sétima encarnação, como Rama e seus três irmãos, Bharata, Lakshmana e Shatrughna. Sem saber que eram divinos, os irmãos cresceram como filhos do rei Dasharatha e suas três esposas, até se casarem. Rama desposou Sita, encarnação da mulher de Vishnu, Lakshmi, e foi feito herdeiro do pai. Entretanto, devido às intrigas de uma das esposas do rei, deixou a cidade com Sita e Lakshmana para viver na floresta. Ali passaram dez anos tranquilos, até que um dia Ravana enganou os irmãos para obrigá-los a deixar Sita sozinha e a raptou. Rama e Lakshmana, ajudados por Hanuman, general do rei-macaco Sugriva, a procuraram por toda parte, até que finalmente Hanuman a encontrou, trancada na ilha de Lanka. Com um exército de macacos e ursos, Rama matou Ravana em uma grande batalha. Depois de se reunir a Sita, ele voltou a Ayodya, onde se tornou rei e reinou por 11 mil anos.

EXÍLIO NA FLORESTA
Rama foi exilado na floresta durante 14 anos porque a mãe de seu meio-irmão Bharata queria o trono para o filho. O rei Dasharatha teve que concordar, porque um dia, quando ela lhe salvara a vida, lhe prometera conceder dois desejos. Desgostoso, o rei morreu, e Bharata, horrorizado com os atos da mãe, implorou a Rama que voltasse. Como ele recusou, Bharata colocou as sandálias de ouro de Rama no trono e prestou-lhe oferendas até ele voltar.

LAKSHMANA
Lakshmana, cujo nome significa "recebedor de bons presságios", tinha apenas um oitavo da essência divina de Vishnu e sempre esteve do lado de Rama. Até se casou com a irmã de Sita, Urmila.

SITA
O nome Sita significa "sulco". Um dia, quando seu pai, o rei Janaka de Mithila, estava arando os campos, ela brotou de um sulco de terra, e ele a adotou como filha.

Viagem pelo céu
Quando era levada pelo céu por Ravana, Sita avistou cinco macacos sentados no alto de uma montanha. Ela atirou suas joias e seu véu dourado, na esperança de que isso ajudasse Rama a encontrá-la.

CENAS DO RAMAYANA
Esta ilustração do século XIX mostra cenas do Ramayana, que conta a vida de Rama. Mostra o episódio em que Rama sai para caçar um cervo mágico, deixando Sita aos cuidados de Lakshmana. Mas o demônio Ravana engana Lakshmana e foge com Sita, lutando com qualquer criatura que tente impedi-lo.

TESTEMUNHAS SILENCIOSAS
Quando foi raptada, Sita pediu às árvores da floresta que dissessem a Rama que ela estava sendo levada contra a sua vontade.

O DEMÔNIO RAVANA
Ravana se especializou em roubar as esposas de outros homens. Para raptar Sita, ele se disfarçou de um iogue errante. Quando ele lhe pediu que o acompanhasse, ela se recusou veementemente, e então ele se mostrou em sua forma grotesca e a raptou.

CINCO MACACOS
Estes macacos – Sugriva, o rei-macaco exilado, e seus generais – viram Sita e Ravana voando no céu. Então, procuraram Rama, que ajudou Sugriva a vencer seu irmão usurpador, Valin, e em troca eles o ajudaram a procurar Sita. Finalmente, Hanuman a encontrou.

O sítio de Lanka

No sítio de Lanka, Rama e seu exército de macacos, liderados por Hanuman, enfrentaram os *rakshasas*, os demônios chefiados por Ravana. Entre eles havia adversários terríveis, como Língua de Raio, Olho de Fumaça, Morte dos Homens e Pança Grande. Um de cada vez, foram todos derrotados, mas Rama só conseguiu vencer Ravana quando venerou o sol e emprestou do deus Indra sua carruagem e seu cocheiro. Com ajuda divina, Rama perseguiu o inimigo, embora, cada vez que cortava uma das dez cabeças de Ravana, outra crescia em seu lugar. Finalmente, atirou no demônio com uma flecha forjada por Brahma – que voou como o vento, fulminou como o sol, atravessou Ravana, lavou-se no mar e voltou à aljava de Rama. Os deuses exultaram, e o sol brilhou no campo de batalha.

Esta ilustração do século XIX mostra a luta entre Ravana e Rama durante a batalha de Lanka.

Um triste fim

Depois de salvar Sita, Rama a rejeitou, porque acreditava que ela estivesse impura. Incapaz de suportar a calúnia, Sita quis morrer, mas os deuses não o permitiram. Eles atestaram sua pureza e contaram a Rama que ele era um avatar de Vishnu (*ver pp. 110-111*). Rama e Sita viveram felizes por 10 mil anos, até que Rama, sabendo que seus súditos consideravam Sita impura, enviou-a para o exílio, onde ela deu à luz dois filhos gêmeos. Anos depois, Rama viu o filhos e pediu a Sita para voltar. Mas seu coração estava partido, e ela afundou na terra. Triste, Rama governou por mais mil anos antes de voltar aos deuses. Na versão tailandesa, Sita reaparece do mundo subterrâneo para se tornar mais uma vez esposa de Rama.

Rama, avatar de Vishnu
A pele azulada de Rama revela que ele é um avatar de Vishnu. Ao contrário de seu avatar anterior, o guerreiro Parashu-Rama, Rama, ou Rama-Chandra, é chamado "a lua Rama" ou "gentil Rama". Ele partilha a essência divina com os irmãos, embora, por ter metade da divindade de Vishnu, tenha uma função mais importante.

Em busca de Rama
Enganado por Ravana e levado a imaginar que ouvira Rama pedindo ajuda, Lakshmana deixou Sita sozinha (por insistência dela) e correu em socorro do irmão.

Princesa cativa
Sita se recusou a ceder a Ravana e foi levada para a cidade dourada na ilha de Lanka. Quando Hanuman a encontrou – tendo assumido outra forma e atravessado o mar em um salto –, ela lhe mostrou o anel de Rama e prometeu voltar. Quando ela fugiu, ele foi apanhado, mas fugiu e conseguiu pôr fogo na cidade.

Jatayu
Jatayu, rei dos abutres e filho do lendário pássaro Garuda, ataca e fere Ravana com o bico. Mas Ravana o mata, e a alma de Jatayu vai para o céu a pedido de Rama.

Rama matou o cervo mágico com uma flecha

Demônio disfarçado
O cervo dourado era o demônio Maricha disfarçado, que, por ordem de Ravana, atraiu Rama e seu irmão para longe, deixando Sita indefesa. Ravana estava vingando sua irmã Surpanakha, que Rama havia rejeitado. Em um ataque de ciúme, ela atacara Sita, mas seu nariz e suas orelhas foram cortados por Lakshmana.

Os dez sóis do céu

No começo havia dez sóis, filhos de Di Jun, imperador chinês dos Céus Orientais, e de sua mulher, Xi He, deusa do sol. Eles viviam em uma amoreira gigante que nascera das águas do Vale Celeste, águas que estavam sempre fervendo, porque todos os sóis se banhavam nelas. A cada manhã, um sol brilhava no céu, enquanto os outros descansavam na árvore. Mas um dia, cansados dessa rotina, todos subiram ao céu ao mesmo tempo e se divertiram, correndo loucamente por ele. A força dos raios, multiplicada por dez, começou a queimar a terra, mas, quando os pais exigiram que eles se comportassem e descessem, eles não ouviram. Então Di Jun enviou seu arqueiro, Hou Yi, para dar aos filhos uma lição. Yi exagerou e atirou em nove sóis. Arrasado, Di Jun despojou Yi e sua mulher, Chang E, de sua imortalidade e os expulsou do céu.

O ESTANDARTE FUNERÁRIO DA SENHORA DAI
China, século II a.C.
Esse estandarte funerário se divide em quatro partes. O retângulo superior representa as divindades celestes. A parte logo abaixo, que vai dos portões celestiais à senhora Dai, mostra como os mortais sobem ao céu para se tornar imortais. A terceira parte, abaixo do sino invertido, mostra o lamento dos sobreviventes pelos mortos. E na quarta parte, abaixo do altar cheio de comida, há uma reprodução da vida após a morte.

Uma lebre na lua
Quando Chang E chegou à lua, descobriu que não estava só. Sua companheira era uma lebre, que estava sentada sob uma árvore de cássia (a árvore da imortalidade), macerando ervas num pilão para fazer o elixir da vida. Dizia-se que na lua também vivia um velho, que passava todo o tempo tentando, em vão, derrubar a cássia.

Transformada numa rã
Quando Chang E bebeu o elixir que a Rainha-Mãe do Ocidente dera a Hou Yi, começou a flutuar para a lua. Enquanto subia, tentou gritar, mas só conseguiu coaxar. Embora tivesse de fato se tornado imortal, ela descobriu, horrorizada, que tinha se transformado numa rã.

Portão celestial
Os portões celestiais são guardados por dois soldados. Acima deles, um sino é tocado por dois animais celestes para comunicar que uma alma está passando.

Chang E foge para a lua
Aqui, Chang E, mulher de Hou Yi, que perdeu a imortalidade com o marido, sobe ao céu. Depois de sua desgraça, Hou Yi viajou para as montanhas Kun Lun para trazer de volta a poção da imortalidade. Lá havia poção suficiente para uma pessoa voltar ao céu e viver como imortal, ou para duas pessoas se tornarem imortais. Hou Yi planejara dividi-la com Chang E, mas ela a roubou toda para si e flutuou no céu para viver no templo da lua.

Pan Gu cria o mundo

No começo, o universo estava contido num ovo, dentro do qual as forças vitais *yin* (escuro, fêmea e frio) e *yang* (luz, macho e quente) interagiam. Dentro do ovo, Pan Gu, que se formara dessas forças, dormiu por 18 mil anos. Ao despertar, se espreguiçou e quebrou o ovo. Os elementos mais pesados em seu interior afundaram e formaram a terra, e os mais leves flutuaram e formaram o céu. Entre o céu e a terra estava Pan Gu. A cada dia, por outros 18 mil anos, terra e céu se separavam um pouco mais, e todo dia Pan Gu crescia na mesma proporção, preenchendo o espaço entre eles. Até que um dia terra e céu atingiram sua posição final, e, exausto, Pan Gu deitou-se. Mas estava tão cansado que morreu. Seu torso e seus membros se tornaram as montanhas; seus olhos, o sol e a lua; sua carne, a terra; seus cabelos, as árvores e plantas; suas lágrimas, os rios e mares; sua respiração, o vento, e sua voz o trovão. E as pulgas de Pan Gu se tornaram a humanidade.

Pan Gu segura o símbolo do yin e yang.

Nu Wa
A deusa Nu Wa foi o primeiro deus a aparecer depois que Pan Gu criou o mundo (*ver à direita*). Tinha o corpo de uma cobra e podia mudar de forma 70 vezes por dia. Ela moldou as primeiras pessoas do barro, ensinou-as a ter filhos e tornou-se a deusa do casamento. É cercada por garças – símbolos da longevidade – e por dragões celestes.

Detalhe do estandarte funerário da senhora Dai.

A lenda de Hou Yi e os dez sóis
Quando os dez sóis (*ver p. 116*) se recusaram a voltar para casa, seu pai deu a Hou Yi um novo arco vermelho e uma aljava com dez flechas brancas e lhe disse: "Assuste meus filhos com este arco". Mas Yi ficou tão furioso ao ver os corpos queimados sobre a terra que atirou em nove sóis. Quando eles aterrissaram, as pessoas viram corvos dourados de três pernas (mostrados aqui com duas pernas) perfurados por flechas. Hou Yi estava com tanta raiva que precisou ser lembrado de que devia deixar um sol no céu.

A árvore *fu-sang*
Os dez sóis viviam na lendária árvore *fu-sang* em Tang Gu, um lugar além do mar oriental. Ela tinha nove galhos laterais e um galho especial no topo. Todos os dias, um dos sóis partia desse galho em uma carruagem puxada por seis dragões, acompanhado de perto pela mãe. A árvore figura em muitos mitos antigos, quase sempre ligada ao nascer do sol.

Filhos do imperador dos Céus Orientais
O imperador dos Céus Orientais teve dez filhos, todos eles sóis dourados. Todos os dias eles se revezavam no trabalho de iluminar a terra, depois de se banharem no mar fervente. Todas as noites sua mãe os recolhia e os levava para casa.

Dragões
Na mitologia chinesa, dragões são sinônimos de serpentes e representam a sabedoria, a força celestial benevolente e as correntes fertilizantes da terra. Quatro reis-dragões vivem nas nuvens e enviam chuva quando é necessário. Reis-dragões locais presidem as fontes, os rios e os poços. Os dragões mostrados aqui são os que arrastam a lua e o sol pelo céu.

Mitos da criação de Nu Wa

Os seres humanos foram criados pela deusa Nu Wa do barro ou da água, ou de seu casamento com seu irmão, Fu Xi. Querendo a aprovação dos deuses, ela e Fu Xi acenderam duas fogueiras e disseram: "Se o céu permite nosso casamento, que os fumos das duas fogueiras se misturem; senão, que flutuem em direções opostas". Os fumos se misturaram, e eles se casaram, mas ela, estava envergonhada, cobriu o rosto – como as noivas fazem até hoje. Nu Wa queria proteger a humanidade. Quando Gong Gong, deus da água, fez furos no céu na batalha com Zhu Rong, deus do fogo, e o mundo se desequilibrou e foi devastado pelo fogo e pela água, ela derreteu pedras para tapar os buracos. E, para torná-lo mais seguro, matou uma tartaruga gigante e usou suas quatro patas como colunas para sustentar os quatro cantos do céu.

Os oito imortais

Os taoístas veneram oito imortais, que, por sua devoção e virtude, conquistaram a vida eterna. Eles não têm nada em comum exceto a imortalidade, e viveram em diferentes épocas da história, mas são em geral representados como um grupo, embora mitos e lendas tratem de cada um individualmente. Eles vivem com os deuses nas montanhas Kun Lun, no centro da terra. Ali, festejam e se divertem nos jardins do imperador Jade, senhor supremo do céu, onde cresce o pessegueiro da imortalidade. A cada mil anos, são convidados, com os deuses, a comer os pêssegos em um grande banquete oferecido pela esposa do imperador Jade, a imperatriz Wang.

Hsien é a palavra chinesa para "imortal". O caractere chinês que representa *hsien* é uma justaposição dos caracteres de "homem" e "montanha". Assim, significa "homem que vive na montanha". Os oito imortais são os *hsien* mais famosos. A imortalidade não é apenas uma longa vida na terra, mas a vida eterna no céu.

A história do deus da cozinha

Era uma vez um pedreiro chamado Tao-wang, que, não importa o que fizesse, não deixava de ser pobre. Finalmente, ficou tão pobre que teve que permitir que sua esposa se casasse com outro homem. Um dia, sem saber, trabalhou para o novo marido da mulher, e ela, que ainda o amava, assou alguns bolos para ele e colocou uma moeda dentro de cada um. Mas, como era seu destino ser pobre, ele deu os bolos de presente. Quando descobriu o que tinha feito, ficou desesperado e se matou. Mas o senhor do céu, sabendo da triste vida de Tao-wang, apiedou-se dele e o fez deus da cozinha. Hoje sua imagem está em todas as cozinhas, e uma vez por ano ele faz um relatório do comportamento de cada família. Muita gente unta sua boca com mel ou açúcar para que ele só diga coisas doces.

Cervo auspicioso
O cervo é o símbolo da longevidade e da boa sorte.

Paraíso na montanha
Os deuses e imortais vivem nas montanhas Kun Lun, o paraíso taoísta, às vezes chamado Shou Shan ("montanhas da longevidade").

Ts'ao Kuo-chiu
Ts'ao Kuo-chiu deixou sua casa, envergonhado, depois que o irmão foi executado por assassinato. Dedicou-se a seguir Tao, "o Caminho". Quando conheceu os imortais Chung Li Chuan e Lu Tung-pi, eles lhe perguntaram onde ficava o caminho, e ele apontou para o céu. Aí eles lhe perguntaram onde ficava o céu, e ele apontou para o seu coração. Então eles lhe ensinaram os segredos da perfeição, e ele se tornou um imortal. Ele carrega a tábua da admissão à corte.

Chung Li Chuan
Chung Li Chuan era uma figura corpulenta e bastante irreverente.

Ho Hsiang-ku
Ho Hsiang-ku é a única mulher entre os oito imortais. Foi uma asceta taoísta no reinado da imperatriz Wu. Tendo feito voto de castidade, vivia sozinha nas montanhas, onde conheceu os segredos da imortalidade num sonho. Aparece segurando um lótus e cuida das jovens solteiras.

bengala

Shou Hsing, deus da longevidade
Shou Hsing (ou Shou Lao) é o deus da longevidade, um dos três deuses da estrela ou deuses da felicidade. Ele é representado como um velho com uma bengala e uma careca protuberante. É ele quem decide a data da morte de todo mundo e a escreve em uma tábua no momento do nascimento. Vez ou outra, ele é convencido a mudar de ideia – um jovem o agradou tanto oferecendo-lhe uma jarra de vinho, que Shou Hsing reverteu os números 1 e 9, dando-lhe 91 anos em vez de 19.

OS OITO IMORTAIS VISITAM SHOU HSING

Este prato mostra os oito imortais visitando Shou Hsing, deus da longevidade, que também vive nas montanhas Kun Lun. Nuvens giram ao redor deles. As almas dos bons, que não reencarnam mais, também podem morar nas montanhas Kun Lun, mas em geral são enviadas para a Terra da Extrema Felicidade, no oeste.

Li Hai e o sapo

Li Hai foi um ministro de estado que um dia recebeu a visita do imortal Chung Li Chuan (*ver abaixo*). O imortal realizou uma mágica, equilibrando dez ovos, um sobre o outro, e com uma moeda de ouro entre um ovo e outro. "Não é muito precário?", perguntou Li Hai. "Não tanto quanto o seu cargo", respondeu o imortal. Li Hai aceitou o conselho, renunciou ao cargo e partiu em busca de perfeição. Na viagem, encontrou o imortal Lu Tung-pi, que lhe ensinou a transformar ouro em pílulas de imortalidade, de modo que Li Hai também se tornou imortal. Ele viajou pelo mundo acompanhado por um sapo de três pernas. Mas o sapo muitas vezes fugia dele e pulava num poço, e por isso Lu Hai tinha que atraí-lo com uma corrente de moedas de ouro. Li Hai é invocado como deus da prosperidade, e também como patrono dos fabricantes de agulha.

Li Hai sobre seu sapo de três pernas e com dinheiro no braço.

Existem três deuses chineses da felicidade: Shou Hsing, deus da longevidade, Lu Shen, deus da boa sorte, e Fu Shen, deus da felicidade. Lu Shen é às vezes substituído por Tsai Shen, deus da riqueza. Na arte chinesa, eles aparecem quase sempre juntos.

Chung Li Chuan

Chung Li Chuan viveu no período da dinastia Han. Descobriu como transformar cobre em prata, mas, em vez de ficar com o dinheiro, deu-o aos pobres. Ele aparece segurando o pêssego da imortalidade.

A MONTANHA SAGRADA

A RELIGIÃO XINTOÍSTA, "o caminho dos deuses", reconhece a existência de espíritos divinos, os *kami*, em todos os fenômenos naturais. Sengen-Sama, deusa do monte Fuji, é a mais sagrada. O monte Fuji é tão importante para os japoneses que deu origem a muitos mitos. Acredita-se até que ele seja a morada de Kunitokotachi, Senhor Eterno da Terra, o invisível, divindade criadora onipresente, que brotou como um junco do oceano primevo do caos. A lenda ilustrada abaixo conta que o grande guerreiro do século XII, Tadatsune, foi ao monte Fuji enfrentar os monstros que aterrorizavam os habitantes locais. Com dois dos seus mais leais escudeiros, penetrou na grande caverna na base da montanha e seguiu um rio subterrâneo. De repente, Sengen-Sama apareceu na margem oposta, acompanhada de um dragão. Os companheiros de Tadatsune tentaram cruzar o rio para alcançá-la, mas ela os matou em segundos. A deusa cumprimentou Tadatsune por sua bravura, mas o aconselhou a não tentar cruzar o rio ou teria o mesmo destino. Tadatsune curvou-se diante dela e voltou pelo mesmo caminho.

A deusa da montanha
Sengen-Sama é a deusa benevolente do monte Fuji. Peregrinos vêm de todo o Japão para homenageá-la e sobem ao topo do monte a fim de venerá-la nos raios do sol nascente.

ÁRVORE SAGRADA
Sengen-Sama segura um ramo da árvore sagrada *sakaki* numa mão e uma joia mágica na outra. A árvore *sakaki* (*Cleyera japonica*) é um dos objetos maravilhosos usados para atrair a deusa do sol, Amaterasu, para fora de sua caverna (*ver pp. 122-123*).

JOIA
Sengen-Sama segura uma joia mágica na mão direita.

O MONTE FUJI E SEU VIZINHO, o monte Haku, discutiram um dia sobre qual deles era mais alto. Para resolver a questão, o Buda da Infinita Luz estendeu um cano do topo do monte Haku ao topo do monte Fuji. Quando a água se derramou sobre o monte Fuji, a deusa ficou tão irritada que golpeou Haku na cabeça e partiu seu crânio em oito lugares (hoje, os oito picos do monte Haku). Por isso, o monte Fuji é o mais alto.

MITOS DOS AINUS

No começo, a terra era um pântano sem vida, com seis céus acima e seis mundos abaixo. Um dia, o criador, Kamui, enviou uma alvéola para fazer a terra. Quando chegou, o pássaro não sabia o que fazer. Em pânico, bateu na água com a cauda (como faz hoje) e, lentamente, a terra seca começou a aparecer. Vendo como o mundo era belo, os animais (que moravam no céu) imploraram a Kamui para viver aqui. Kamui concordou e criou os ainus, que tinham corpo terreno, cabelos de morrião e coluna de salgueiro (que se curva na velhice). Depois enviou Aioina, o homem divino, para ensinar os ainus a caçar e cozinhar. Quando Aioina voltou ao céu, os outros deuses se queixaram de que ele fedia a seres humanos, e por isso se livraram de suas roupas. Os chinelos descartados se tornaram os primeiros esquilos.

Dragão
O dragão é símbolo do poder fertilizante da chuva. Taka-okami, o deus dragão das montanhas, e Kura-okami, o deus dragão dos vales, foram criados do sangue que espirrou quando Izanagi matou o deus fogo (ver p. 121). Eles controlam a chuva e a neve.

Muito tempo atrás, um velho encontrou uma bebezinha nas encostas do monte Fuji e chamou-a Kaguya-hime. Ela se tornou uma bela jovem e se casou com o imperador. Sete anos depois, ela contou ao marido que não era mortal e devia voltar ao céu. Para confortá-lo, deu-lhe um espelho no qual sempre poderia vê-la. Querendo ir para o céu com ela, ele usou o espelho para segui-la ao topo do monte Fuji. Mas dali não pôde passar. A frustração de seu amor fez o espelho pegar fogo, e desde esse dia sempre há uma fumaça se erguendo do topo do monte. A última grande erupção do monte Fuji foi em 1707.

Izanami e Izanagi

Izanami e Izanagi receberam dos deuses do céu a ordem de moldar a terra. De pé sobre o arco-íris, a Ponte Flutuante do Céu, eles agitaram o oceano com uma lança de pedras preciosas e criaram Onogoro, a primeira ilha. Então ergueram uma coluna, caminharam ao redor dela em direções opostas, se encontraram e copularam. Izanami então gerou as ilhas do Japão e vários deuses e deusas. Entretanto, queimou-se gravemente no nascimento do deus do fogo, Kagutsuchi, e morreu. Desolado, Izanagi matou Kagutsuchi e correu ao mudo subterrâneo para implorar a Izanami que voltasse. Ela concordou, mas preveniu o marido de não olhar para ela. No entanto ele quebrou um dente de seu pente e acendeu-o como uma tocha. Ao fazer isso, viu que Izanami estava podre e coberta de vermes, e fugiu. Perseguido pela esposa demoníaca, Izanagi conseguiu escapar em tempo, bloqueando a saída com uma imensa rocha. Encurralada, Izanami jurou matar mil pessoas todos os dias, ao que Izanagi contra-atacou prometendo 1.500 pássaros por cada mil mortos.

Izanami e Izanagi
Izanami e Izanagi pertenciam à ultima das sete gerações de deuses. Aqui, eles agitam o oceano com uma lança mágica para criar as ilhas do Japão.

Visão divina
Quando cai sobre os intrusos, o olhar da deusa pode trazer bênção ou morte.

Vampiros do rio
Todos os rios têm seu próprio deus, mas também são lar de vampiros anões maléficos conhecidos como *kappas*, que afogam suas vítimas e depois sugam seu sangue. A única maneira de vencer um *kappa* é fazê-lo se curvar, para que a água contida na reentrância de sua cabeça se derrame, esgotando suas forças.

Tadatsune
Tadatsune era vassalo do imperador Minamoto no Yoritomo, que se tornou o primeiro xógum depois da vitória na batalha de Dannoura em 1185. Seu irmão, Yoshitsune, foi um herói lendário que aparece em muitas peças do teatro nô.

TADATSUNE E A DEUSA DO MONTE FUJI
Kuniyoshi c. 1844
Este tríptico japonês mostra o herói Tadatsune transpassado pelo olhar da deusa do monte Fuji assim que ela acabou de matar seus companheiros.

Guerreiros vencidos
Os companheiros de Tadatsune – guerreiros samurais como ele – foram mortos, vítimas da irritação da deusa por terem tentado violar seu território sagrado.

O ESCONDERIJO DE AMATERASU

AMATERASU, A DEUSA DO SOL, TSUKI-YOMI, o deus da lua, e Susano, o deus da tempestade, nasceram de Izanagi, o primeiro homem, depois que ele fugiu do mundo subterrâneo (*ver p. 124*). Quando eles ficaram mais velhos, Izanagi deu a Amaterasu o governo do céu, a Tsuki-Yomi o governo da noite, e a Susano o governo do oceano. Mas Susano se sentiu roubado e teve um acesso de raiva – preferia ir para a terra de escuridão de sua mãe, Izanami, do que governar as águas. Então desafiou Amaterasu a um duelo – aquele que gerasse as divindades mais poderosas cederia poder ao outro. Amaterasu venceu, e Susano ficou tão furioso que atacou o salão sagrado onde Amaterasu e suas criadas urdiam o tecido do universo. Ele a ameaçou e ofendeu tanto que ela se refugiou numa caverna, lançando terra e céu na escuridão. Os outros deuses ficaram preocupados e decidiram atrair Amaterasu de volta ao mundo. Pensaram muito e finalmente resolveram atiçar sua curiosidade causando uma comoção do lado de fora da caverna, levando-a a crer que recepcionavam uma divindade ainda maior que ela. Essa divindade superior era, na verdade, o reflexo de Amaterasu num espelho.

Galo
O primeiro plano para despertar a curiosidade de Amaterasu foi simular uma falsa aurora fazendo um galo cantar.

OMOHI-KANE
Este é provavelmente Omohi-kane, deus da sabedoria. Era filho de Takamimusubi, um dos cinco deuses originais. Foi ele que concebeu os planos engenhosos para despertar o interesse de Amaterasu e fazê-la sair da caverna.

MÚSICA DOS DEUSES
Os deuses marcavam o ritmo da dança provocativa de Ama-no-Uzume num grande tambor, fundando assim uma tradição de música e dança do ritual xintoísta conhecido como *iwata kagura*, música dos deuses.

SEM O CALOR DE AMATERASU, o sol, o mundo caiu no caos; nada crescia, e os espíritos do mal estavam à solta. O reaparecimento de Amaterasu garantiu o futuro da terra, e, desde então, ela só desaparece à noite.

AMATERASU REAPARECE
Este tríptico registra o momento em que Amaterasu emerge de sua caverna, surpresa com o estardalhaço do lado de fora em meio à escuridão. Quando ela surge, o mundo se enche de luz, e Ta-jikawa-wo, depois de arrastar a pedra que fechava a caverna, está pronto para tomar-lhe a mão e puxá-la para fora.

O DEUS DE MÃOS FORTES
Ta-jikawa-wo, cujo nome significa "deus de mãos fortes", afastou a rocha na entrada da gruta onde Amaterasu se escondera. Depois puxou-a pela mão, enquanto outra divindade amarrava uma corda mágica na entrada para evitar que ela voltasse a se fechar.

TONEL DE SAQUÊ
A deusa Ama-no-Uzume dança sobre um tonel de saquê emborcado. O saquê aparece em vários mitos, inclusive no que conta como Susano conquistou sua esposa (*ver acima*). Aqui, o piso reflete a natureza licenciosa da dança.

"*Assim como abençoaste o reino, tornando-o longo e duradouro, curvo meu pescoço como um mergulhão à procura de peixe para venerar-te e glorificar-te.*"
PRECE DA COLHEITA A AMATERASU, EM ISE

Embora Susano não seja mau, tem uma natureza tempestuosa. Por exemplo, quando a deusa da alimentação, Ogetsu-no-hime, deu-lhe alimento que tinha produzido dentro de seu próprio corpo, ele a matou de raiva. Mas de seu cadáver cresceram os principais alimentos do Japão: arroz, painço, trigo, feijão *azuki* e soja. Uma versão da história tem como personagem o irmão de Susano, Tsuki-yomi, o deus da lua, mas ela combina melhor com a natureza violenta de Susano.

Susano, deus das tempestades

Depois que Amaterasu voltou ao mundo, os deuses puniram Susano cortando-lhe a barba e as unhas das mãos e dos pés e banindo-o para o mundo humano. Um dia, ele viu um par de *hashis* flutuando no rio e quis saber a quem pertenciam. Logo descobriu os donos – um velho casal devastado pela perda de sete filhas para o apetite de um dragão de oito cabeças, que estava prestes a devorar sua oitava filha, Kusa-nada-hime, a princesa do Campo de Arroz. Susano decidiu salvá-la e transformou a moça em um pente, colocou-o nos cabelos e encheu oito tonéis de saquê para o dragão. O dragão bebeu todo o saquê e caiu no sono. Susano então cortou as cabeças do dragão com uma espada mágica, *aine no murakomo*, que significa "nuvens do céu". Depois enviou a espada a Amaterasu em sinal de submissão. Com o espelho e as joias de Amaterasu, a espada faz parte do tesouro imperial. Susano então fez a princesa do Campo de Arroz voltar à forma humana e casou-se com ela.

Susano no Mikoto pronto para matar o dragão de oito cabeças, 1832, de Keisei.

Amaterasu
Intrigada pelos risos e pelo barulho lá fora, Amaterasu sai da caverna para ver o que está acontecendo, trazendo a luz de volta ao mundo.

Izanagi, pai de Amaterasu, deu um espelho a cada um dos filhos, dizendo que deviam se ajoelhar diante dele toda manhã e toda noite e se observar. Se tivessem maus pensamentos, o espelho ficaria nublado. Um provérbio japonês diz que "quando o espelho está turvo, a alma está impura".

Espelho
Um espelho sagrado, feito especialmente pelo Ferreiro Celestial, está pendurado na árvore *sakaki*. Quando reaparece, Amaterasu fica cega pelo reflexo de sua própria luz e é levada a crer que os deuses celebram a chegada de uma nova deusa, maior e mais brilhante que ela.

Ama-no-Uzume
Ama-no-Uzume apresenta uma espécie de *striptease* fora da caverna, provocando risos dos deuses e a curiosidade de Amaterasu, que não sabia o que estava acontecendo. Por causa de seu papel no mito, ela costuma ser descrita como uma deusa da aurora, mas seu nome significa "terrível mulher do céu".

Plateia alegre
Os deuses reunidos criam uma alegre algazarra. Quando Amaterasu pergunta por que eles estão rindo, já que o mundo está na escuridão, eles respondem que estão dando as boas-vindas a uma deusa que brilha mais que ela.

Árvore *sakaki*
Esta árvore de 500 ramos é a sagrada árvore *sakaki*, que os deuses descobriram no monte celestial Kagu. Eles a plantaram fora da caverna e penduraram nela fitas brancas como oferendas aos deuses.

Deusa do sol
Deusa principal da religião xintoísta, Amaterasu é considerada ancestral da família imperial japonesa. Ela era venerada em Ise desde tempos imemoriais.

Os deuses gregos

Esta árvore genealógica, que parte da união entre céu e terra, Urano e Gaia, mostra as relações entre os deuses e as deusas gregos mencionados neste livro. A quarta geração é formada pelos deuses do monte Olimpo, os primeiros a ter filhos com mortais, misturando o sangue divino com o humano. O Olimpo era chefiado por Zeus, essencialmente um deus do céu. Seus irmãos, Hades e Possêidon, governavam o mundo subterrâneo e o mar – a terra era governada em comum. Zeus é também chamado "pai dos deuses e dos homens", e seus casos amorosos – muitos para serem listados aqui – resultaram no nascimento de numerosos deuses e heróis.

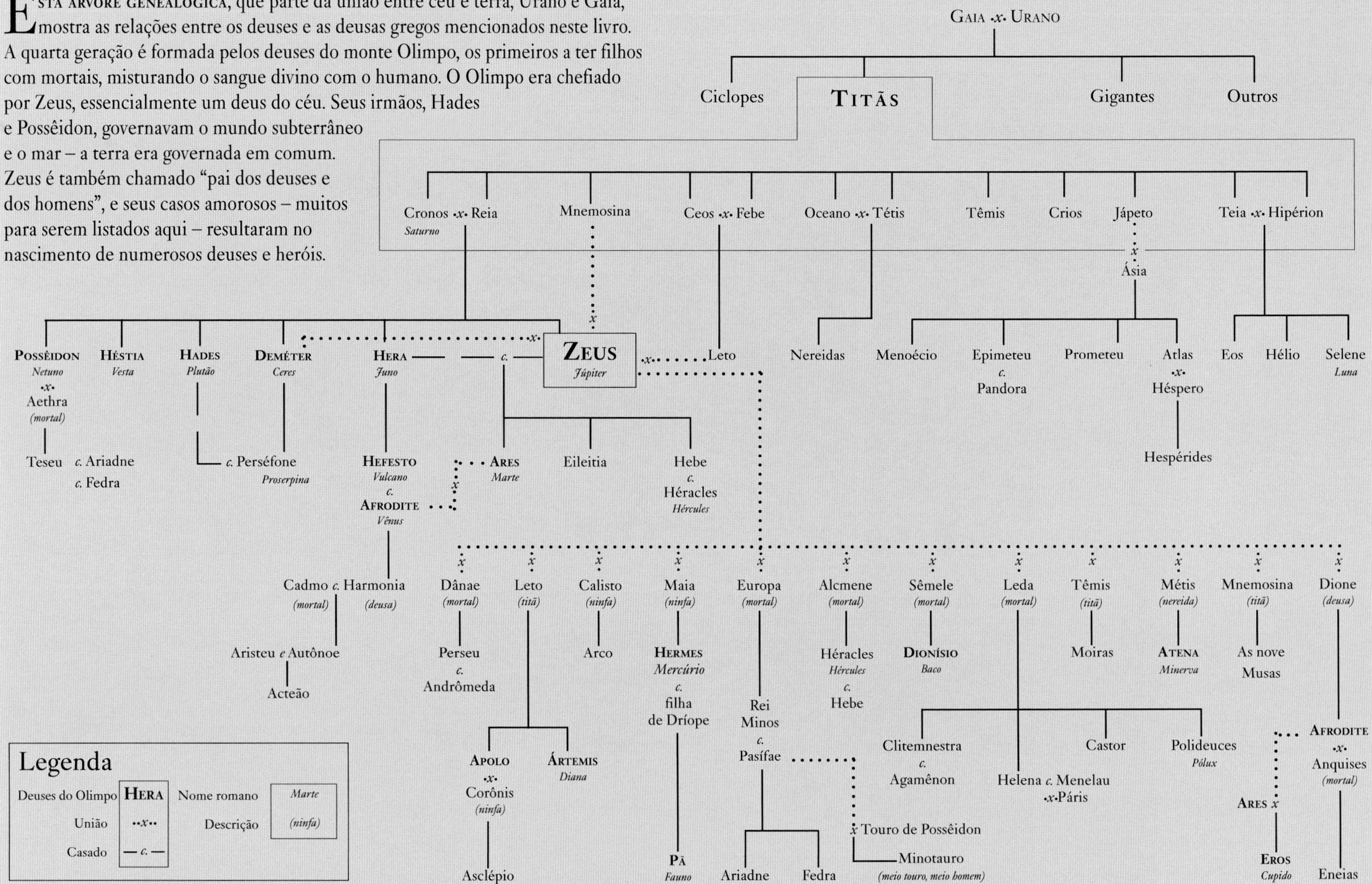

ÍNDICE

Agradecimentos

A Dorling Kindersley gostaria de agradecer a Natasha Millen e Guo Zhiping; doutora Anne Millard; doutor Will Rea, SOAS, Londres; senhor e senhora CJ Rea; Jessica Harrison Hall, do British Museum, Londres; Ken Mantel, da Narwhal Inuit Gallery, Londres; Lori Cutler, Jill Barber, Joanne Logan, do Canadian Inuit Art Information Centro; Injalak Arts and Crafts Association de Gunbalanya, Austrália; Merlin Dailey, da Merlin Dailey Gallery, Nova York; Henrietta Wilkinson pela leitura das provas, e Hilary Bird pelo índice.

Créditos de fotos

Afrique en Créations /Dirk Bakker; 5 alto, 90–91 centro, 90 alto, à esq., 91 embaixo, à esq.; Akademische Druck-u. verlagsanstalt; 98–99 centro, 98 alto, à dir., 99 embaixo, à dir.
AKG LONDON; contracapa, centro, à dir., contracapa, centro, à dir., abaixo, 78–79 centro, 78 alto, à esq., 79 embaixo, à dir. /Alte Pinakothek, Munique; 24–25 centro, 24 à esq., 25 alto, dir. /Bibliothèque Nationale, Paris; 81 alto à dir. /Erich Lessing/Musée du Louvre, Paris; 38–39 centro, 38 alto, à esq., 38 alto, à dir., 58–59 centro, 58 embaixo, 59 alto. /Gallerie Naz. di Capodimonte, Nápoles; 57 alto. /Moscou, Sammlung Familie Serow; 45 embaixo, à esq. /Musée du Louvre, Paris; 20 alto, à esq., 48–49 centro, 48 alto, 49 embaixo, à dir. /Museo Capitolino/Erich Lessing; 67 embaixo, à dir. /Museo del Prado, Madri/Erich Lessing; 23 alto, à dir. /National Gallery of Scotland, Edinburgo; 36–37 centro, 36 alto, à esq., 37 alto, à dir. /Staatl. Antikenslg. & Glyptothek, Munique; 3, 59 embaixo, à dir.
ANCIENT ART & ARCHITECTURE COLLECTION; 13 alto, à dir., 41 à dir.,
Stofnun Arna Magnussinar a Islandi; 70–71 centro, 71 à esq., 71 à dir.
Artothek /Alte Pinakothek, Munique; 26–27 centro, 27 embaixo, 27 alto, à dir., 32–33 centro, 32 à esq., 33 alto, à dir. /Bayer & Mitko/Private Collection; 66 - 67 centro, 66 à esq., 67 alto, à dir.
Birmingham Museums and Art Gallery; 80–81 centro, 80 embaixo, à esq., 80 alto, à esq., 81 alto, à esq.
BRIDGEMAN ART LIBRARY, LONDRES/NOVA/ Agnew and Sons, Londres; 36 embaixo, à esq. / Bibliothèque Nationale, Paris; 85 alto, à dir. /Bradford Art Galleries and Museums, West Yorkshire, UK; 52 alto, à esq., 52–53 centro, 53 alto, à dir., 82 alto, à esq., 82 centro, à esq., 82 centro, à dir., 83 embaixo, à esq., 83 alto, à esq., 83 alto, à dir. /Corbally Stourton Contemporary Art, Londres/ Aboriginal Arts Agency Ltd; 105 alto, 102 alto, à dir. /Faringdon Collection, Buscot, Oxon, UK; 25 alto, à esq. /Ferens Art Gallery, Hull, UK; 65 embaixo, à dir., 64–65 centro, 65 alto, à dir. /Fitzwilliam Museum, Cambridge, UK; 28–29 centro, 28 à esq.,
29 alto, 34–35 centro, 34 alto, 35 embaixo, 56 embaixo, à dir. /Galleria degli Uffizi, Florence; 60–61 centro, 60 alto, à dir., 61 embaixo /Guildhall Art Gallery, Corporation of London; 60 alto, à dir. /Manchester City Art Galleries, UK; 84–85 centro, 84 à esq., 85 embaixo, à dir. /Musée du Louvre, Paris; contracapa alto, centro, 39 embaixo / Musée du Louvre, Paris/ Lauros-Giraudon; 42 à esq. /Musée du Louvre, Paris/Giraudon; 30 embaixo, 31 embaixo, à dir. /Musée du Louvre, Paris/Peter Willi; contracapa alto, à esq., 46–47 centro, 46 alto, 47 embaixo, à dir. /Musée du Louvre, Paris/Giraudon; 30–31 centro /Musée du Petit Palais, Avignon/Peter Willi; 56–57 centro, 56 embaixo, 57 embaixo, à dir. /Museum of Fine Arts, Budapeste; 29 à dir. /National Gallery, Londres; 42–43 centro, 43 embaixo, à dir., 43 alto, à dir. /National Gallery, Londres; 62–63 centro, 63 embaixo, à dir., 63 alto. /National Museum of Iceland, Reykjavik; contracapa, embaixo, , 69 embaixo, à dir. /Nationalmuséet, Copenhague; 62 à esq. /Palazzo Sandi Porto (Cipollato) Veneza; 4 à esq., 47 alto /Private Collection; 7 embaixo, 113 alto, à dir. /Roy Miles Gallery, Londres; capa alto, centro, 35 alto /Royal Library, Copenhague; 11 à dir. / Simon Carter Gallery, Woodbridge, Suffolk, UK; 49 embaixo, à esq. /Victoria and Albert Museum, Londres; 78 alto, à dir., 110–111 centro, 111 embaixo, à dir., 111 embaixo, à esq., 114–115 centro, 114 alto, à dir., 115 embaixo, à esq.
BRITISH LIBRARY; 83 embaixo, à dir.
BRITISH MUSEUM; contracapa alto, à dir., embaixo, centro, centro, à esq. b, 4 alto, 16 alto, 17 embaixo, 18–19 centro, 117 alto., 118–119 centro, 118 embaixo, à esq., 119 alto, 119 embaixo /Peter Hayman; 15 à dir.
Central Art Archives /The Finnish National Gallery/ Ateneum, Helsinque; 75 alto. /The Finnish National Gallery/Ateneum, Helsinque/ The Antell Collection; 74–75 centro, 74 alto, à dir., 75 à dir.
Jean-Loup CHARMET; 52 embaixo, à esq.
Reproduzido com permissão da Trustees of the Chester Beatty Library, Dublin; 123 alto, à dir.
Cincinnati Art Museum /Museum Purchase, 1957.29; 20 centro, à esq., 20–21 centro
C M Dixon; 8, 10 à esq., 71 embaixo, à dir., 110 alto.
Christies Images; fcapa embaixo/Cypress Book Company; 116–117, 116 embaixo, à esq., 116 alto.
Duncan Baird Publishers; 121 alto, à dir. /The Japanese Gallery; 2, 122–123 centro, 122 alto, à esq., 123 embaixo, à dir.
DK (fotografia especial); 10–11 centro, 96 –97 centro / British Museum; 50 embaixo /Glasgow Museums, St Mungo; 108 à esq., 115 embaixo, à dir. /Jerry Young; 87 embaixo, à dir. /Lynton Gardiner; 93 alto /Manchester Museums; 4 à dir., 26 à esq. /Michael Zabe; 6–7 centro / Mr & Mrs CJ Rea; 86–87 /Musée du Louvre, Paris; 33 embaixo, à dir. /Universitets Oldsaksamling; 5 centro, à esq., 72–73 centro, 72 alto, à esq., 73 embaixo, centro / University Museum of Archaeology and Anthropology, Cambridge; 9 à esq., 77 alto, à dir.
Gemaldegalerie Alte Meister Dresden; 40 alto, 40 embaixo, à esq., 40–41 centro
E.T. ARCHIVE /Tate Gallery; 31 alto
MARY EVANS PICTURE LIBRARY /Arthur Rackham Collection; 68 embaixo, à esq.
EXPLORER/C Regnault; 90 alto, à dir.
WERNER FORMAN ARCHIVE; 70 alto,centro, 70 alto, à dir. /British Museum,
Londres; 99 embaixo, à dir. /Field Museum of Natural History, Chicago; 95 embaixo, à dir. /Statens Historiska Museum, Estocolmo; 68 a 69 centro, 68 alto, à esq. / Strouhal; 9 à dir.
FOTOMAS INDEX; contracapa centro, à esq., 72 alto, à dir.
PHOTOGRAPHIE GIRAUDON/Bridgeman; 12–13 centro, 12 à esq., 13 embaixo, à dir. /Art Resource; 94–95 centro, 94 alto, à esq., 94 embaixo, à esq. /Mantoue, Palazzo del Te; 22–23 centro, 22 embaixo, 23 embaixo, à dir. /Musée Guimet, Paris; 112–113 centro, 112 à esq., 113 embaixo, à dir.
ROBERT HARDING PICTURE LIBRARY/Geoff Renner; capa alto, à dir., 107 à dir.
Hamburgisches Museum für Volkerkünde; 106–107 centro
Michael HOLFORD Photographs; contracapa centro, à dir., 92–93 centro, 92 à esq., 93 embaixo, 108–109 centro, 109 embaixo, à dir., 109 alto. /British Museum; 6 à esq., 14–15 centro, 14 alto, centro, 14 alto, 15 embaixo, à esq., 21 alto, 54–55 centro, 54 embaixo, 55 alto, à dir., 87 alto, à dir., 88–89 centro, 106 à dir. /Museum für Volkerkünde, Munich; 1, 101 alto.
Musée de l'Homme, Paris /Cl. D. Ponsard; 89 embaixo / Cl. D. Ponsard; 88 à dir.
Arts Induvik Canada Inc.; 96 embaixo
Barbara and Justin Kerr; 100–101 centro, 100 alto, 101 embaixo
Collection of Merlin Dailey, Victor, Nova York; 5 centro, à dir., 120–121 centro, 120 alto, à esq., 120 embaixo, à esq.
Board of the Trustees of the National Museums & Galleries on Merseyside /Lady Lever Art Gallery; 50–51 centro, 50 alto, 51 alto, à dir.
Manchester Museums; contracapa, embaixo, à dir.
National Gallery of Victoria /Injalak Arts and Crafts Association Inc.; 5 embaixo 104–105 centro, 105 embaixo, à dir. /Injalak Arts and Crafts Association Inc.; 104 alto, à esq. /Warlukulangu Artists Aboriginal Association Inc. of Yuendumu; 102–103 centro,
103 embaixo, à esq., 103 embaixo, à dir.
National Museum Copenhagen; contracapa centro, à esq. a, 76–77 centro, 76 embaixo, à esq., 76 alto, à esq.
REUNION DES MUSEES NATIONAUX /H Lewandowski/Musée du Louvre, Paris; orelha, 16–17 centro, 18 alto, à esq. /Musée du Louvre, Paris; 19 à dir. /Musée du Louvre, Paris; 44– 45 centro, 44 alto, 45 embaixo, à dir.
SCALA /Palazzo Poggi, Bolonha; capa alto, à esq.; 64 embaixo, à esq.

Imagens da capa: *Capa:* **The Bridgeman Art Library:** British Museum, Londres a; Musée du Louvre, Paris / Peter Willi ceb; **Fotomas Index:** be; **National Gallery of Victoria, Melbourne:** Injalak Arts & Crafts Association, Inc. ce. *Contracapa:* **The Bridgeman Art Library:** Bradford Art Galleries and Museums, West Yorkshire be; British Museum, Londres e; Roy Miles Fine Paintings, coleção particular ad; **DK Images:** St. Mungo, Glasgow Museums ad; **Duncan Baird Publishers:** The Japanese Gallery ae; **Michael Holford:** Musée de l'Homme, Paris /Cl. D. Ponsard bc; Werner Forman Archive: Statens Historika Museet abe; *lombada:* **The Bridgeman Art Library:** British Museum, Londres

Para mais informações, veja: www.dkimages.com

Foram feitos todos os esforços para encontrar os detentores dos direitos, e antecipadamente nos desculpamos por alguma omissão intencional. Teremos o prazer de inserir o crédito apropriado numa edição subsequente desta publicação.